KB038170

그대를 사랑하지 않기로 했습니다

그대를 사랑하지 않기로 했습니다 1

초판 1쇄 인쇄 2018년 5월 24일
초판 1쇄 발행 2018년 5월 31일

지은이 백묘
발행인 오영배
기획 박성인
책임편집 김수현, 성하림
디자인 VINU
제작 조하늬

펴낸곳 (주)삼양출판사 · 단글
주소 서울시 강북구 도봉로 173
대표 전화 02-980-2112 **팩스** / 02-983-0660
편집부 전화 02-980-2116 **팩스** / 02-983-8201
블로그 blog.naver.com/dan_gul
출판등록 1999년 3월 11일 제9-00046호

ISBN 979-11-283-9456-0 (04810) / 979-11-283-9455-3 (세트)

단글 은 (주)삼양출판사의 로맨스 문학 브랜드입니다.

그대를 사랑하지 않기로 했습니다

1 ... 백묘 소설

단글

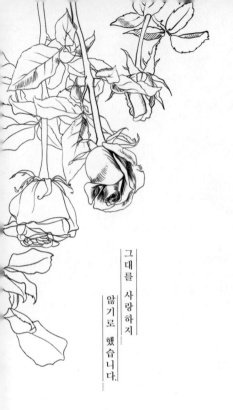

그대를 사랑하지

않기로 했습니다.

Contents

프롤로그

오늘의 슬픔 가운데 가장 비참한 것은 어제의 기쁨에 관한 추억이다.

―칼릴 지브란―

그와의 이별.

그것은 상상하고 싶지도 않은 일이었다.

하지만 만약에라도 헤어진다면 둘 중 하나가 바람을 피우든가, 마음이 식든가, 성격 차이로 다툼이 심해진다든가, 결혼 준비 과정 중에 트러블이 생긴다든가…… 그런 평범한 이별의 이유 중 하나일 거라고만 생각했다.

그가 칼에 찔려 사망한다는 선택지는, 없었다. 그것도 나를 지키기 위해.

당연한 일이다. 사건 사고로 사망하는 경우는 많이 있지만, 신문에서나 볼 수 있는 먼 세상의 이야기일 뿐.

그것이 나의 일이 될지도 모른다고 생각하는 사람은 거의 없다.

그렇기에 나루도 상상조차 하지 못했다. 내가 사랑하는 남자의 몸이 피에 흥건히 젖어 죽어 가는 장면을, 그저 지켜볼 수밖에 없는 상황이 올 거라고는.

"쉿."

이라고, 그는 속삭였다.

나루를 지키기 위해 꽉 끌어안고, 날카로운 쇠붙이를 등으로 받아들이며…….

"쉿."

그게 그의 마지막 말이었다. 영화나 드라마에서 흔히 나오는, "행복해져야 해.", "네 탓이 아냐.", "널 사랑해.", "미안. 먼저 가서 미안해. 거기서 기다릴게." 같은 마지막 속삭임 따위는 없었다.

"쉿."

그 말을 마지막으로, 그는 세상을 떠났다. 그 후에 일어난 일은 잘 기억이 나지 않는다.

왜앵왜앵—

사이렌 소리가 들린 것도 같고.

"여기예요, 여기!"

여자의 비명 섞인 목소리가 들린 것도 같고.

"생존자가 있습니다!"

남자의 외침이 들린 것도 같았다.

무언가에 태워져 옮겨졌고, 어딘가에 누워서 잠들었다가 깨기를 반복했다.

화학 약품 냄새가 났고, 낯선 목소리와 귀에 익은 목소리가 들려왔고.

정신을 차렸을 때, 나루는 그의 장례식장에 서 있었다.

"너 때문이야!"

라고, 그의 누나인 지연은 외쳤다.

"너 때문이야! 너만 아니었어도! 네가 우리 지후를 죽인 거야! 네가 내 동생 죽였다고!"

지연이 멱살을 잡고 흔들었지만, 그것을 뿌리칠 힘이 나루에게는 없었다.

그녀가 흔드는 대로 흔들, 흔들, 흔들. 그렇게 흔들리는 시야에, 지후의 영정 사진이 들어왔다.

2년 전 함께 간 파리에서 찍은 사진이었다.

그 사진이 저런 용도로 사용될 줄이야.

막연히 그런 생각을 하고 있는데, 누군가 나루의 어깨를 감싸며 지연을 떼어 냈다.

"언니, 진정하세요. 나루도 피해자예요."

나루는 천천히 고개를 돌렸다.

윤영이었다.

윤영의 손에 이끌려 장례식장에서 빠져나왔다. Y대 대학 병원 장례식장 앞은 많은 사람들이 오가지만, 황량하게 느껴졌다.

"나루야."

윤영의 목소리는 다정했다.

"너 때문이 아니야."

정말 그렇게 생각해?

그렇게 묻고 싶지만, 목소리를 낼 기운도 없었다. 입 안에서 단내가 날 만큼, 나루는 입을 꾹 다물고 있었다.

"벌어질 일이었던 거야. 네 탓이 아냐. 그놈들이 나쁜 거지."

벌어질 일.

정말 그럴까?

나루는 주먹을 꽉 쥐었다.

그게 정말로 벌어져야만 할 일이었던 걸까?

내가 위험을 깨달았다는 걸 지후에게 알리지 않았다면.

내가 그 연구를 완성시키지 못했다면.

내가 그걸 발견했을 때 무시했더라면.

내가 애초에 그 유전자를 발견하지 못했더라면.

내가 KOB 미래 생명 연구소에 취직하지 않았더라면.

그리고 내가.

나루는 눈을 감았다.

내가 지후를 사랑하지 않고, 또 지후가 나를 사랑하지 않았더라면.

그랬더라면 이런 일이 생기는 일은 없지 않았을까.

"집에."

간신히 입을 열었다.

"갈래."

목소리가 제 것처럼 들리지 않았다. 형편없이 쉰 목소리지만 가다듬을 필요도 없었다.

이제는 이 목소리를 사랑해 줄 사람이 없으니까.

"나루야."

윤영이 걱정스럽게 불렀지만 나루는 돌아보지 않았다.

누군가의 걱정을 받을 자격이, 내게는 없으니까.

나는 내 욕심 때문에 사랑하는 남자를 죽게 만든, 최악의 여자이니까.

그의 인생을, 그의 삶을 송두리째 부숴 버렸으니까.

그러니까 내게는 동정도, 걱정도 받을 자격이 없다.

집 안 곳곳에 그의 흔적이 남아 있었다. 그의 온기와 향기가 여전히 집 안에 감돌아, 그가 이 세상에 없다는 것이 실감 나지 않았다.

금방이라도 저 문을 열고 들어와 자신을 꼭 끌어안고 입맞춤을 해 줄 것만 같았다.

방 안을 천천히 거닐며 그의 흔적 위를 더듬었다. 거실에는 그가 여행을 갈 때마다 사 온 선물들이, 두서없이 진열되어 있었다. 그의 취향은 참으로 특이해서, 도무지 남에게 자랑할 수 없는 것들만 잔뜩 있었다.

그러다가 고급스러운 은촛대 앞에서, 나루는 그만 울음을 터뜨렸다.

─웬일로 이렇게 그럴싸한 걸 다 사 오셨대?
─결혼식 올리고 첫날밤에 여기에 초를 켜 놓으면 근사할 것 같아서.
─뭐야, 지금 그거. 은근슬쩍 프러포즈 하는 거야?
─그럼 좀 더 격하게 해 줄까?

그런 대화를 나눴었다.

그것이 일상이었고, 그것을 잃게 되리라는 상상은 한 번도 해 본 적이 없었다.

그가 내 곁에 있는 것은 당연했고, 그가 숨을 쉬는 것 또한 당연했다. 그 당연한 것을 깨부순 것은, 바로 나다. 내가 그를……
죽였다.

나루는 두 손으로 얼굴을 감싸고 주저앉았다. 가슴이 찢어질 것만 같았다. 차라리 심장을 떼어 내 멀리 던져 버리고 싶었다. 그러면 이렇게 아프지 않을 테니까. 가슴에서 시작된 통증 때문에 전신이 아파지는, 이런 고통은 없을 테니까.

그렇게 한참을 울다가 지쳐 드러누웠다. 항상 그와 함께 보았던 천장을 올려다보며, 나루는 생각했다.

'내가 널 사랑하지 않았더라면 좋았을 텐데. 네가 날 사랑하지 않았더라면 좋았을 텐데. 우리가 서로 사랑하지 않았더라면, 넌 아직 살아 있을 텐데.'

만약 시간을 돌릴 수만 있다면, 그를 처음 만났던 그때로 돌아가고 싶다.

그렇게만 된다면, 있는 힘껏 그를 사랑하지 않으리라.

절대로 그를 사랑하지 않으리라.

*　　*　　*

언제 잠이 들었던 걸까?

잠에서 깨어난 나루는 이불을 머리끝까지 끌어올렸다. 눈을 뜨고 싶지 않았다. 그가 없는 현실을 마주하고 싶지 않았다.

꼬르륵—

배에서 울리는 소리에 쓴웃음이 나왔다.

'이런 상황에서도 배가 고프다니. 난 정말 최악이야.'

내 목숨을 내줘도 아깝지 않은 남자가 죽었다. 그런데도 나는 잠을 자고 허기를 느낀다.

'싫다, 정말.'

죽고 싶다고, 나루는 생각했다. 차라리 그 날 같이 죽어 버렸으면 좋았을 거라는 생각이 들었다. 그랬다면 이런 기분도 느끼지 않았을 텐데.

자살을 생각하지 않은 건 아니었다. 그러나 이 목숨은 그가 구해 준 것이기에, 함부로 죽을 수도 없었다.

내 목숨에는 그가 갖지 못한 삶이 담겨 있다. 멋대로 내팽개쳐서는 안 된다.

'그래, 일단 먹자. 이러라고 살려 준 게 아닐 테니까, 일단 먹고 나서 기운차게 자책하고 경멸하자.'

그런 생각이 들어, 나루는 이불을 걷어 내렸다. 그리고 그 상태로 굳어 버렸다.

'여긴…… 어디지……?'

내 방이 아니다. 그러나 낯설지도 않다.

'윤영이네 집…… 도 아니고, 본가도 아니고…… 어디야, 여긴?'

나루는 벌떡 상체를 일으키고 주위를 둘러봤다. 부엌이 딸린 좁은 원룸이었다. 작은 창문이 하나 있고, 침대에 누워서도 보안이 형편없는 현관문이 보일 만큼 좁았다.

이사를 하려는 건지, 들어온 건지, 짐 상자가 쌓여 있었고, 그리고…….

"이건 또 뭐야?"

이번에는 소리를 지르고 말았다. 베개 옆에 놓인 휴대폰은 폴더폰이었다. 이제는 구하기도 힘든, 64화음 폴더폰.

생각지도 못한 광경에, 그의 죽음에 대한 생각을 잠시 잊었다.

나루는 진귀한 물건이라도 되는 양, 폴더폰을 조심스럽게 집어 들고 살펴봤다.

'여기, 진짜 뭐지? 누구네 집이지? 와 본 적이 있는 것 같은데. 언제 여길 온 거지? 어젯밤에 울다가 드러누웠고, 그대로 잠든 것 같은데…… 아닌가? 충격 때문에 몽유병 같은 게 생긴 건가? 나도 모르는 새에 남의 집에 기어들어 온 건가?'

그렇다면 큰일이다.

주인이 오기 전에 도망쳐야 했다.

폴더폰을 내려놓고 조용히 침대에서 내려왔다.

'그나저나 이 집 주인은 어딜 간 걸까? 설마 욕실에 있는 건 아니겠지?'

가만히 귀를 기울여 보았지만 아무 소리도 들리지 않았다.

이 집 안에 인기척이라고는 나루의 것밖에 없었다. 그렇다면 잘된 일이다. 주인이 오기 전에 나가면 이 해프닝은 아무 문제없이 끝날 것이다.

현관문을 향해 걸어가던 나루는 또 다른 문제가 있다는 걸 깨달았다.

"이 잠옷은 또 뭐야?"

나루는 잠옷을 입고 있었다. 어린애들이 입을 것 같은, 토끼 얼굴이 잔뜩 그려진 잠옷.

'뭐야, 나. 남의 집에 들어와서 잠옷까지 챙겨 입고 잔 거야?'

몽유병으로 인해 생긴 일이라면, 참으로 치밀한 몽유병이다.

'이걸 입고 나가기는 좀 그런데. 어쩌지?'

방 안을 둘러봤지만 갈아입을 만한 옷이 보이지 않았다. 전부 뜯지 않은 상자 안에 들어 있는 모양이었다.

남의 집에 신세를 진 주제에, 상자를 뜯어서 옷을 훔쳐 입을 만큼 양심이 없지는 않았다.

'일단 잠옷은 빌리고, 신발은…….'

현관문 앞을 살펴봤다. 나루의 것으로 보이는 신발은 없었다. 삼선 슬리퍼 하나와 구겨진 운동화 하나뿐.

'슬리퍼를 빌리자. 일단 택시를 잡아타고 집에 돌아가서 돈 가지고 내려와서 지불하면 되겠지. 옷 갈아입고 여기 와서 우편함에 잠옷이랑 슬리퍼 빌린 값을 넣어 두면 될 거고.'

계획을 세운 나루는 곧바로 행동에 옮겼다. 남의 집에서 시간을 끌어 좋을 것은 없으니까. 슬리퍼를 신은 후, 크게 심호흡을 하고 문을 벌컥 열었다. 문 앞에 복도가 있었다. 복도식 원룸 빌라인 모양이다.

'달리자.'

라고, 나루는 생각했다.

이런 한심한 모습을 누구에게도 보이고 싶지 않아, 고개를 푹 숙이고 후다닥 달리던 나루는.

퍼억―!

"우왓! 깜짝이야."

누군가와 부딪쳐 나가떨어지고 말았다. 바닥과 부딪친 엉덩이에서 알싸한 통증이 느껴졌다. 하지만 그보다는 귀에 익은 목소리에 대한 놀라움이 더 컸다.

나루는 고개를 번쩍 들었다.

"성…… 재경……."

왜인지 낯설지 않은 원룸 빌라 복도에, 아는 얼굴이 있었다.

대충 빗어 넘긴 연갈색 고수머리, 다정한 장난기가 가득한 큰눈, 남자치고는 붉은 입술을 가진, 상큼한 미남.

"어? 내 이름을 어떻게 알지?"

재경이 싱글싱글 웃으며 나루를 향해 손을 내밀었다.

'뭐지?'

재경이었다.

하지만 뭔가 달라 보였다.

어디가 다른 걸까?

재경의 손을 잡고 일어나며, 나루는 가만히 그의 얼굴을 뜯어봤다.

'그래, 귀걸이.'

재경은 취직을 한 후, 요란스럽게 하고 다녔던 피어싱을 다 빼버렸었다.

그랬는데 지금 재경의 귀에는, 대학 때처럼 여러 개의 피어싱이 주렁주렁 달려 있었다.

"괜찮아?"

재경이 물었다.

"어…… 어어, 어. 괜찮아."

"날 어떻게 알아? 우리 과인가? OT 때 못 본 것 같은데. 넌 이름이 뭐야?"

"어?"

날 놀리는 걸까?

"이름. 우리 학교인 거 맞지? Y대."

"어?"

물론 Y대를 졸업하기는 했다.

"무슨 과야? 우리 과? 어, 그러니까 생명공학?"

재경은 언제나 그렇듯 짜증 내는 기색 없이 다정하게 물었다.

"어, 어. 생명공학을 전공하긴 했는데…… 저기, 재경아. 나 지금 이거 뭐 하자는 건지 모르겠거든? 이거, 네가 꾸민 일이야?"

그제야 이 모든 일이 이해되기 시작했다.

윤영이 재경에게 연락해서 걱정스럽다고 했을 것이다. 그래서 재경이 나루의 기운을 차리게 해 주기 위해 이 모든 일을 준비한 것이 분명하다.

"응? 그게 무슨 말이지?"

재경이 고개를 갸우뚱하며 물었다.

"됐어, 모르는 척하지 마. 다 들켰어, 성재경."

"응?"

"걱정해 주는 건 고마워. 그런데 나, 이런 짓 할 기분 아니야. 걱정 마. 자살은 안 해. 일단 혼자 고민 좀 하고, 생각 좀 정리할 시간이 필요해. 그러니까……."

"저기, 있잖아."

재경이 나루의 손목을 잡았다.

"나, 진짜로 네가 무슨 말을 하는지 모르겠는데. 일단 네 이름 좀 알려 줄래? 나도 같이 좀 생각하자."

"하아. 나루잖아, 연나루. 이런 장난 싫다니까."

"아, 연나루. 우리 과 수석 입학! 전액 장학금! 맞지?"

"재경아…… 나, 진짜로."

"와, 너였구나. 천재들은 범상치 않다더니. 역시…… 너, 진짜 범상치 않다. 어떤 앤지 되게 궁금했는데, 이건 또 신선하네."

불현듯 장난을 치는 게 아니라는 생각이 들었다.

생각해 보면, 그는 재경에게도 소중한 친구였다. 둘은 형제처럼 친했다. 그런 그가 죽었는데, 재경이 이런 장난을 치며, 이렇게 웃을 수 있을 리 없었다.

그제야 나루는 무언가 잘못 돌아가고 있다는 것을 깨닫고 다시 한 번 재경의 모습을 뜯어봤다. 그리고 조금 전에는 발견하지 못했던 것을 발견했다.

재경이 너무 젊었다.

아니, 젊다기보다는 어린 느낌이었다.

이제 막 고등학교를 졸업한 것 같은…….

'설마……!'

나루는 고개를 휙 돌렸다.

복도 벽 너머로 눈에 익은 정경이 보였다.

잊으려야 잊을 수 없는 거리.

항상 추억 속에 묻혀 있다가 슬쩍 떠올라 그리움을 자아내는 거리.

'설마……'

숨이 가빠졌다.

나루는 다시 원룸 쪽 벽을 돌아봤다.

낯설지만 낯설지 않은 건물.

'설마……'

눈물이 차올랐다.

'설마 여긴…… 내가 대학 때 자취하던…… 원룸? 그렇다면…… 이건…….'

"안 들어가고 뭐 하냐?"

뒤에서 낮은 음성이 들려왔다. 그 목소리를 듣는 순간, 나루는 오열할 뻔했다. 하지만 꾹 참고 천천히 뒤로 돌아섰다.

재경의 뒤에, 커다란 남자가 서 있었다. 단정하게 자른 검은 머리카락, 하얀 피부와 기름한 눈, 어딘지 모르게 차가운 눈빛, 살짝 찡그린 미간.

"오, 지후. 콜라는 사 왔어? 아, 인사해. 얘가 우리 과 수석 입학 연나루래. 나루, 인사해. 얜 내 친구……."

"민…… 지후……."

내가 내 목숨보다 사랑했던, 그리고 날 위해 목숨을 잃은 남자가 내 앞에 서 있었다.

1장
시간을 돌아

어떻게 된 일일까.

나루는 꼼짝도 할 수가 없었다.

그가 있다. 민지후가 내 눈앞에 있다.

두 번 다시는 못 볼 줄 알았던 그가, 두 번 다시는 못 들을 줄 알았던 목소리를 내고 있다.

이건 도대체 어떻게 된 일일까.

숨을 쉬지 못하고 있다는 걸 자각하지 못했다.

"너, 숨 좀 쉬어야 하지 않겠냐?"

내 이름을 어떻게 아느냐고 묻는 대신, 지후는 말했다. 그제야 나루는 헐떡거리며 뒷걸음질을 쳤다. 무언가 이상한 일이 벌어지고 있다.

"저기…… 괜찮아?"

눈물을 그렁그렁 매달고 숨을 헐떡이는 나루가 걱정스러운 듯, 재경이 손을 뻗어 왔다.

파앗—!

나루는 그것을 거세게 뿌리치고 휙 돌아서서 달렸다. 달려서 들어간 곳은, 방금 전 도망치려고 했던 그 원룸이었다.

쾅—!

거세게 문을 닫고.

철컥—

문을 잠갔다.

하아— 하아—

숨을 몰아쉬며 고개를 숙였다. 커피 얼룩이 묻어 있는 삼선 슬리퍼. 뒤축이 구겨진 분홍색 운동화. 아까는 몰랐지만 이제는 기억이 난다.

'어떻게…… 어떻게 된 거야?'

나루는 방 안을 둘러봤다. 이 방도, 이제는 기억이 난다. 어째서 낯설지 않은 느낌이 들었는지 알겠다. 나루가 살았던 방이다. 대학교 1학년 입학 당시부터 졸업할 때까지 살았던 원룸.

나루는 한 손으로 머리를 짚었다.

'꿈…… 인가?'

그렇다면 무엇이 꿈일까. 민지후와 사랑을 하고 민지후의 죽음을 보았던 그것이 꿈일까, 아니면 지금 이 상황이 꿈일까.

얼굴을 세게 꼬집어 보았다.

"아프다……."

볼이 떨어져 나갈 듯 아팠다.

"아파."

주르륵—

나루는 문에 등을 기댄 채로 주저앉았다.

"아아, 이게 대체 어떻게 된 거지?"

꿈이라고 하기에는 너무나 생생했다. 원룸에서 나는 군내도, 볼의 아픔도, 그리고 재경과 지후의 모습도.

'그럼 그게 다 꿈인 거야? 지후가 죽은 그 일이, 전부 꿈이었던 거야?'

그것이 꿈이었다면 무서울 정도로 생생한 꿈이었다.

나루는 눈을 감았다.

'꿈일 리 없어.'

꿈이 아니었으면 좋겠다. 지후와 나누었던 그 시간이, 추억이, 체온이, 꿈인 것은 싫다.

그런 한편, 꿈이었으면 좋겠다. 지후의 몸에서 흘러나오던 피가, 마지막 속삭임이, 죽음이, 꿈이었으면 좋겠다.

혼란에서 벗어나기가 힘들었다.

'차근차근 생각해 보자, 연나루. 네가 잘하는 거잖아. 차근차근 생각하는 거.'

나루는 손바닥으로 볼을 탁탁 두드렸다.

'나는 분명 지후의 장례식장에 갔었어. 윤영이를 만났고, 집에 와서 지후에게 받은 선물들을 하나하나 쓰다듬다가 울었어. 그래, 내가 생각나는 건 거기까지야. 나는 잠든 적 없어. 눈을 떴더니, 여기였어.'

나루는 천천히 일어났다. 좁은 원룸 안에 채워진 것을, 손바닥으로 하나하나 만져 보았다. 전부 실재하고 있었다.

'그래, 여긴 꿈이 아냐. 하지만 그 전에 그것도 꿈이 아니야. 만약 그게 꿈이라면, 난 지후를 이전에 만난 적이 있어야 돼. 하지만 난 오늘 지후를 처음 만난 거야. 그러고 보니, 오늘이……며칠이지?'

나루는 침대 위에 있던 폴더폰을 집어 들었다.

64화음 폴더폰.

기억이 난다. 대학 입학 선물로 받은, 최신형 휴대폰이었다.

20XX년 2월 26일.

휴대폰 액정에 뜬 날짜를 확인했다.

"그래, 내가 원룸으로 이사를 한 이튿날이야. 그리고…… 재경이와 지후를 처음 만난 날이기도 하고."

이런 식으로 만나지는 않았다. 그때는 잠옷이 아닌 추리닝으로 갈아입은 후였고, 근처를 둘러보기 위해 나가다가 둘을 마주쳤다.

"아무튼 난 이전에 지후를 만난 적이 없어. 그렇다는 건, 그 모든 게 꿈이 아니라는 거야. 그럼…… 어떻게 된 거야, 이게?"

나루는 아랫입술을 잘근잘근 씹었다. 피가 날 정도로 세게 씹으면서도 아프다는 걸 깨닫지 못했다. 고민을 할 때의 버릇이었다.

— 연나루.

이렇게 아랫입술을 씹을 때면, 지후가 검지로 아랫입술을 꾹 누르며 이름을 부르곤 했다. 그러면 나루는 배시시 웃으며, "아, 내가 또 그랬어?"라고 말했다. 문득 그 사소하지만 사랑스러웠던 추억이 떠올라 가슴이 아파졌다.

'그래, 그런 게 꿈일 리 없어. 꿈이라면 이렇게 세세할 리가 없잖아. 그렇다면 이건…… 시간 여행이라는 건가?'

나루는 거울 앞에 가서 섰다. 거울 속에 비친 나루는, 갓 고등학교를 졸업한 대학 신입생의 모습 그대로였다. 어른스러운 척 파마를 한 머리카락과 주름살 하나 없는 매끈한 피부, 다듬지 않은 눈썹과 정리하지 않아 각질이 일어난 입술.

'시간 여행이 아냐. 시간 여행이라면 난 30대의 모습 그대로였을 테니까. 그럼 설마 되돌아온 건가? 이 시기로?'

내가 마지막에 무슨 생각을 했더라.

— 만약 시간을 돌릴 수만 있다면, 그를 처음 만났던 그때로 돌아가고 싶다. 그렇게만 된다면, 있는 힘껏 그를 사랑하지 않

으리라.

그런 생각을 했었다.

'시간을 돌린 거야?'

믿을 수 없는 일이었다. 하지만 그게 아니면 설명할 수 없는 일이기도 했다.

'대체 왜? 어떻게? 시간을 돌리는 게 가능해? 정말? 나한테 무슨 일이 벌어진 거지?'

나루는 손을 쫙 펼치고 내려다봤다. 손은 매끈매끈했다. 왼쪽 약지에 끼고 있던 커플링은 사라지고 없었다. 오랫동안 끼어 온 커플링의 자국 또한 없었다. 아무 자국도 없는 매끈한 약지를 가만히 쓰다듬었다. 반지를 빼도 마치 반지를 낀 것처럼 자국이 있었는데.

'이게 정말 어떻게 된 거야?'

손가락 끝이 가늘게 떨렸다.

'말도 안 돼. 그럴 리가 없어. 시간을 되돌리는 일 따위가 생길 리 없어. 나는 지금…… 망상을 하는 거야. 지후를 살리고 싶어서, 멍청한 망상을 하고 있는 거야.'

하지만 정말로 망상일까?

이곳의 모든 것이 너무나 생생했다.

'그래, 난 미쳤을지도 몰라. 슬픔 때문에 미쳐서 망상을 현실처럼 받아들이는 걸지도 몰라. 하지만……'

나루는 주위를 둘러봤다.

'아닐지도 몰라. 이게 정말 현실이라면…… 있을 수 없는 일이지만, 내가 진짜로 시간을 돌려 이곳에 온 거라면.'

기적이다. 그리고 기회다.

지후를 살릴 수 있는 기회.

지후가 32살 이후의 삶을 살아가도록 할 수 있는 기회.

생각을 정리했다. 상황을 받아들이고 빠르게 머리를 굴리는 건, 나루가 가장 잘하는 일이었다.

'아무튼 난 여기에 있어. 민지후와 사랑을 했던 그게 꿈이든, 현실이든 상관없어. 그리고 지금 이게 꿈인지, 현실인지도 중요하지 않아. 일단 답이 없다면, 그 두 개가 전부 현실이라고 가정을 해야 돼.'

나루는 아랫입술을 잘근잘근 씹으며, 거울에 비친 자신의 얼굴을 응시했다.

'오늘은 20XX년 2월 26일. 나는 대학교 입학을 앞둔 신입생 연나루. 그리고 원래대로라면 곧…….'

딩동—

예상대로 초인종이 울렸다. 전에는 재경과 지후가 친해지자면서 술을 들고 찾아왔었다.

자, 그렇다면 지금은 어떤 이유로 찾아왔을까?

나루는 크게 심호흡을 한 후, 문을 열었다. 역시 재경과 지후였다.

"왜?"

차갑게 물었다.

"이 녀석이 네가 걱정된다고 해서."

재경이 엄지로 뒤에 서 있는 지후를 가리키며 말했다.

그런 남자였다, 민지후는.

입을 다물고 있으면 차갑게 보이지만, 사실은 무척이나 다정하고 섬세한 남자였다.

재경보다 10센티는 더 큰 지후는 그 뒤에 서서 묵묵히 이쪽을 응시하고 있었다.

어디 아픈 건 아닌지 확인하고 있는 것이리라.

나루는 고개를 들고 지후를 빤히 응시했다. 내가 참으로 사랑했던, 그래서 하루라도 안 보면 그리워 견딜 수가 없었던 그의 잘생긴 얼굴을 가만히 바라봤다.

내 나이 20살. 온 힘을 다해 사랑했던 나의 첫사랑. 나는 이제부터 온 힘을 다해, 이 남자를 사랑하지 말아야 한다. 민지후와 성재경을 내 인생에서 밀어내야 한다.

나루는 문고리를 꽉 잡은 채 둘을 응시했다.

"괜찮은 거야? 어디 아픈 것 같던데."

나루가 아무 말도 하지 않자, 재경이 다시 입을 열었다.

나루는 아직 둘을 어떻게 대해야 할지 생각을 정리하지 못했다. 이럴 줄 알았으면 오늘은 그냥 문을 열어 주지 말걸.

하지만 사람을 밀어내는 건 그리 어려운 일이 아니다. 어울리기 싫은 인종이 되면 그만이다.

나루는 결심을 굳히고 재경을 노려봤다.

"신경 꺼."

"어?"

"신경 끄라고."

차갑게 뱉어 내는 나루의 말에 재경이 살짝 인상을 찌푸렸다. 지후의 표정을 확인하고 싶은데, 그럴 용기가 나지 않았다.

아직은 마음의 준비가 되지 않았으니까.

"날씨가 춥다."

재경의 목소리가 들려왔다.

"감기 걸린 거 아냐?"

나루는 문고리를 잡은 손에 힘을 줬다.

"신경 끄라는 말이 무슨 뜻인지 잘 모르나 본데. 귀찮게 하지 마. 친한 척도 하지 말고."

쾅─!

그리고 황급히 문을 닫았다.

하아─ 하아─

숨을 몰아쉬었다.

'안 되겠어. 마음을 다잡아야 돼.'

그를 사랑해서는 안 된다. 그의 사랑을 받아서는 안 된다.

하지만 이 미련한 마음은 아직도 그때 그대로인지라, 지후의 얼굴과 음성에 멋대로 반응하는 것을 막을 수가 없었다.

'당분간은 어쩔 수 없겠어. 사람 마음이 무 자르듯이 딱 잘리는 게 아니니까.'

눈물이 나왔다. 두 손으로 눈을 꽉 눌렀지만 막을 수가 없었다.

지후를 사랑한다. 재경 역시 좋은 친구였다. 내 인생에서 가장 소중했던 두 사람을, 오늘부터 정리해야만 한다. 이 인생에 없었던 사람으로 만들어야만 한다.

쉬운 일이 아니었다. 하지만 해야만 하는 일이었다.

'나랑 관계하게 되면, 지후는 죽을 거야. 지후가 죽는 건, 내 인생에 지후가 없는 것보다 더 끔찍해. 어떤 모습으로든 살아 있었으면 좋겠어. 다른 여자를 만나도 되니까.'

지끈—

'다른 여자를 사랑해도 좋으니까.'

욱신—

'그러니까 살아서 행복했으면 좋겠어.'

오열이 나올 것만 같아, 두 손으로 입을 틀어막았다.

'그래, 지후는 그럴 자격이 있어.'

갑자기 떠오르는 영화가 있었다. 그 영화를, 지후와 함께 봤던 기억이 있다.

비행기를 타기로 했던 사람들 중 몇 명이 이런저런 이유로 비행기를 못 타게 되고, 그들이 타기로 한 비행기가 공중에서 폭발해 탑승객 전부가 죽는다.

비행기를 타지 않아 살아남은 사람들은 안도하지만, 죽음은 어떤 방식으로든 그들을 찾아가 결국은 죽였다.

만약 그들이 처음부터 비행기를 타기로 하지 않았더라면, 죽지 않았을 것이다.

그렇다면 나는 지후의 비행기다.

지후가 처음부터 날 만나지 않았다면, 날 사랑하지 않았다면, 그는 죽지 않을 것이다.

나루는 그렇게 생각했다. 물론 과하게 생각하는 것일지도 모른다. 지후가 죽은 이유였던 그 사건만 피하는 걸로 충분할지도 모른다. 하지만 나루는 위험을 감수하고 싶지 않았다.

지후를 사랑하는 자신의 욕심 때문에, 죽음이 지후에게 눈길을 주게 하고 싶지 않았다.

지후는 죽음의 비행기에 타서는 안 된다.

*　　　*　　　*

"지후야."

그의 앞에서는 부를 수 없었던 그의 이름을 불러 보았다.

"민지후. 자기야."

처음에 자기라고 불렀을 때, 괜히 목덜미가 간질간질했던 기억이 났다.

지후도 얼굴을 붉혔었는데, 그 모습이 어찌나 사랑스러웠는지 모른다.

"있잖아. 나 널 아주 많이 사랑해. 알지?"

사랑한다.

어쩌면 이 시간에서도 이 사랑을 평생 품고 가게 될지도 모른다.

"그런데 사랑하지 않을 거야, 지후야. 내가 널 사랑하면, 너도 날 사랑할 테니까. 사실 나는 괜찮아. 평생 널 짝사랑하면서 살아도 괜찮아. 그런데 넌 안 돼. 너는 날 사랑해서는 안 돼. 너랑 내 사랑의 끝은 죽음이거든. 너의 죽음."

나루는 눈을 감았다.

"너를 사랑하는 나는 예쁘대. 너를 보는 내 눈은 반짝반짝 빛이 난대. 널 볼 때마다 나도 모르게 미소를 짓는대."

그렇기에 그를 사랑해서는 안 된다. 눈치채게 될 테니까. 지켜보는 사람들이, 그리고 민지후가. 이 사랑을 눈치챈 지후가 내게 관심을 갖고 나를 사랑하게 될지도 모르니까. 그렇게 서로 사랑하게 되고, 연애를 하고, 그러다가 또다시 죽음이 찾아올지도 모르니까.

"그러니까 지후야. 나는 이제부터 있는 힘껏 널 사랑하는 마음을 접을 거야. 굉장히 힘든 일이겠지만 해낼 거야. 나는 보고 싶거든. 33살의 너를. 40살의 너를. 50살의 너를."

감은 눈 사이로 눈물이 흘러내렸다. 떨어진 눈물이 머리카락을, 베개를 적셨다. 흐르는 눈물을 닦을 생각도 하지 않고, 나루

는 가만히 누워만 있었다. 꽉 다문 입술 사이로 흐느낌이 새어
나왔다.

"으…… 흐으…… 윽…… 우욱…….."

차라리 심장이 없었으면 좋겠다는 생각이 들었다. 그렇다면
가슴에 이는 이 무서운 통증을 느끼지 않을 테니까.

*　　　*　　　*

얼마나 시간이 흘렀을까.

나루는 부은 눈으로 시간을 확인했다. 새벽 1시를 막 지나가
고 있었다. 울음이 가득 찬 좁은 집이 숨 막혔다. 신선한 공기가,
트인 공간이 필요했다.

나루는 침대를 내려와 비척거리며 현관문으로 향했다. 문을
열자마자 차가운 공기가 얼굴에 부딪쳤다.

그리고.

'민지후?'

지후가 보였다. 긴 복도 끝에 그가 서 있었다. 어두워서 그림
자만 보일 뿐인데도 지후라는 것을 알 수 있었다.

무엇을 보고 있는 걸까? 그가 이쪽을 향해 있는 건 알 수 있는
데, 뭘 보는지까지는 알 수가 없었다.

'설마 날 보는 건가?'

눈을 가늘게 뜨고 가만히 그를 응시하지만, 그는 미동조차 하

지 않았다.

말을 걸고 싶었다.

지후야. 나야. 나루야. 너의 연인, 너의 약혼녀, 너의 사랑.

나 지금 여기에 있어.

그에게 말을 걸고 그의 음성을 듣고 싶었다. 그에게 달려가 안
겨, 그의 단단하고 따스한 가슴에 얼굴을 묻고 싶었다.

하지만 그래서는 안 된다는 것을 알기에, 문고리를 꽉 잡은 채
그의 모습을 주시했다.

한참의 시간이 흘렀는데도, 지후는 여전히 그곳에 그렇게 서
있었다. 어둠에 감싸여 미동조차 하지 않는 그의 모습이 어딘지
모르게 불안해, 나루는 조용히 안으로 들어와 문을 닫았다.

*　　　*　　　*

그 이후로 나루는 내내 집 안에 틀어박혀 있었다.

기억하기로, 재경과 지후의 방은 같은 층에 있었다. 괜히 밖에
나갔다가 두 사람을 마주치는 상황을 만들고 싶지 않았다.

나루는 방에 틀어박혀 생각과 감정을 정리했다. 다시 지후를
마주치더라도 흔들리지 않도록, 감정을 드러내지 않도록.

입학식에는 가지 않았다.

입학식 때, 재경이 같이 밥을 먹자고 해서 얼떨결에 재경과 지
후, 그리고 셋의 가족들이 함께 밥을 먹었던 기억이 있기 때문이

었다.

가족들끼리 친해지는 건 안 된다. 부모님께는 미안하지만, 나루는 감기가 너무 심해서 입학식은 갈 수 없을 것 같다고 전해두었다.

그리고 수업 첫날이 오고야 말했다.

"할 수 있어, 연나루."

나루는 거울을 보며 말했다.

"할 수 없어도 해내야 돼."

원래 첫 수업 때에 서투르나마 화장을 했던 기억이 났다. 하지만 오늘 나루는 화장을 하지 않았다. 못나게 보여야 한다. 접근하기 싫을 만큼 못나고 후줄근하게.

'잠옷을 입고 가는 건 좀 너무하겠지?'

습관적으로 샤워를 하고 나와서 후회했다. 머리를 감지 말았어야 했는데. 젖은 머리를 말리지도, 빗지도 않고 매일 입고 있었던 추리닝을 입었다. 신발은 삼선 슬리퍼를 신기로 결정했다.

아직은 추운 3월 초. 이런 차림으로 나가면 다들 우습게 여기겠지만 상관없었다. 이제부터 내 대학 시절은 성재경과 민지후를 피하는 것만이 목적이니까.

수업 시간보다 조금 늦게 집에서 나왔다.

강의실에 도착했을 땐, 미적분학 교수가 강의 계획을 설명하는 중이었다. 살며시 문을 열었지만 드르륵, 소리가 울렸다.

대망의 대학 첫 수업 시간이라 긴장하고 있던 학생들이 동시에 뒤를 돌아봤다.

꿀꺽―

나루는 마른침을 삼키며 어색하게 웃고는 슬며시 안으로 들어가 빈자리에 앉았다.

아랫입술을 잘근잘근 씹으며 가방에서 전공책을 꺼내 펼쳤을 때였다.

"연나루."

작고 낮은 음성이 들려와 소스라치게 놀랐다.

"으힉!"

덕분에 이상한 소리를 냈고, 또 주목을 받았다. 교수의 표정이 안 좋아졌지만, 그런 것을 신경 쓸 겨를이 없었다.

옆자리에 지후가 앉아 있었다.

'왜!'

그렇게 피하려고 했는데, 하필이면 지후의 옆자리라니.

나루는 당장이라도 일어나 도망치고 싶었지만, 아직은 그렇게까지 망가질 용기가 없기에 참았다.

"입술에 피 나겠다."

시선을 정면으로 향한 채, 지후가 중얼거렸다.

울컥―

그렇게 연습을 했는데, 나루는 또 울음을 터뜨릴 뻔했다. 하마터면 습관적으로, "아아. 내가 또 그랬어?"라고 대꾸할 뻔했다. 이를 악물고 울음을 참으며 화이트보드로 시선을 돌렸다.

지금 내 옆에 있는 민지후는, 내가 사랑했고, 나를 사랑했던 민지후가 아니다. 그저 같은 과 동기인 민지후일 뿐이다. 그가 하는 말, 그의 행동, 그의 눈빛 전부, 이제는 내 것이 아니다.

천천히 호흡하며 술렁이는 가슴을 갈무리했다.

'매번 이래서는 심장이 남아나질 않을 거야.'

라는 생각이 들었다.

첫 수업 시간이 어떻게 흘러갔는지 모르겠다. 미적분학 교수가 나간 후, 나루는 황급히 책을 덮어 가방에 밀어 넣었다.

"나루야. 오랜만이다, 야."

벌떡 일어선 나루의 앞을, 재경이 가로막았다. 나루는 오만상을 찌푸리고 재경을 노려봤다.

"뭐야, 또?"

"입학식은 왜 안 왔어? 같이 사진 찍으려고 기다렸는데."

"신경 꺼."

"내가 신경이 좀 예민해. 원래 신경외과 의사가 되고 싶었거든. 수능을 망쳐서 의대에 못 갔지만."

"뭐라는 거야, 진짜."

재경의 두서없는 개그 코드는 익히 알고 있었기에, 당황하지 않고 대응할 수 있었다.

"비켜."

"아침 안 먹었지? 같이 밥 먹자. 괜찮지, 지후?"

재경이 나루의 어깨너머로 지후를 건너다보며 물었다. 뒤를 돌아보지 않아도, 그가 끄덕, 고개를 움직였을 것이라는 걸 알 수 있었다.

남의 입에서 나오는 그의 이름만 들어도 가슴이 이렇게 지끈지끈 아픈데, 같이 밥을 먹자니…… 그건 절대로 무리다.

재경을 떨어뜨리는 방법 정도는 알고 있다.

"난 아침 먹었고, 굉장히 배가 불러. 같이 밥 먹기 싫어."

이제 재경은, '그럼 어쩔 수 없지.'라고 말하며 비켜 줄 것이다.

"그래? 그럼……."

재경의 붉은 입술 사이로 원하는 대답이 나오려는 그때였다.

꼬르르륵—!

지난 며칠간 아무것도 먹지 못한 위장이 비명을 질렀고, 그 소리는 조용한 강의실 안에 울려 퍼졌다.

재경이 검지로 자기 귀를 톡톡 두드리더니 씩 웃었다.

"네 위장은 같이 밥 먹고 싶다는데?"

망했다.

나루는 싱글싱글 웃는 재경을 노려봤다.

'이건 다 성재경 때문이야! 도대체가 이놈은 무슨 생각인 거야? 왜 추리닝에 슬리퍼를 찍찍 끌고 지각한 여자한테 치근거리는 거야? 누가 성재경 아니랄까 봐.'

"배 많이 고픈 것 같던데 그걸로 되겠어?"

재경이 나루의 식판을 보며 물었다.

"돼."

"부족하면 말해. 지후가 자기 것 좀 덜어 줄 거야."

"남이 먹던 건 더러워서 싫어."

"그럼 미리 줄까?"

라고, 지후가 물었다.

아차 싶었다.

그래, 지후는 이런 인간이지. 무슨 말을 해도 화내지 않는다. 무뚝뚝해 보이지만 사실은 남을 배려한다. 정말이지, 사랑할 수밖에 없는 남자다.

'아니, 천혀. 내가 콩깍지가 씌었던 거야. 잘 찾아보면 사랑하기 싫은 구석이 어마어마하게 많을 거야.'

앞으로 지후의 단점만 찾자고 결심하며 숟가락을 들었다.

"됐어. 난 이거면 돼."

나루는 숟가락으로 밥을 푹푹 퍼서 쩝쩝거리며 먹고, 손가락으로 깍두기를 집어서 입에 밀어 넣고, 손가락에 묻은 고춧가루를 쪽쪽 빨아먹었다.

게걸스럽게 먹는 모습을 보면, 정이 뚝 떨어지겠지.

그렇게 실컷 먹은 후 나루는 고개를 들어, 멍하니 이쪽을 보는 두 남자를 향해 환하게 웃어 보였다. 입에 음식물을 가득 담은 채로.

'자, 어때? 자리를 피하고 싶지? 어서 일어나. 일어나서 가 버

리라고!'

하지만 두 남자는 나루의 소망대로 움직여 주지 않았다. 지후
는 걱정스러운 표정을 짓고 있었고, 재경은.

"우와, 너 진짜 맛있게 먹는다."

라는, 얼토당토않은 소리를 했다.

"뭐?"

"그걸로 안 되겠는데? 내 거 아직 손 안 댔으니까 더 먹어라,
야."

재경이 자기 몫의 밥을 퍼서 나루의 식판에 옮겨 줬다. 묵묵히
지켜보던 지후도 자기 반찬을 나루에게 적선해 주었다.

망했다.

나루는 울고 싶었다.

'이놈들은 대체 어디까지 마음이 넓은 거야?'

한숨을 푹 내쉬며, 처음처럼 가득 찬 식판을 내려다보고 있을
때였다.

"재경아. 지후야."

같은 과의 여학생 두 명이 다가왔다.

애네 이름이 뭐였더라. 아, 선미랑 지영이었지.

"지금 아침 먹는 거야?"

선미가 머리카락을 귀 뒤로 넘기며 물었다.

"응, 너넨?"

"난 원래 아침 안 먹어서. 지나가다가 너 보여서 잠깐 들어왔

어. 그런데…… 누구야?"

지영이 눈으로 나루를 슬쩍 가리키며 물었다.

"아, 너넨 모르겠구나. 나루야, 연나루. 수석 입학."

"아아, 얘가."

선미와 지영이 동시에 나루를 위아래로 훑어보더니 피식 웃었다. 아주 짧은 순간이었지만, 그들의 입술에 번진 비웃음을 나루는 눈치챘다.

'이래 봬도 32살까지 살다 왔다고. 20살 어린애들이 무슨 생각을 하는지쯤은 다 알지.'

선미와 지영이 이쪽을 어떻게 보든 아무 상관 없었다.

"다음 수업 들어갈 거지? 같이 가자."

선미가 재경을 돌아보며 말했다.

"미안하지만 동행이 있어서."

재경이 가볍게 거절했다.

"다 같이 가면 되지. 밥 다 먹을 때까지 기다릴게."

"아니. 밥 안 먹는 사람이 옆에서 지켜보는 건 불편해서."

늘 싱글싱글 웃는 재경은 의외의 부분에서 냉정했다.

"난 좋아해."

라고 말한 건, 나루였다. 모두가 나루를 돌아봤고, 나루는 숟가락을 손에 쥔 채로 말했다.

"난 누가 나 밥 먹는 거 지켜보는 거 좋아해. 앉아서 지켜봐 줘."

"……"

모두의 얼굴에 떠오른 황당함에, 나루는 희열마저 느꼈다.

그래, 봤지? 나 이렇게 이상한 사람이라고! 조롱하면서 피하란 말이야.

"그렇다면 뭐, 어쩔 수 없지."

재경이 숟가락을 내려놓더니 두 손을 깍지 끼고, 그 위에 턱을 얹었다. 본격적으로 구경하는 자세를 취한 재경이 나루를 보며 싱긋 웃었다.

"자, 열심히 지켜볼게. 먹어."

"……저기, 성재경."

"응? 이렇게 봐 주는 거 좋아한다면서? 우리 과 수석이 좋아한다면, 내 끼니 정도는 포기하고 지켜봐 줘야지. 야, 지후. 뭐해? 과 수석이 지켜봐 달라잖아."

"아아."

지후도 숟가락을 내려놨다. 그러더니 팔꿈치를 식탁에 대고 손바닥에 턱을 괴었다.

저 자세를, 나루는 기억하고 있었다. 마주 앉아 커피를 마실 때, 지후는 저런 자세로, 귀여워서 견딜 수 없다는 표정으로 나루를 지켜보곤 했었다. 그의 얼굴을 살짝 덮는, 그의 길고 큰 손을 나루는 참으로 사랑했었다.

꿀꺽―

눈물을 삼키며 숟가락을 내려놨다.

아아, 버겁다.

더는 안 되겠어. 오늘은 여기까지만.

나루는 벌떡 일어났다.

"나한테서 신경 좀 꺼!"

버럭 외치고 휙 돌아서서 도망치듯 학생 식당을 빠져나왔다. 이상하게 보였을 것이다. 지켜봐 달라더니, 신경 끄라고 화를 냈으니까. 상종하기 싫은 인간으로 보였을 것이다.

하지만 왜일까. 나루는 두 사람이 이 삶에 계속 얽힐 것만 같다는 불길한 예감이 들었다.

덥석—

바로 지금처럼.

돌아보지 않고도 손목을 잡은 인물이 누군지 알 수 있었다. 이 손의 크기를, 체온을, 똑똑히 기억하고 있으니까.

"신경 끄랬지?"

"집에 갈 거야?"

지후의 음성은 낮고 듣기 좋았다.

"신경 끄랬지?"

"데려다줄게. 너, 아파 보인다."

"신경 끄랬지?"

"걸어갈까, 아니면 업어 줄까?"

참지 못하고 휙 돌아섰다.

지후가 무표정하게 이쪽을 보고 있었다. 그러나 나루는 알고 있었다. 저 무표정 안에 담긴 걱정이라는 감정을. 남들은 똑같다고 생각하는 무표정 속에서 수많은 감정을 읽어 낼 수 있을 만큼 사랑했으니까. 함께 했으니까.

"왜 자꾸 이러는 거야? 신경 끄랬잖아. 신경 끄라는 말 몰라?"

울음을 참고 신경질적으로 외치는 말에, 지후가 후우, 한숨을 쉬더니 말했다.

"아픈 사람한테선 신경 못 꺼. 오지랖이 넓거든. 네가 멀쩡해지면 신경 끌게."

망했다.

*　　*　　*

원룸 빌라를 향해 나란히 걸었다.

예전이라고 해야 하나, 시간을 돌리기 전이라고 해야 하나. 그래, 예전이라고 하자. 예전에는 항상 함께 걷던 거리였다.

그 거리를 또다시 이렇게 걷게 될 줄은 몰랐다.

"난 아픈 게 아냐."

지후는 한 번 돌봐 주기로 마음을 먹으면 무슨 짓을 해도 돌봐 주는 성격이었다. 그를 설득해야만 했다.

"난 원래 이런 성격이야. 이상한 애라고 불렸었어."

"응."

"신경질적이고, 밥 먹을 때도 게걸스럽고, 잘 씻지도 않고, 옷도 늘 추리닝에 삼선 슬리퍼야. 느닷없이 화내기도 하고, 소리를 지르기도 하고, 항상 지각하고. 그래서 다들 날 싫어했어. 왕따라고들 하지."

"응."

"뭐, 익숙해. 아니, 오히려 혼자인 게 편해. 대학에서도 친구를 만들 생각 별로 없고, 이 더러운 성질머리를 고칠 생각도 없어. 그러니까 나한테 너무 신경 쓰지 않는 게 좋을 거야. 너도 같이 왕따 당할걸."

"그럼 당하지, 뭐."

지후가 가볍게 말했다.

"뭐? 야, 나 아픈 게 아니라니까?"

"왕따도 그냥 내버려 둘 수는 없어."

"야……."

"네가 왕따를 당하지 않게 되면, 그때 신경 끌게."

나루는 걸음을 멈췄다. 지후도 멈춰 선 채로 나루를 돌아봤다. 고개를 들어 한참 위에 있는 그의 얼굴을 빤히 응시하며, 나루는 생각했다.

'이 인간은 진짜 어떻게 돼먹은 인간이야?'

마음이 한없이 넓은 인간으로부터 미움을 받는 방법은 생각해 보지 않았다.

내가 사랑했던 남자가 이렇게까지 오지랖이 넓고, 마음이 하해와 같이 넓을 줄은 몰랐다.

'심해. 이 정도였었나?'

결국 지후는 문 앞까지 나루를 데려다주었다.

"들어갈래."

"응."

"너한테 들어오라는 말은 안 할 거야."

"알아."

"얼른 가."

"들어가는 거 보고."

"너 진짜 오지랖이 장난 아니구나. 귀찮은 성격이라는 말 안
들어?"

"응, 별로."

나루는 열쇠를 꺼내 문을 열었다.

"들어갈 거야. 가, 이제."

"아픈 거면 병원에 가 봐."

"안 아프다니까."

"그럼……."

지후가 나루의 앞으로 손을 내밀었다. 나루는 습관적으로 그
손 위에 자신의 손을 올렸다. 그러면 그의 커다란 손이 내 손을
잡아 주어야 하는데, 그 손이 도통 움직일 생각을 하지 않았다.
뒤늦게 이런 관계가 아니라는 것을 깨닫고 얼른 손을 떼어 냈다
가 탁 마주 내리치며 말했다.

"파이팅!"

"……."

지후가 황당하다는 표정을 지으며 말했다.

"그래, 파이팅 하고. 휴대폰 줘 봐."

"내 휴대폰은 왜?"

"번호 알려 줄게. 무슨 일 생기면 연락해."

"뭐야, 너. 이런 식으로 여자 번호 따? 너, 나한테 관심 있니?"

도끼병에 걸린 여자는 최악이다. 그러니까 나루는 차라리 도끼병에 걸린 척하기로 했다.

"그래, 그런 거였구나? 역시 나한테 푹 빠진 거였어. 나, 좋아하니? 뭐, 내가 좀 괜찮긴 하지. 나랑 잘해 보고 싶어서 잘해 준 거였어?"

아직은 좋아하기 전이니까, 후줄근 추리닝에 삼선 슬리퍼의 여자에게 이런 소리를 듣는 게 즐겁지는 않으리라.

"응. 그런 거야. 그러니까 폰 줘 봐."

하지만 이번에도 지후는 예상을 벗어난 행동을 했다.

얘, 진짜 안 되겠네. 이 인간을 진짜로 모르겠어.

나루는 한숨을 푹 쉬며 휴대폰을 꺼냈다. 지후는 휴대폰을 받아 들고 자기 번호를 저장하더니 나루에게 돌려줬다.

"아프면 연락해."

"아프면 119에 전화하지, 너한테 전화하겠어?"

"그래도 되고. 들어가."

지후의 시선을 받으며 안으로 들어갔다.

문을 닫고 휴대폰을 꽉 움켜쥐었다.

안 되겠다. 아무래도 뭔가 이상하다.

'지후가 저런 성격이었나?'

아니었다고 확신한다. 지후는 여자에게 치근거리거나 필요 이상으로 친절한 성격은 아니었다. 오히려 차가워서 대하기 어렵다는 평가를 받았었다. 이런 식으로 여자를 집에 데려다주고 번호를 따는 일 따위는 절대로 하지 않는 인물이었다.

'뭐가 지후를 저렇게 만든 거지? 역시…… 내가 너무 위험스러워 보였나?'

그렇다면 있을 수 있는 일이다. 정신이 나간 것 같은, 위태로운 여자. 지후는 버림받고 상처받은 짐승을 모르는 척하지 못하는 성격이었다.

'그래. 쟤 눈에는 내가 인간이라기보다는 짐승으로 보였을 거야. 밥을 그런 식으로 먹어댔으니까.'

이 계획은 망했다. 동물에게 친절한 지후의 성격을 염두에 두지 못했다. 계획을 수정해야 한다.

*   *   *

휴대폰 메모장을 켜려다가 스마트폰이 아닌 폴더폰이라는 것을 깨닫고는 도로 내려놓았다. 노트와 볼펜을 챙겨 침대 위에 책상다리를 하고 앉았다. 강의를 받아쓰려고 산 것이 분명한 새 노트를 물끄러미 응시하며 생각을 정리했다.

'시간을 되돌렸지만 벌어지는 일은 비슷해. 이사 온 이튿날 재경이랑 지후를 마주쳤어. 원래대로라면 입학식 때 가족끼리 식사를 하게 되지만, 그 일은 벌어지지 않았지. 그런데도 결국 오늘 아침을 같이 먹게 됐어.'

예전에도 그랬다. 첫 수업을 들은 후, 함께 학생 식당에 가서 밥을 먹었던 기억이 났다. 다른 점이 있다면, 그때는 식사를 한 후에 같이 수업을 들으러 갔었다.

'내 움직임에 따라 변하는 것이 있기는 하지만, 그래도 큰 틀은 바뀌지 않는 건가? 결국 난 지후랑 재경이를 내 삶에 받아들일 수밖에 없는 거야?'

솔직히 당장 느껴지는 감정은 안도감이었다. 사실은 그들을 잃고 싶지 않았다. 그들이 없는 삶을 상상도 할 수 없었다. 대학교 1학년 때부터 32살, 그 일이 벌어지기까지 12년이라는 시간. 민지후와 성재경은 나루의 가족이자 삶이었다.

"아아. 진짜 어쩌지?"

의논을 할 수 있는 사람이 있으면 좋겠다. 인생에서 가장 좋은 친구들이었던 지후와 재경, 윤영이 가까이에 있지만, 지금은 그런 관계가 아니다. 불현듯 혼자 남겨진 듯한 고독감이 해일처럼 밀려왔다.

"그래, 난 혼자구나. 기분 진짜 이상하다."

나루는 벌러덩 드러누웠다.

"진짜 앞으로 어째야 하지? 윤영이랑은 친해져도 될 것 같긴 한데…… 걔랑 언제 어떻게 친해졌더라?"

10년 전의 일이다. 친구와 언제 어떻게 친해졌는지를 기억하는 사람은 많지 않다. 게다가 나루는 무심한 성격이었기에, 사소한 사건을 전부 기억하지는 못했다.

'그래, 그런 걸 기억하는 건 지후였어.'

남들은 나루가 여자니까 꼼꼼하고 섬세할 거라고 생각했지만, 사실 섬세한 쪽은 지후였다. 둘만의 추억, 기념일, 나루가 흘리듯 내뱉은 말들까지도, 지후는 늘 기억하고 챙겨 주었다. 기억 못 해서 미안해, 라고 말하면 지후는 옅은 미소를 지으며 대답하곤 했다.

―내가 기억하면 되지.

나루의 사소한 일상까지도 전부 기억해 주었던 지후는, 이제 없다. 이제부터는 나루 자신이 하나하나 떠올리고 기억해 내야만 한다. 그리고 앞으로의 모든 과정에 계획을 세우고 움직여야 한다.

'어렵다, 진짜. 차라리 시험을 보는 게 낫겠어.'

나루는 다시 상체를 일으켰다.

'윤영이랑 친해진 건 분명 1학년 2학기 때부터야. 잘은 기억 안 나지만 영어 회화 수업 듣다가 같은 조라서 친해졌던 것 같아. 그런 거라면…… 미리 친해질 수도 있지 않을까? 아니면 아

무리 노력해도 큰 틀에 맞춰서 2학기는 되어야 친해지려나?'

친구가 필요했다. 그러지 않으면 이 고독감에 짓눌려 모든 것을 포기하고 지후에게 기대게 될지도 모른다.

'일단 계획을 변경해야 돼. 큰 틀이 그대로 진행된다고 한다면, 내가 미친 애인 척하는 건 의미가 없어. 오히려 돌발 상황이 생기게 될지도 몰라. 오늘처럼.'

원래대로라면 나루는 지후보다 재경과 먼저 번호를 교환하고 친해졌어야 했다. 지후는 무뚝뚝하고 낯가림이 심해서, 초반에는 나루와 대화도 잘 하지 않았었다.

'그렇다면 차라리 흘러가는 대로 내버려 두는 게 나을지도 몰라. 예전이랑 같은 상황이 벌어지면, 그에 맞게 대응할 수 있으니까.'

그러다가 중요한 순간들. 내가 그에게 사랑을 느끼고, 그가 나에게 사랑을 느끼는 그 순간들에 대비를 하고, 빠져나가면 된다. 그가 날 사랑할 기회를 원천 봉쇄해 버리면 그만이다.

"좋아! 일단 옛날처럼 평범한 대학 생활을 즐기는 쪽으로 가자. 그러고 나서 내가 너무 매력적이라 지후가 반하겠구나, 싶은 시점에 슬쩍 물러서면 되는 거야."

그러나 나루는 답을 찾아낸 지 몇 초 지나지 않아, 중대한 오류를 깨달았다.

'그러고 보니 나…… 지후가 언제 나한테 반했는지 들은 적이 없는데.'

망했다.

나는 어찌하여 '왜 나를 좋아해?'라는, 연인들이 당연히 주고받는 질문을 한 번도 해 본 적이 없는가!

자신의 무심함에 새삼스럽게 절망하며, 나루는 머리를 쥐어뜯었다.

"난 진짜 못 쓰겠어. 머리가 좋으면 뭐해. 중요한 걸 기억 못하는데!"

침대 위를 뒹굴뒹굴하면서 한참을 자책하다가 정신을 차렸다.

"아냐, 괜찮아. 할 수 있어. 기억해 내는 거야. 뭐가 됐든, 우리 사이에 있었던 큼지막한 사건들을 떠올리면, 그중 하나는 내가 너무 매력적인 순간이 있겠지. 그 순간에 나한테 반했을 거야."

나루는 노트를 펼치고 대학 때의 추억을 더듬었다. 풋풋하고 달콤했던 수많은 추억이 떠올랐지만, 대학 생활이 아닌 지후와의 추억이었다.

처음 손을 잡았을 때, 첫 키스를 했을 때, 영화를 봤을 때, 처음 요리를 해 주었을 때…… 그런 사소한 추억들이 떠올라 가슴이 미어졌다.

이제 그의 체온을 오롯이 느끼는 순간은 없을 것이다. 그의 두껍고 단단한 팔을 베고 자는 일도, 힘들 때 그의 가슴에 얼굴을 묻고 위로를 받는 일도, 이제는 없을 것이다.

아니, 없어야만 한다.

'아프다.'

나루는 가슴 위에 손을 얹었다.

'와, 너무 아프다.'

윤영이라도 있었다면 끌어안고 펑펑 울었을 텐데, 윤영과는 아직 통성명도 못 한 상태였다.

'진짜 미치겠네.'

나루는 노트에 간신히 끄집어낸 추억들을 하나, 하나 적어 내려가기 시작했다. 다 적고 나니 생각보다 사건이 많지는 않았다. 그래 봐야 1, 2학년을 함께 보내고, 3, 4학년 때는 지후가 군대에 있었으니까. 대학 추억이 있는 기간은 2년이었다.

"3, 4학년 때는 지후가 군대에 갔었고, 제대를 하고 나서 나한테 고백을 했어. 그러니까 1, 2학년 때. 이 2년간 무슨 일인가가 벌어진 거야. 지후를 홀딱 빠지게 만든 무언가가."

"내내 네 생각만 했어."

군대에서 제대하고 얼마 지나지 않아, 지후는 나루에게 그렇게 말했다. 둘은 영화표를 사기 위해 줄을 서 있는 상황이었다. 주말이라 사람들이 많고 시끄러운 그곳에서, 지후의 낮은 음성이 또렷하게 들려왔다.

"군대에 있는 동안, 내내 네 생각만 했어. 불안하더라."

지후는 나루를 돌아봤고, 나루도 지후를 올려다봤다. 둘의 눈동자가 마주했을 때, 지후가 엷은 미소를 지으며 말했다.

"누가 널 채 갈까 봐."

나루는 아마도 얼떨떨한 표정을 짓고 있었을 것이다.

지후는 다시 정면을 응시했다. 잘못 들었나 싶을 무렵, 그의 커다란 손이 나루의 손을 감싸 쥐었다. 그렇게 손을 잡고 그는 말했다.

"좋아해."

그다음에 지후는 다시 고개를 돌려 나루와 시선을 맞추고, 다짐하듯 말했다.

"아주 많이 좋아해."

그날을 추억하며 나루는 눈을 감았다. 그의 다정한 음성과 맞잡은 손에서 전해지던 온기가 생생했다. 약간은 어두운 실내를 채운 고소한 팝콘 냄새도, 오가는 사람들의 웅성거림도. 마치 그때의 그 영화관에 서 있는 듯 생생해서 가슴이 저려 왔다.

'군대 내내 날 생각했다고 했어.'

나루는 가슴을 파고드는 그리움을 애써 밀어냈다.

'그렇다는 건 그전에 날 좋아하게 됐다는 거야.'

나루는 눈을 뜨고 펜으로 1학년, 2학년에 동그라미를 쳤다.

"이 2년간, 뭔가 있어. 그리고 난 그 무언가를 하지 말거나 피해야 돼. 그러면…… 그러면…… 지후가 군대에 있는 내내 날 생각하는 일은 없을 거야."

기억나는 큰 사건 중 첫 번째는, 조만간 있을 미생물학 실험이었다. 조교는 실험에 사용할 미생물을 직접 조달해야 한다고 했고, 조끼리 근처 호수나 강에 가서 물을 채집해 오라고 했다.

실험에 쓸 물을 채집하다가 그 일이 벌어졌었다.

'그래, 그때의 난 섹시했을 거야. 물에 젖은 여자는 섹시한 법이니까.'

나루가 용기에 물을 담다가 발을 헛디뎌서 얕은 강에 빠진 것이다.

'그때 반했을지도 몰라.'

그렇다면 물에 젖는 일이 없어야만 한다.

'한 번 경험했던 일이고, 내가 조심만 하면 되니까 피하는 건 어렵지 않을 거야. 그나저나.'

불현듯 며칠 전의 일이 떠올랐다. 과거로 돌아왔던 날, 늦은 밤. 빌라의 복도 끝에 가만히 서 있던 지후의 모습. 어둠에 감싸여 미동조차 하지 않고, 이쪽 어딘가를 물끄러미 응시하던 그의 모습.

'그때, 지후는 왜 그러고 있었던 거지?'

슬픔과 혼란에 젖어 그 일에 대해 까맣게 잊고 있었다.

'대체 뭘 보고 있었던 거지?'

그냥 서 있었다고 하기에는 너무 오랜 시간이었다. 분명 이유가 있을 텐데, 그 이유를 짐작할 수가 없었다.

'에이, 뭐. 내가 신경 쓸 일은 아니겠지. 혼자 고민한다고 지후 속을 들여다볼 수 있는 것도 아니고.'

나루는 침대에서 내려와 시간을 확인했다. 스마트폰을 사용하던 나루에게 폴더폰은 무척이나 불편하고 쓸모없는 기계로 느껴졌다. 묵직한 휴대폰을 이리저리 움직여 보다가 피식 웃었다.

　"와, 이걸 다시 쓰게 될 줄이야. 휴대폰 회사에 취직해서 곧바로 스마트폰을 개발해 버릴까? 그럼 나 좀 유명해질 것 같은데. 또 뭘 하면 유명해지려나. 아, 주식. 주식도 좀 사 둘까? 이럴 줄 알았으면 로또 당첨 번호라도 몇 개 외우고 있을걸."

　중얼거리며 나갈 준비를 했다. 헝클어진 머리를 빗고 제대로 된 옷을 꺼냈다. 30대의 나루에게는 촌스러워 보이는 옷이지만, 대학 때는 이런 옷을 입고 다녔었다. 통이 넓은 일자 면바지와 인디핑크 니트가 그나마 나아 보였다. 화장을 하려고 했는데 색조 화장품이 하나도 없었다.

　'아, 나 어릴 땐 화장 안 했었지.'

　화장을 시작한 건 30대가 되면서부터였다. 하얀 피부와 큰 눈, 빨간 입술을 가진 나루는 화장의 필요성을 느끼지 못한 채 살았었다. 어쩌면 매일 예쁘다, 예쁘다 해 주는 지후가 있어서일지도 모르겠다.

　대학 입학 기념으로 엄마가 사 준 회색 코트를 걸치고 집에서 나왔다. 아직 수업이 하나 남아 있었다. 되돌아온 시간을 흘러가는 대로 놔둘 거라면, 수업을 하나쯤은 제대로 들어야 했다. 그래야 친구들도 생기고, 계속 이 생활을 유지할 수 있을 테니까.

이번에는 교정을 둘러볼 여유가 생겼다.

'와, 진짜 오랜만이다. 뭔가 되게 그립네. 저기 앉아서 샌드위치 자주 먹었었는데.'

10년 전의 패션으로 교정을 거니는 학생들을 지켜보는 기분이 묘했다. 과거로 돌아온 느낌이었는데, 생각해 보니 과거로 돌아온 게 맞았다.

'신기해. 이런 경험을 다 하다니.'

오랜만이라 강의실이 어디였는지 잊어버렸다. 예전에는 재경과 지후가 나루를 챙겨서 데리고 다녔었다. 휴대폰으로 검색을 하려다가, 그럴 수 있을 만큼 유용한 휴대폰이 아니라는 걸 깨닫고 도로 주머니에 집어넣었다.

눈에 익은 건물 앞에서 두리번거리다가 아는 얼굴을 발견했다. 선미와 지영이었다.

'그래, 쟤네 둘은 OT 때 친해졌다고 들었어. 그 후에 엄청 싸워서 절교하게 되지만.'

나루와는 썩 좋은 사이가 아니었다. 하지만 또다시 나쁜 사이일 필요는 없겠지.

"저기, 얘들아."

나루는 그들에게 말을 걸었다. 사이좋게 팔짱을 끼고 건물에 들어가려던 선미와 지영이 걸음을 멈추고 뒤를 돌아봤다.

나루의 얼굴을 확인한 두 사람은 동시에 인상을 찡그렸다. 하지만 곧 영업용 미소를 지으며 다가왔다.

"뭐야, 아까랑 분위기가 완전 다르네. 아깐 왜 그렇게 입고 왔던 거야?"

"아아, 잠이 덜 깨서. 아침에 좀 약하거든."

"너, 아까 진짜 이상해 보였던 거 알아?"

지영이 까르르 웃었다.

"좀 그랬지? 아하하. 우리 강의실이 어딘지 확인을 못 해서. 같이 들어가자."

"그래, 여기 2층일 거야."

그들과 함께 건물로 들어갔다.

눈에 익은 면면이 보였다. 대학을 졸업하고도 가끔 만났던 친구들, 대학 졸업과 동시에 연락이 끊긴 친구들. 그들이 어린 시절의 모습 그대로 돌아다니는 모습을 보는 건 신기한 일이었다.

"너, OT 때는 왜 안 온 거야? 다들 되게 궁금해했었는데."

선미의 질문에 나루는 말문이 막혔다 OT 참가를 하지 않은 이유가 있었는데, 지금은 그 이유가 잘 생각나지 않았기 때문이다.

"아마…… 감기 때문에?"

"푸하하하. 아마, 는 또 뭐야? 네 일인데."

"그러게. 아하하."

"너 좀 특이하다는 소리 많이 듣지?"

그런 소리는 들어 본 적도 없지만, 앞으로는 좀 듣게 될지도 모르겠다.

"응, 그랬던 것 같아."

"OT도 안 왔는데 재경이랑은 어떻게 알아? 원래 알던 사이야?"

지영이 은근한 눈빛을 보내왔다. 선미도 초롱초롱하게 눈을 빛내며 나루의 대답을 기다렸다.

나루는 그제야 이 두 사람이 싸워서 절교하게 된 이유가 재경 때문이었다는 것을 기억해 냈다.

"아니, 그냥. 자취하는 건물이 같은 건물이라서 어제 마주쳤었어."

"우와, 진짜? 뭐야, 좋겠다."

"다음에 너네 집에 놀러 가도 돼?"

재경을 만나러 오겠다는 속셈이 빤하지만, 나루는 고개를 끄덕였다.

"응, 그래."

2층에 있는 강의실 안에 들어서는 순간, 지후의 뒷모습을 발견했다.

그를 사랑하지 말아야 한다. 그러나 그를 사랑한다. 이 마음은 아직 현재진행형이라, 내 눈은 여전히 그를 찾아냈다. 어디에 있어도 그를 발견할 수 있었다. 아마 앞으로도 한동안은 이러겠지. 그리고 발견할 때마다 심장이 쿵 내려앉는 기분을 느끼겠지.

나루는 슬며시 주먹을 움켜쥐고 구석에 있는 자리에 앉았다. 선미와 지영은 앞자리에 앉았고, 강의실은 앞자리부터 하나둘씩 채워졌다.

아직은 학생들이 수업에 열정을 가지고 참가할 시기였다. 한 달쯤 지나면 공부 열심히 하는 친구들 빼고는 다들 뒷자리를 경쟁하게 될 것이다.

스윽—

아직 앞자리가 남았는데, 옆에 누군가 앉았다.

"오, 수업 안 들어올 줄 알았는데 왔네."

경쾌한 음성은 재경의 것이었다. 작은 목소리라서, 앞에 앉아 있는 사람들에게는 들리지 않았다.

지후가 뒤를 돌아보지 않아 다행이라고 생각했다.

"응, 제대로 들어야지. 비싼 등록금 내고 다니는데."

"아까랑 분위기가 다른데?"

"응, 아깐 잠이 덜 깼었거든."

"오오. 동지. 나도 아침잠이 많아."

재경이 악수를 하자는 의미로 손을 내밀었다. 나루는 가지런하고 예쁜 손을 물끄러미 응시하다가 잡았다. 바로 그때였다. 지후가 고개를 돌린 것은. 눈이 마주쳤다.

지금 나와 재경의 모습이 지후의 눈에 어떻게 비칠까. 유독 친한 두 사람으로 보일까, 서로에게 호감을 품은 남녀로 보일까.

지후는 무표정했고 아무 생각이 없는 것처럼 보였다.

지후가 다시 고개를 돌린 후에야, 나루는 재경과 잡았던 손을 떼어 냈다.

"이따 우리 과 신입생 환영회 한다더라. 너도 갈 거지?"

재경이 책을 꺼내며 물었다.

"글쎄."

신입생 환영회에서 특별한 일이 있었던가.

나루는 기억을 더듬었다. 그때, 선배들이 주는 술을 너무 많이 마셔서 엄청 토했던 것 같다. 대단한 사건은 없었다.

"같이 가자. 집에 가 봐야 할 일도 없잖아. 너, OT도 안 왔으니까 이왕이면 애들이랑 안면 좀 트는 게 좋지 않겠어?"

"옛날부터 생각했지만, 넌 진짜 오지랖이 넓은 것 같아."

"응? 옛날부터?"

"아…… 아니, 어제부터."

다행히 재경은 나루의 말실수를 대수롭지 않게 넘겼다.

"예쁜 여자한테만 그래."

"어?"

"예쁜 여자한테만 오지랖이 넓다고."

재경이 나루를 보며 빙그레 웃었다. 왕자처럼 화려한 얼굴에 황송할 만큼 예쁜 미소가 떠올랐다.

당혹스러웠다.

'뭐지? 재경이가 나한테 이런 말을 했던 적이 있나? 아니, 없었어. 오히려 허구한 날 못난이 여우라고 놀렸었는데.'

뭐가 바뀐 걸까? 설마 오늘 아침에 이상하게 행동한 것 때문에 이런 결과가 나온 걸까?

'아니, 이런 한마디 때문에 당황할 필요는 없어. 일일이 놀라

고 당황해서는 안 돼.'

이유는 모르겠지만 어쨌든 과거로 돌아왔다. 미래를 살던 사람이 돌아왔으니 모든 과거가 똑같을 수는 없었다. 나누는 대화, 벌어지는 일들이 조금씩 다른 것은 당연했다.

"그래, 뭐. 내가 좀 예쁘긴 하지."

"그럼 예쁜 과 수석 번호나 좀 알자."

재경이 휴대폰을 내밀었다. 번호를 교환하고 있을 때 교수가 들어왔다.

'아, 최 교수님.'

유전공학의 최재철 교수는 대학 때부터 나루를 많이 아꼈고, 취업 활동을 할 때에도 도움을 많이 줬었다. 지후가 죽게 된 '그 사건'이 벌어지게 된 계기가 되는 '무언가'를 발견했을 때에, 나루가 상담을 했던 인물이기도 했다.

'상의…… 해 보고 싶어. 이 상황에 대해서.'

나루에게는 또 다른 아버지 같은 존재였기 때문에, 최 교수를 보자 굳게 다잡은 마음이 허물어지려 했다.

최 교수를 똑바로 보기가 힘들었다. 만약 눈이 마주치면, 예전처럼 '쌤.' 하고 부르며 비밀을 다 털어놓게 될 것만 같았다.

최 교수가 자기소개를 끝낸 후 강의 계획을 설명하는 내내, 나루는 고개를 숙이고 있었다.

슬쩍, 귓가에 무언가 닿는 느낌이 들어 소스라치게 놀라 고개를 돌렸다. 재경이 흘러내린 나루의 머리카락을 살짝 걷어 주고 있었다.

"나루, 너 괜찮아?"

"어?"

"아파 보인다, 너? 식은땀도 나고."

재경이 엄지로 나루의 이마를 살짝 쓸어 주었다. 원래 재경과는 남매처럼 지냈기 때문에, 이 정도의 스킨십은 스킨십 축에도 끼지 못했다.

아무 생각 없이 재경의 손길을 받고 있던 나루는, 뒤늦게 지금이 상황이 전과는 다르다는 걸 깨달았다.

아직은 아니다. 언젠가는 그렇게 될지도 모르지만, 아직은 재경과 서로를 걱정하고, 손길을 아무렇지도 않게 받아들일 만큼 친한 사이가 아니다.

아니나 다를까. 몇몇 학생들이 이쪽을 향해 수상쩍다는 시선을 보내고 있었다.

저 여자애는 뭐지? 누군데 성재경이랑 친한 척이야? 둘이 사귀는 건가?

그런 의문들이, 학생들의 눈에 묻어 있었다.

나루는 슬며시 재경의 손목을 밀어냈다.

"응, 나는 그냥······."

"안 되겠다."

라고 말한 재경이 말릴 새도 없이 벌떡 일어났다.

최 교수가 설명을 멈췄고, 앞자리의 학생들까지도 전부 뒤를 돌아봤다. 지후 역시 의아함이 담긴 눈으로 이쪽을 보고 있었다.

"교수님. 얘가 많이 아픈 것 같아서요. 첫 수업에 죄송하지만 얘 병원에 좀 데려다주고 오겠습니다."

"아, 그래요? 어젯밤에 술을 많이 마셨나? 어차피 오늘은 수업을 안 하니까 굳이 돌아올 필요 없어요. 다음 시간에 건강한 모습으로 봐요."

최 교수는 불쾌한 기색 없이 웃으며 허락했다. 최 교수의 승낙이 떨어지자마자 재경이 나루의 손목을 붙잡았다.

"가자."

"저기, 재경아."

"가자. 걱정스러워서 안 되겠어."

반강제적으로 재경에게 끌려 나가며, 나루는 뒤를 돌아봤다. 아직도 학생들은 이쪽을 보고 있었지만, 지후는 아니었다.

나를 사랑하지 않는 그는, 이쪽의 일에 관심 없다는 듯 다시 정면을 향해 있었다.

*　　*　　*

노기 띤 표정으로 노려보는 나루를 내려다보며, 재경은 싱긋 웃었다.

"왜 그렇게 봐?"

"이런 식으로 데리고 나오는 게 어디 있어?"

"여기 있지."

"말장난하자는 거 아냐. 첫 수업이잖아. 제대로 듣고 싶었어."

"그런 거치고는 책상만 노려보고 있던데."

"난 원래 사람 얼굴을 똑바로 못 봐."

"하지만 지금은 잘 보고 있잖아."

"네가 사람 같지 않으니까!"

"이야. 그건 또 신선한 평가인데."

"성재경, 넌 진짜……."

거기까지 말한 나루가 입을 다물고는 고개를 절레절레 저었다.

왜일까.

재경은 나루가 자신을 대할 때에 마치 오랫동안 알아온 사람인 것처럼 대한다는 느낌이 들었다. 어디선가 만난 적이 있나 싶었지만, 이렇게 눈에 띄는 여자를 만났던 기억이 나지 않을 리가 없었다.

눈에 띄는 여자. 본인은 모르는 것 같지만, 나루는 그런 여자였다. 며칠 전 처음 봤을 때부터 내버려 둘 수 없는 여자라는 인상을 받았다. 중학생처럼 보이는 앳된 얼굴인데, 눈빛은 묘하게 어른스러운 구석이 있었다. 의미 모를 이상한 행동을 하는데도, 이상하게 자신보다 누나 같다는 생각이 들기도 했다.

'게다가.'

재경은 나루의 얼굴을 가만히 뜯어봤다. 희고 작은 얼굴, 둥그

스름한 이마와 끝이 살짝 내려간 일자 눈썹, 속쌍꺼풀이 있는 고양이 같은 눈과 끝이 살짝 올라간 오똑한 코, 그리고 붉은 입술.

'얼굴이 완전 내 취향이야.'

잘난 얼굴 덕분에 주변에는 늘 여자가 많았다. 그러나 '내 취향'이라는 생각이 드는 여자는 한 번도 본 적이 없었다.

며칠 전 자취방 복도에서 나루의 얼굴을 처음 보는 순간.

'우와, 내 취향!'

이라는 생각이 절로 들었다.

이상한 패션이나 추운 날씨임에도 신고 있던 슬리퍼, 감고서 말리지 않은 머리나 별난 행동들은 아무래도 좋았다.

얼굴이 완전히 내 취향이니까.

'챙겨 주고 싶은 마음이 생기는 게 당연하지. 이런 얼굴을 또 어디서 만나겠어?'

"에이, 어딜 다시 들어가려고 해."

나루가 휙 돌아서서 강의실로 돌아가려 하기에, 황급히 그녀의 손목을 붙잡았다.

"야, 성재경. 너 원래 이렇게 남의 몸 막 만지니?"

나루가 까칠하게 물었지만, 재경은 그게 싫지 않았다. 경계심 많은 새끼 고양이를 상대하는 기분이었다.

"아니. 과 수석 한정."

"그 빌어먹을 과 수석 타령 좀 그만하지? 이럴 줄 알았으면 적당히 몇 개 틀리는 건데."

"우와, 역시 능력자는 생각하는 게 다르구먼. 간신히 추가 합격한 열등생은 웁니다."

"추가 합격은 무슨. 한 번에 붙었으면서."

또다. 나루는 이번에도 한 번에 붙은 것을 잘 알고 있다는 듯이 말했다. 지레짐작으로 하는 말이 아니었다.

"어떻게 알았어?"

"어?"

"내가 한 번에 붙은 거 어떻게 알았어?"

"아, 그야……."

나루는 아차 싶다는 표정으로 시선을 옆으로 돌렸다.

"진짜로 추가 합격이라면 굳이 그런 말은 안 할 것 같아서."

그럴듯한 변명이긴 하지만, 어째서인지 믿어지지 않았다.

"아무튼, 난 다시 수업 들어갈 거야. 너도 여자한테 치근거리는 건 그만두고 수업 좀 들어."

"난 여자에게 좀 더 수월하게 치근거리기 위해 대학을 온 거야."

"그거참 당당하기도 하네. 네 당찬 포부는 알겠는데, 네 욕심 때문에 나까지 방해하는 건 좀 너무하지 않아?"

"물론 네가 내 타입이고 못 견디게 치근거리고 싶은 여자이기는 한데, 지금 데리고 나온 건 정말로 걱정돼서야. 너, 오늘 아침에도 좀 이상했잖아."

"그건 잠이 덜 깨서."

"아파 보여, 너."

재경이 나루의 볼 위에 살며시 손을 얹었다.

"걱정돼."

진심이었다.

왜 이렇게까지 걱정이 되는지 모르겠지만, 이러다가 나루가 산산이 흩어질 것만 같아 불안했다.

'산산이 흩어져? 이건 또 뭔 표현력이래?'

재경은 자신이 한 생각에 본인이 어이가 없어졌다. 재경은 놀란 표정의 나루를 가만히 내려다보며 생각했다.

'하지만 정말이야. 왜 그러지? 유독 마른 편인 것도 아닌데, 왜 이렇게 불안해 보이지? 픽 쓰러지는 게 아니라…… 뭐랄까. 사라질 것 같아. 그래, 맞아. 그거야. 갑자기 사라질 것 같아, 얘는.'

볼에 닿은 재경의 손은 따뜻했다. 그래서 나루는 그 손을 꽉 잡고, 좀 더 재경의 체온을 느끼고 싶었다.

내 친구. 밤새 통화를 해도 자꾸만 할 말이 생겼던, 나의 가장 친한 친구.

'말해 버릴까? 모든 걸 다 말해 버릴까?'

전부 털어놓고 의논하고 싶었다.

있잖아, 재경아. 사실 나 미래에서 왔어. 나 32살까지 살다가, 어째서인지 다시 되돌아오게 됐어.

나 있지. 지후와 사랑을 했어. 아주 깊고 짙은 사랑이었어. 그런데 지후가 날 지키려다가 죽었어. 그래서 난 이제부터 지후를 사랑해서는 안 돼. 지후가 날 사랑하게 만들어서는 안 돼.

난 죽음의 비행기거든.

넌 들은 거 없니? 지후가 날 사랑한 이유, 사랑한 시기. 그런 것들에 대해 들은 거 없니?

수많은 말들이 입 안에서 맴돌았다. 금방이라도 터져 나올 것만 같은 말들을 나루는 꿀꺽 삼켰다.

'누가 믿겠어, 이런 걸. 미친 여자 취급이나 하겠지.'

당연한 일이다. 나 같아도 절대로 믿지 못하리라. 친해지기 전이라면 더더욱.

"재경아."

나루는 살짝 뒷걸음질을 쳐서 재경의 손을 떨어뜨렸다.

"난 그냥 새로운 대학 생활을 시작하게 돼서 조금 혼란스러운 거야. 내가 원래 좀 낯가림도 심하고, 겁도 많거든."

전혀 그렇지 않았지만, 재경을 납득시켜야 했다.

"신경 써 주는 건 정말 고마운데, 너무 이렇게 행동하면 나 좀 부담스러워. 사람들 눈에 띄는 것도 싫고. 만약 도움이 필요하면 말할 테니까, 너무 신경 쓰지 않아도 돼. 그리고 딱 봐도 알겠지만, 나 건강 체질이야."

재경이 이 정도의 거절로 서운해하지 않는 성격이라는 것을, 나루는 알고 있었다. 예상대로 재경은 어깨를 으쓱하고는,

"그래, 그럼. 앞으로 주의할게, 수석."

이라고 말하며 씩 웃었다. 전이나 지금이나 참으로 근사한 미소였다.

* * *

생명공학과 신입생 환영회는, 학교 근처의 술집을 빌려서 진행되었다. 신입생뿐 아니라 선배들까지 참가하기에, 좁지 않은 가게인데도 꽉 찼다. 간신히 자리를 잡고 앉은 나루는 물을 홀짝거리며 주위를 둘러봤다.

신입생의 출석률은 70프로 정도. 선배들은 2학년 선배들이 가장 많았다. 긴장한 신입생들의 모습에 웃음이 나왔다.

'하긴. 나도 옛날엔 긴장했었지. 선배들이 왠지 엄청 높은 사람들처럼 보여서.'

지금 보면 다들 어린애 같은데, 그때는 선배들이 왜 그리도 어렵고 무서웠는지 모르겠다. 그래 봐야 1년 일찍 태어난, 똑같은 어린애일 뿐인데. 자리를 잡느라 한동안 시끌벅적했다.

나루의 오른쪽은 선미였고, 왼쪽 자리에는 가방이 놓여 있었다.

'누가 내 옆에 앉았었더라.'

재경과 지후는 맞은편 오른쪽 끝에 앉았다.

'그래, 원래 재들이랑 떨어져서 앉았었어. 이때까지만 해도 계속 붙어 다니진 않았으니까.'

미생물학 실험을 위해 강물을 뜨러 갔던 시기를 기점으로 함께 다니기 시작했다. 다들 자리를 잡았을 때에도 나루의 왼쪽은 비어 있었다. 하지만 누가 오기는 오는지, 그 자리에 앉는 사람은 없었다.

2학년 과 대표가 마이크를 잡고 인사를 했다. 각자 자기소개를 하는 시간이 이어졌다. 그러는 동안, 나루는 몇 번이나 지후와 눈이 마주쳤다.

내가 지후를 보는 건 당연하다. 나는 지후를 사랑하니까.

그러나 지후가 이쪽을 볼 이유는 없었다. 지후는 아직 날 사랑하지 않을 때니까. 그런데 왜 자꾸 눈이 마주치는 걸까?

'원래 이렇게 자주 눈이 마주쳤었나? 생각이 잘 안 나.'

1, 2년 전의 일도 기억이 잘 안 나는데, 10년 전의 일이 생각날 리 만무했다.

'이럴 줄 알았으면 일기를 열심히 쓸걸. 아, 소용없구나. 일기장을 가지고 온 게 아니니까.'

"아까 재경이랑 뭐했어?"

선미가 나루의 술잔을 채워 주며 물었다. 아직은 목소리에 독기가 묻어 있지 않았다. 아니, 독기가 묻어 있었더라도 선미가 말을 걸어 준 걸 감사하게 여겼을 것이다.

지후를 흘끔흘끔 훔쳐보는 것 말고도 할 일이 생겼으니까.

"아픈 것 같다고 걱정하더라고. 어젯밤에 잠을 설쳐서 몸이 좀 안 좋았거든."

"진짜 친한가 보다, 너네."

"친하긴. 같은 건물 사니까 신경 써 주는 것 같던데."

"으으. 이럴 줄 알았으면 나도 자취한다고 할걸."

"자취 안 해?"

"응. 난 서울 사니까. 넌 어디서 왔어?"

"나도 서울이긴 한데……."

"뭐야, 진짜? 서울인데 자취하는 거?"

"응. 우리 집이 원래 좀 독립을 주장하는 집이라서. 고등학교 졸업하자마자 집 떠나기로 약속되어 있었거든."

"아, 좋겠다. 우리 집은 엄청 엄해서 결혼 전까지는 절대로 안 된대."

"그게 좋은 거야. 난 이제부터 생활비도 내가 벌어야 돼."

"그건 좀 그러네. 집에서 지원을 하나도 안 해 줘?"

"응. 진짜로 급하면 해 주시겠지만, 일단은 내가 벌어야 될 거야."

다행히도 선미와 평범한 대화가 가능했다. 어쩌면 이번 삶에서는 선미와 친해질지도 모르겠다.

'그러고 보니 윤영이는 어디에 있지? 분명 신입생 환영회 때 왔었는데.'

나루는 윤영을 찾아 술집 안을 둘러보다가, 다른 테이블 가운데에 앉은 윤영을 발견했다.

'윤영아.'

곱슬거리는 짧은 커트 머리가 잘 어울리는 윤영은, 선배들 사이에 앉아서 어색하게 웃고 있었다. 얌전한 척하는 그 모습에 웃음을 터뜨릴 뻔했다.

'조만간 윤영이 성격을 알게 되면 다들 놀랄 거야.'

귀엽고 사랑스러운 외모와 달리, 윤영은 성격도 말투도 괄괄했다.

앞으로 시선을 돌리다가 또 지후와 눈이 마주쳤다. 비스듬히 앉아 술잔을 잡고 있는 지후는, 심장이 덜컥 내려앉을 만큼 멋있었다.

넓은 어깨와 단단한 가슴, 굵은 팔과 커다란 손. 지독히도 사랑해서, 하루라도 안 보면 그립고 또 그리웠던 육체가 가까이에 있었다.

그럼에도 만질 수 없고, 안길 수 없다는 것은 커다란 고통이었다. 만질 수 없다면, 안길 수 없다면, 원하는 만큼 보기라도 하고 싶은데. 그럴 수가 없어서 괴로웠다.

눈이 마주치지 않은 척 시선을 돌릴 때였다.

"으아, 너무 늦었다. 벌써 시작한 거?"

왼쪽에서 까랑까랑한 목소리가 들려왔다. 어디에서도 튈 것 같은 그 목소리를 들은 후에야, 왼쪽 자리에 앉았던 사람이 누구였는지 기억할 수 있었다.

'하지민 선배! 아, 맞다. 그 선배였지.'

"뭐야, 윤지. 네가 왜 내 옆이야? 내 양쪽 옆은 신입으로 채워 달라니까."

지민이 까랑까랑한 목소리로 말했다.

"아, 누군 네 옆에 앉고 싶었는지 알아? 그래서 네 오른쪽은 신입으로 앉혀 줬잖아."

윤지가 신경질을 냈다.

"오, 그래? 어디 보자."

지민이 노골적으로 고개를 돌리는 것이 느껴졌지만, 나루는 그쪽을 보지 않았다.

지민은 나쁜 사람은 아니었지만 여자를 너무너무 좋아하는 사람이었다. 게다가 술을 마시면 '여자 좋아 에너지'가 폭발을 해서, 옆에 앉은 사람이 후배인지, 친구인지도 모르고 치근거리곤 했다.

'아, 맞아. 그래서 예전에…….'

나루가 참다못해 지민의 머리에 맥주를 부었었다.

　　—그때, 멋졌어.

어느 날엔가 지후가 대학 시절 이야기를 하다가, 그런 말을 했었다.

　　—대단한 여자구나, 싶더라.

'아, 그래. 어쩌면 이 사건 때문에 나한테 반했을지도 몰라.'

다들 어려워하는 선배의 머리에 맥주를 부어 버린 당찬 여성. 그 모습에 지후가 반했을지도 모른다.

그렇다면 이번에는.

"오오, 예쁜데? 이름이 뭐야?"

참자.

"연나루입니다, 선배님."

"연나루. 아, 수석?"

"네."

"이야. 능력자네. 얼굴도 예쁘고 공부도 잘하고. 자, 일단 마셔."

지민이 나루의 잔에 소주를 채우고, 나루에게 병을 내밀었다. 자기 잔에도 따르라는 뜻이었다.

나루는 순순히 지민의 잔에 술을 부어 주었다.

"술 잘 마시나?"

"이번이 처음이에요."

32살 때는 썩 잘 마셨다. 하지만 지금 이 몸으로는 어디까지 버틸 수 있을지 모르겠다.

"범생이었나 보네. 공부만 했어? 남자 사귄 적은 없고?"

"네, 뭐. 사귈 기회가 없었죠. 여고를 나왔거든요."

"여고. 크흐. 그래. 여고 좋지."

뭐가 좋다는 건지는 모르겠지만 일단은 동의했다.

"네, 여고 좋죠."

술자리가 점점 무르익어 갔다. 젠체하고 싶어 하는 선배들은 벌게진 얼굴로 대학 생활에 대해 떠들어 댔고, 몇몇 여자 선배들은 재경과 지후에게 관심을 보이고 있었다.

오른쪽에 앉아 있던 선미는 재미없는지 다른 자리로 옮긴 지 오래였다. 나루도 자리를 옮기고 싶었지만, 지민이 자꾸 말을 거는 통에 그럴 수도 없었다.

"연애를 많이 해 봐야 돼. 대학에 다닐 때 최대한 즐겨."

2학년밖에 안 된 주제에, 인생 다 산 사람처럼 얘기하는구나. 지민아. 넌 모르겠지만, 난 32살이란다.

"남들은 뭐, CC를 하면 안 좋네, 어쩌네 하지만 내 생각은 달라. 연애하고 사랑하다가 헤어진 건데, 그걸 가지고 수군거리는 게 더 나쁜 거 아냐?"

술에 취하면 취할수록 지민의 목소리는 더욱 까랑까랑해졌다.

"야, 하지민. 목소리 좀 낮춰라!"

다른 선배가 핀잔을 줬지만, 지민은 귓등으로도 듣지 않았다.

"오, 잔 안 비웠네? 얼른 마셔. 어디서 감히 선배가 주는 술을 꺾어 마셔? 선배가 따라 주면, 감사합니다, 하고 원샷해야지. 응?"

이 인간, 기억보다 더 진상이었구나.

나루는 속으로 한숨을 삼키며, 반쯤 남은 소주를 입에 털어 넣었다. 그러자마자 지민이 기다렸다는 듯 술을 따랐다.

"누가 먼저 취하나 내기할까?"

"아뇨, 전 제 주량을 몰라서 제가 불리할 것 같은데요."

"아이고. 아주 똑 부러지게 말하네."

라며, 지민이 나루의 볼을 꼬집었다.

그래, 이 시점이었다. 예전에 나루가 옆에 있던 맥주잔을 집어 지민의 머리 위에 부어 버린 것은.

하지만 이번엔 그러지 않기로 했으니까, 나루는 꾹 참았다.

"너, 보면 볼수록 진짜 예쁘다. 피부가 좋은데? 화장한 거 아니지? 생얼 맞지?"

지민이 나루의 볼을 꼬집은 채로 말했다.

"네, 선배. 일단 이 손 좀 치워 주세요."

"왜? 아파?"

"네, 아파요."

다행히 지민은 순순히 볼을 놔줬다. 하지만 곧바로 술잔을 집고 나루의 앞으로 내밀었다.

"자, 짠 하자."

한 잔 더 마시면 취할 것 같다는 불길한 예감이 들었다. 하지만 이번에는 눈에 띄어서는 안 되니, 나루는 술잔을 집었다.

'미치겠네. 술에 취해서 실수하면 안 될 텐데.'

라고 생각할 때였다. 나루의 어깨너머로 손 하나가 불쑥 튀어나와 나루가 쥔 술잔을 빼앗아 간 것은.

당연하게도 지후일 것이라고 생각했다. 계속 눈이 마주쳤으니까, 날 많이 신경 써 주고 있었으니까.

"어, 성재경. 너, 뭐 하는 거야?"

지후가 아니었다. 나루는 고개를 돌렸다. 재경이 지민을 노려보며 보라는 듯이 소주를 단숨에 털어 넣었다.

"야, 성재경. 너 지금 나한테 반항하냐?"

지민이 까랑까랑하게 외치며 벌떡 일어났다. 하지만 재경은 지민을 무시하고, 나루의 손목을 잡아 일으켰다. 얼떨결에 끌려 일어난 나루를, 재경이 끌어당겼다.

"재경아."

"나가자."

"아니, 난 괜찮은데."

"내가 안 괜찮아. 나가자."

그토록 시끄러웠던 술집이 조용해졌다. 모두가 이쪽을 주목하고 있었다.

망했다. 시선을 끌고 싶지 않았는데, 그 어느 때보다도 시선을 받고 말았다.

나루는 아랫입술을 꽉 깨물고 재경의 뒤를 따라 나갔다. 그러다가 문득 지후 쪽을 돌아봤는데, 지후는 이 일에 관심이 없다는 듯 옆자리의 누군가와 대화를 나누고 있었다.

욱신—

이러기를 바랐는데도 가슴이 아팠다. 내가 원하는 대로 일이 돌아가는데도 심장이 찢기는 통증이 일었다. 바보 같고 이기적이다. 있는 힘껏 그가 날 사랑하지 않게 해야 하는데, 그의 관심을 바라고 있다니. 그가 날 도와주고 날 신경 써 봐야, 그 끝에 남은 건 그의 죽음뿐인데. 그걸 알면서도 그의 시선을 갈망하다니.

울고 싶은 기분으로 술집 밖으로 나갔다. 차가운 공기가 확 덮쳐와, 후끈거리던 볼을 식혀 주었다.

재경은 밖으로 나와서도 한참을 더 걸었다. 이러다가는 지구 한 바퀴를 돌 기세이기에, 나루가 먼저 걸음을 멈췄다. 나루의 손목을 잡고 정면만 보며 걷던 재경도 멈춰 섰다.

"미안."

재경이 돌아보지도 않고 말했다.

"미안해. 네가 주목받는 거 싫다고 했는데 그런 짓을 해서. 다들 우리를 쳐다봤겠다. 미안해."

뭐지, 이건?

가장 친한 친구의 뒷모습이 어째서인지 낯설었다. 재경과 친구로 지낸 지 12년. 이런 모습은 처음이었다.

"애들한테는 내가 알아서 잘 말해 둘게. 이 일로 널 가지고 떠들어 대는 일은 없을 거야."

"재경아."

"신경 안 쓰려고 했는데 어쩔 수가 없었어. 그 선배가…… 하도 널 만지작거려서. 그거, 불쾌한 일이잖아. 네가 술집 여자도 아닌데."

"……."

"아무튼, 미안하다. 선배한테도 내가 잘 사과해 둘게. 지민 선배, 그렇게 나쁜 사람은 아니야. 술 취해서 더 그런 거니까 내일 사과하면 받아 줄 거야."

"재경아, 난 괜찮아."

"좀!"

재경이 버럭 하며 뒤를 돌아봤다. 술기운 때문일까. 재경의 눈가가 붉었다.

얘가 진짜 왜 이러지?

"괜찮다는 말 좀 그만해. 넌 할 수 있는 말이 괜찮다는 말뿐이야?"

"아니, 정말로 괜찮아서 그런 건데. 괜찮은데 안 괜찮다고 하는 건 거짓말이잖아."

"뭐가 괜찮은데? 그 선배가 자꾸 술 먹이고 만지작거렸잖아. 그거 추행이야. 아, 혹시…… 기분 좋았던 거야? 내가 방해한 건가?"

"그럴 리가 있어? 그게 아니라, 그러니까. 도와줘서 고마워. 나도 그 자리 짜증 났어."

나루의 말에 재경의 표정이 순식간에 밝아졌다. 그 모습이 주인의 칭찬을 들은 강아지 같아서, 나루는 저도 모르게 웃고 말았다.

나루의 만면에 퍼지는 미소를 본 재경이 눈을 크게 떴다.

"우와, 너 웃으니까 진짜 예쁘다."

"웃으면 다들 예쁘지, 뭐."

"아니, 넌 뭐랄까. 분위기가 완전히 달라지는데?"

"평소 분위기는 영 아닌가 보지?"

"평소엔 좀 차갑게 보이거든. 나한테 접근하지 마, 라는 아우라를 풀풀 풍기잖아."

"그런 것치고는 잘도 접근하더라."

"난 오지랖이 넓으니까."

자연스럽게 나란히 서서 자취방을 향해 걷기 시작했다.

재경과의 대화는 편안했다. 당연했다. 재경은 나의 가장 친한 친구니까. 앞으로 갈 길이 멀겠지만, 잘해 낼 수 있을 거란 생각이 들었다. 재경은 또다시 나의 베스트 프렌드가 될 것이고, 윤영 역시 그럴 것이다.

그리고 지후는.

'날 사랑해선 안 돼. 베스트 프렌드도 안 돼. 어느 순간, 내게 정을 뚝 떼게 만들어야 돼.'

각오를 다졌다.

"데려다줘서 고마워."

나루가 문 앞에 멈춰 선 채로 말했다.

"뭘, 나도 옆집인데."

"다시 돌아갈 거 아냐?"

"돌아가긴 해야겠지. 들어가."

"응, 내일 봐."

가볍게 인사를 하고 문을 열었다. 안으로 들어가 문을 닫자마자 고독감이 밀려왔다.

내가 살아온 시대이기는 하지만, 또다시 그 시간을 걸어가는 건 외로운 일이다.

추억 어린 사진 한 장이라도 있다면 좋을 텐데.

'이제 다 없던 일이 되는 거겠지.'

소중한 친구들, 사랑하는 연인과 함께한 추억은 사라졌다. 앞으로는 새로운 추억들을 쌓아 가야 하는데, 그것은 무척이나 가슴이 쓰린 일이었다.

*　　*　　*

어둠 속에 앉아 있는데 덜컹, 문이 열리고, 달칵, 불이 켜졌다.

갑자기 쏟아지는 빛에 재경은 눈을 찡그렸다.

"뭐 하냐, 불도 안 켜고."

지후가 무뚝뚝하게 말하며 안으로 들어왔다. 재경은 고개를 들어 자신의 오랜 친구를 올려다봤다. 유독 키가 크고 덩치가 좋은 지후는, 그저 서 있는 것만으로도 존재감이 강했다.

"술자리는 어땠어?"

"다 똑같지."

"무슨 얘기는 없었고?"

"있었지. 내가 잘 얘기해 뒀어."

"고맙다."

"그래."

"지후야."

"어."

"나 사랑에 빠진 것 같아."

사랑에 빠진 것 같다. 아니, 사랑에 빠졌다. 이런 기분은 처음이었다. 환하게 웃는 나루의 얼굴을 보는 순간, 심장이 쿵 내려앉으면서도 콱 죄어 왔다. 뒷덜미가 간질간질한 것 같기도 하고, 뱃속이 당기는 것 같기도 한 기묘한 느낌이 전신을 에워쌌다.

누구를 앞에 둬도 여유로울 수 있는데, 나루와 함께 걸어오는 내내 긴장했다. 무슨 말을 해야 할까, 어떻게 행동해야 할까. 그런 것들이 신경 쓰여서 견딜 수가 없었다.

"흐음."

지후는 아무래도 좋다는 듯 어깨를 으쓱하고 욕실로 들어가려 했다. 재경이 몸을 날려 지후의 다리에 매달렸다.

"봐라."

"나 사랑에 빠졌다니까."

"한두 번이냐?"

"진짜야, 이번엔. 이런 기분이 든 거 처음이야."

"어떤 기분인데?"

"어, 그러니까…… 처음 봤을 때부터 계속 신경이 쓰였거든.

얼굴이 완전 내 스타일이니까. 그런데 아까는 정말…… 여기가."

재경은 자기 가슴 위에 손을 얹었다.

"콱 죄더라. 진짜 깜짝 놀랐어."

"그러게, 나도 놀랍다."

"앉아 봐, 좀. 올려다보는 것도 힘들다."

"하아."

지후는 귀찮음을 감추지 않고 재경의 맞은편에 책상다리를 하고 앉았다. 남자답게 잘생긴 얼굴이 지루하다는 듯 재경을 향하고 있었다.

"그래서?"

"어쩌지?"

"뭘?"

"사랑을 받아는 봤지만 하는 건 처음이야. 대체 어떻게 해야 하는 거냐?"

"늘 하던 대로 해."

"그래, 난 매력적인 놈이니까 늘 하던 대로 해도 충분하겠지. 그런데 말이다, 지후야. 그게 안 돼."

잘 되지 않는다. 술집에서 자취방으로 걸어오는 15분. 무서울 정도로 긴장해서 손바닥이 축축하게 젖었다.

"무슨 말을 해야 할지 모르겠어. 아까는 머리가 하얗게 비었어. 이러다가 심장이 멎는 게 아닌가 싶었다니까."

"키스라도 했냐?"

"야, 그런 걸 어떻게 해."

재경이 얼굴을 붉혔다.

지후가 어이없다는 표정을 지었다.

"잘하잖아, 너."

"아, 물론. 그래, 할 수야 있지. 그런데 안 돼. 나루한테는 그게 안 돼. 손도 못 잡겠더라."

"흐음."

"흐음거리지만 말고. 좀."

"재경아."

"응."

"나, 연애해 본 적 없다. 상담할 사람을 잘못 고른 거 아니냐?"

"하지만 넌 머리가 좋잖아! 생각도 깊고! 나보다 어른스럽고!"

"그렇다고 해서 연애 고민을 상담할 만한 대상이 되는 건 아니지. 좀 더 잘 아는 애들한테 묻는 게 좋지 않겠냐?"

"으아, 이런 얘기를 어떻게 해?"

"왜? 창피하냐?"

"아니, 그런 게 아니라. 나 혼자 좋아하는 건데, 괜히 나루가 나랑 엮였다가 곤란해질 수도 있잖아."

지후가 놀랍다는 표정을 지었다.

"굉장하군. 네가 남의 입장을 생각하는 날이 오다니."

"이래 봬도 꽤 생각하는 편이거든?"

"아니, 전혀. 지난 10년간, 넌 그런 적 없었다. 자신만 아는 이기적인 놈이었지."

"넌 날 비난할 때만 말이 많아지더라."

지후가 피식 웃었다.

지후는 늘 그렇게 웃었다. 바람이 부는 듯, 그 바람이 잠시 머물다가 간 듯. 잘 웃지 않는 지후가 웃는 모습을 보는 것이, 재경은 좋았다.

"내가 해 줄 말은 하나야. 평소처럼 해. 하지만 연나루 말고 다른 여자들한테는 다정하게 대하지 마. 넌 매력적인 놈이니까, 평소대로 하면 연나루도 마음을 열게 될 거야."

*   *   *

원래 불면증이 있었다. 고민이 있으면 그 정도가 심해져서, 1시간도 자지 못하는 날이 많았다. 그런 날에는 지후에게 전화를 걸었다. 이튿날 출근을 해야 할 텐데도, 지후는 귀찮은 기색 없이 밤새도록 목소리를 들려주었다.

그의 팔을 베고 잘 때는 잠이 잘 왔다. 남들은 팔베개가 불편하다 하지만, 나루는 그의 단단하고 두꺼운 팔에 얼굴을 묻고 자는 걸 좋아했다.

그는 언제나 나의 수면제이고 진정제였다.

이 시간을 다시 걷게 된 후, 당연하게도 잠을 제대로 잘 수가 없었다. 나루는 휴대폰을 들고 거기에 저장된 지후의 번호를 몇 번이나 들여다봤다.

지금 전화를 하면, 그는 어떻게 반응할까. 놀라겠지만 화를 내지는 않을 것이다. 늦은 시간에 친한 척하는 이상한 여자라고 생각하겠지. 그래도 그 마음을 잘 감추고 밤새도록 이야기를 들어줄 게 분명하다.

통화 버튼을 누르고 싶은 충동을 억누르는 것이 힘들었다. 이 버튼만 누르면 곧바로 지후의 목소리를 들을 수 있을 텐데. 이렇게 가까이에 있는데도 먼 사람처럼 느껴지는 것이 아팠다.

'번호, 지워 버릴까?'

삭제 버튼을 누르고 '삭제하시겠습니까?'라는 문구를 하염없이 응시했다.

'아니, 소용없어.'

그가 대학 때 쓰던 번호는 여전히 머릿속에 남아 있었다. 잊었다고 생각했는데, 다시 보니 단번에 외워졌다. 이제는 이 번호를 잊지 못할 것이다.

"나, 되게 질척거리는 성격이었구나."

쿨하다, 시크하다, 라는 평가를 많이 듣고 살아왔다. 사랑하지 않기로, 사랑받지 않기로 결심했으면 딱 끊어낼 수 있을 거라고 생각했다.

되돌아온 이 시간을 다시 한 번 제대로 즐길 수 있으리라고 예상했다. 그러나 아니었다. 자꾸만 생각이, 마음이 그에게로 향한다. 삶의 중심이 민지후라는 남자인 것처럼, 모든 것이 그에게 집중된다.

"아, 싫다. 남자 없이 못 사는 것도 아니잖아. 그만 생각해, 그만. 그냥 대학 생활을 즐겨. 이게 흔한 기회가 아니잖아. 세상 누가 다시 한 번 20대를 즐길 수 있겠어."

좋은 쪽으로 생각을 돌려 보려 했지만 쉽지 않았다. 아까 그 술집에서, 이쪽의 일에 전혀 관심도 없어 보이던 그의 모습이 자꾸만 아른거렸다.

"그거 진짜 잘된 거라고. 그렇게 되기를 바라고 있었잖아. 미련 남기지 마. 계속 이대로 진행되어야 돼. 안 그러면 같은 결과가 나올 뿐이야."

시간이 필요했다. 그를 잊을 시간. 그에 대한 마음을 정리할 시간.

그렇다면 멀리 떨어져 있어야 할 텐데, 매일 볼 수밖에 없으니 쉽지 않으리란 예감이 들었다.

'그냥 자퇴를 해 버릴까? 아니야. 너무 확 변경하면 돌발 상황이 생길 수도 있어. 혹시 알아. 쭉 안 보고 살다가 우연히 만나서 다시 사랑에 빠질지.'

어느 것이 좋은 방법인지, 답을 내릴 수가 없었다. 하루, 하루가 지날 때마다 혼란스럽기만 했다.

'세상 모든 사람들이 첫사랑이랑 결혼을 하는 건 아냐. 불타는 사랑을 하다가도 이별하는 경우는 널리고 널렸어. 나도 그냥 그런 경우라고 생각해야 돼. 민지후에게 차였다고 생각하고 마음

을 정리해야 돼.'

침대에서 내려왔다. 아무래도 방에 혼자 있어서 기분이 자꾸만 어두워지는 것 같다. 새벽 3시이기는 하지만, 학교 쪽으로 가면 아직 사람들이 많을 것이다. 그쪽을 좀 걷다 보면 기분도 나아지겠지.

점퍼를 걸치고 밖으로 나왔다. 몇 걸음 가기도 전에, 나루는 걸음을 멈췄다. 그가 있었다. 어두웠지만, 지후라는 것을 알 수 있었다. 저만한 키에 저만한 덩치는 쉽게 찾을 수 없으니까.

아니, 꼭 그런 게 아니더라도, 나루는 그가 어디에 있든 찾아낼 수 있었다. 항상 그를 생각하니까.

지후는 가로등 근처의 벽에 기대어서 담배를 피우고 있었다.

'담배?'

뭔가 이상했다. 지후는 군대에서 담배를 배웠다. 27살 때 끊기는 했지만, 그 이후에도 유독 고민이 많을 때마다 간간이 피우곤 했었다.

'왜 지금 담배를……? 1, 2학년 때는 담배를 피우지 않았던 거로 아는데. 나한테 거짓말을 했던 건가?'

지후도 나루의 기척을 느낀 듯, 담배를 아래로 내렸다. 어쩔까 하다가 그의 곁으로 다가갔다.

"담배, 피우네?"

단도직입적으로 말했다.

"어."

지후가 담배를 벽에 문질러 끄며 대답했다.

"원래 피웠어?"

"원래라니?"

"어, 그러니까…… 언제부터 피운 거야?"

지후가 시선을 돌려 나루를 응시했다.

"고등학교 때부터."

"아, 그래?"

"어."

지후의 시선이 다시 정면으로 향했다. 나루는 아랫입술을 잘 근 깨물고 지후를 올려다봤다. 자신이 옆에 있는데도 정면을 응시하는 그는, 낯설었다.

옳은 일이다. 이렇게 흘러가는 것이 옳다.

'원래 피웠었구나. 이 시간으로 돌아오면서 새로운 걸 알게 되네.'

거짓말을 했던 그에게 원망의 마음은 생기지 않았다. 이제는 그런 기분을 느낄 사이가 아니니까.

그래, 신경 끄고 가던 길이나 계속 가자.

그렇게 결심하고 걸음을 옮길 때.

"연나루."

지후가 나루를 불렀다.

"응?"

"입술, 피 나겠다."

"아아."

나루는 혀로 아랫입술을 핥았다. 꽉 깨물고 있던 아랫입술이 알싸하게 아파 왔다. 어쩌면 벌써 피가 나는지도 모르겠다.

"잠이 안 와?"

그가 물었다.

"아니, 그냥 좀. 그러게, 잠이 안 오네."

"흐음."

"그럼 난 가 볼게."

지후를 앞에 두고는 표정을 관리하기가 힘들었다. 황급히 돌아서서 걷는데, 그가 따라오는 기척이 느껴졌다.

자박자박—

뚜벅뚜벅—

지후는 같이 가자는 말도 없이 나루보다 반걸음 뒤에서 함께 걸었다. 그와 함께하는 고요한 침묵이 좋으면서도 가슴이 미어졌다. 수많은 감정이 소용돌이쳐서 견딜 수가 없었다. 참지 못하고 걸음을 멈췄다. 그의 발소리도 멎었다.

"나, 혼자 가도 돼."

울컥 올라오는 눈물을 꾹꾹 내리누르며 말했다.

"안 돼."

그의 대답은 곧바로 돌아왔다.

"밤길 위험하다."

2장
그대의 향기

우리는 천천히 걸었다. '우리'라는 단어를 사용하고 싶지 않았는데, 결국은 '우리'가 되고 말았다.

지후는 말이 없었다. 늘 그랬다. 이야기를 하는 쪽은 나루였다. 나루가 말을 하면 지후는 옅은 미소를 띠고 이야기를 들었다.

"지루하지 않아?"

라고 물으면, 그는.

"네 입술이 오물오물 움직이는 게 귀여워."

라고 대답했다.

그 말을 다시 한 번 들을 수 있다면, 무슨 짓이든 할 수 있을 텐데.

'아니, 하면 안 되지. 절대 안 되지.'

우리는 사랑해서는 안 되는 사이다. 그 끝에 죽음이 존재하니까. 나는 죽음의 비행기니까. 그럼에도 자꾸만 욕심이 생기는 건, 아직은 어쩔 수 없었다. 마음을 가다듬고 정리할 시간이 부족했으니까.

좀 더 시간이 흐르면, 더 많은 세월이 지나가면 이 마음도 단단해질 것이다. 그를 보아도, 그의 음성을 들어도 흔들리지 않을 만큼 곧아질 것이다.

너는 좋겠다, 지후야. 아직 나를 사랑하지 않아서.

함께 있는 이 순간, 심장이 에는 아픔을 느끼지 않아서.

나는, 지후야.

너와 함께 걷는 지금, 날카로운 칼이 심장을 잘게 저미는 것 같아. 그만큼 아파.

그리고 무서워.

내가 견디지 못하고 네게 내 사랑을 드러낼까 봐. 나도 모르는 새에 너의 얼굴을 바라보고 있을까 봐.

"재경이는."

침묵을 견디지 못하고 입을 열었다.

"자고 있어?"

"응."

"둘은 원래 친구 사이였던 거야?"

알고 있지만 물었다.

"응."

"언제부터?"

"초등학교 때부터."

"우와, 되게 오래된 사이구나."

"응. 좋은 녀석이야."

"응, 좋은 녀석인 것 같더라. 너도 그렇고."

"글쎄. 난 별로 좋은 녀석이 아니야."

"하지만 오지랖이 넓잖아."

"그런가?"

그가 무뚝뚝하게 대답했다.

다시 대화가 끊겼다.

무슨 말을 해야 할까? 어떻게 해야 지후가 날 사랑하지 않을 만한 발언을 할 수 있을까?

혹시라도 그의 가슴을 설레게 할까 봐, 말을 고르고 고르느라 평범한 대화를 할 수가 없었다.

어느새 번화한 거리까지 나오게 되었다. 몇 년 후에 사라질 가게들이 즐비한 그 거리를, 나루는 신기한 기분으로 돌아봤다.

고작 12년 전으로 돌아왔을 뿐인데, 무척이나 그리운 느낌이 들었다. 그러다가 문득 그와 함께 이 거리를 걸었던 나날이 생생하게 떠올랐다.

저기에 있는 저 가게는 저렴하고 맛있어서 자주 갔었고, 저기에 있는 저 카페는 케이크가 무료로 제공되었다.

지후는 단 걸 싫어했기 때문에, 그와 함께 저 카페에 가면 지후 몫의 케이크는 늘 나루가 골랐다. 케이크 두 개를 단숨에 먹어 치우는 나루를, 지후는 재미있다는 듯 지켜보곤 했었다.

그와 함께한, 그러나 그는 기억하지 못하는 수많은 추억이 이 거리에 묻어 있었다. 한 걸음, 한 걸음 뗄 때마다 추억이 물보라처럼 밀려와 나루를 적셨다. 참으로 사랑스럽고 풋풋한 추억의 향기를, 혼자만 알고 있다는 것이 슬펐다.

만약 지금 평범한 상황이었더라면, 그의 손을 잡고 걸어가며 말했을 것이다.

지후야, 저 가게 기억나? 우리 같이 가서 매운 거 시켰다가 죽을 뻔했잖아.

저 가게는 기억나? 저기서 네가 인형을 뽑아 줬잖아.

저기는, 저기는, 저기는.

나루는 우뚝 걸음을 멈췄다. 그리고 여기는…….

대학교 정문 건너편에 있는 교회로 들어가는 골목. 그 조용하고 고즈넉한 골목에서, 우리는 첫 키스를 했었다. 아주 자연스럽게, 이것이 당연하다는 듯 자연스러운 입맞춤이었다. 하지만 심장은 거세게 뛰었고, 머리는 어질어질했었다.

입술을 지그시 눌러 오던 그의 따뜻하고 부드러운 입술과 어깨를 꽉 잡은 그의 손을 기억한다. 그리고 키스를 하는 내내 숨을 쉬지 못했던 내 모습 또한 기억한다.

그는 기억하지 못하겠지만.

내 첫사랑, 내 첫 키스의 상대가 바로 옆에 있었다. 그럼에도 그런 내색을 할 수 없다는 것은 무척이나 괴로운 일이었다.

조금만 손을 움직이면 닿을 거리에, 그의 커다란 손이 있는데 잡을 수가 없었다. 팔짱을 끼고 싶은데, 안기고 싶은데, 그래서는 안 됐다. 차라리 멀리 떨어져 있으면 좋을 텐데. 아주 안 보이는 곳에 있으면 이런 미련 따위, 조금씩 조금씩 시간과 함께 흩어질 텐데.

'아, 싫다. 나 언제부터 이렇게 우울했니? 정신 차려. 두 번째 기회를 얻었잖아. 지후를 살릴 기회가 생긴 거잖아. 이건 아주 기쁘고 행복한 일이야. 누가 이런 일을 경험하겠어.'

나루는 마음을 갈무리하고 돌아섰다.

"그만 돌아갈래."

"그래."

자취방에 도착할 때까지 한 마디도 하지 않았다. 걷는 내내, 그는 반걸음 뒤에서 걸었다. 다행이었다. 만약 바로 옆에서 걸었더라면, 그 손을 잡고 싶어졌을 것이다. 너무나도 사랑하는 그의 커다란 손. 단 한 번이라도 좋으니, 라는 충동을 이기지 못하고 그의 손을 꼭 잡았을지도 모른다.

조용하고 어두운 계단을 올라와 나루의 집 앞에서 멈췄다. 열쇠로 문을 여는 나루에게, 그가 물었다.

"이제 잘 수 있겠어?"

열쇠를 열던 손이 멈췄다. 나루는 긴장한 눈으로 지후를 돌아봤다.

"응?"

"잠 안 와서 산책했던 거 아냐?"

"아아, 맞아."

깜짝 놀랐다. 그가 나의 불면증에 대해 알고 있는 줄 알고.

"이제 잘 수 있을 것 같아."

"그래. 잘 자라."

"너도."

문을 열고 안으로 들어왔다. 문을 닫자마자 문고리를 잡은 채로 주저앉았다.

아아.

울고 싶다.

*   *   *

"어떡하지?"

이른 아침부터 일어나 씻고 나갈 준비를 한 재경이, 거울을 노려보며 물었다.

"뭘?"

방금 전 일어난 지후가 양치질을 하며 물었다.

"오늘 내 모습이 멋지지 않아."

"……."

"어떡하지? 다시 씻을까?"

"적당히 해라."

"하지만! 멋있어 보이고 싶어."

"흐음."

지후가 관심 없다는 듯 어깨를 으쓱하고는 계속 양치질을 했다. 그 옆에서 거울을 보며 머리를 스타일링 하던 재경이 또다시 물었다.

"지후야. 어떻게 할까?"

"뭘? 너 못생긴 걸?"

"아니, 아니. 난 못생기지 않았어."

"방금 전에 못생겼다며."

"아니, 그저 멋지지 않다고 했을 뿐이야. 못생기진 않았지."

"그래, 그래."

"어떡할까, 지후야."

"못생기지 않았으면 됐지."

"아니, 그거 말고. 오늘, 그러니까 지금."

재경이 거울을 통해 지후를 응시했다. 재경의 두 볼이 발갛게 상기되어 있었다.

"나루한테 같이 수업 들으러 가자고 해도 될까?"

지후의 표정이 어이없다는 듯 변했다. 오랜 친구의 이 반응을, 재경은 이해할 수 있었다. 재경 역시 자신의 이런 모습이 이해되지 않고 바보처럼 느껴지니까.

"그래, 별일 아니지. 옆집 사는 같은 과 친구한테 같이 수업 들으러 가자고 하는 거, 정말 자연스러운 일이야. 나도 알아. 아는데. 이거 정말 자연스러운 거 맞냐, 지후야? 나다운 거야? 으아."

재경이 세면대를 두 손으로 붙잡은 채 주저앉았다.

"어쩌지, 지후야. 나 진짜로 사랑에 빠졌나 봐."

"그래. 그렇게 보인다."

"머릿속이 헝클어진 기분이야. 뭘 하는 게 자연스러운지도 모르겠어. 어제까지 나루한테 아무렇지도 않게 대했던 게 이상해. 내가 어떻게 그럴 수 있었나 싶어."

자각을 하지 못했던 어제까지는 편하게 대하는 것이 가능했다. 그녀에 대한 마음을 자각한 지금, 나루만 생각하면 머릿속이 뒤죽박죽이 되었다.

내가 하는 행동이 도무지 나의 행동인 것처럼 느껴지지가 않는다. 낯선 누군가가 내 몸뚱이를 멋대로 이리저리 흔들어 대는 기분이었다.

"원래 이런 거냐? 응? 지후야. 원래 이렇게 갑작스럽게 사랑에 빠지는 거야?"

재경이 쭈그리고 앉은 채로 지후를 올려다보며 물었다.

"글쎄다. 사랑을 해 본 적이 없어서."

"그래, 넌 무심하고 냉정한 녀석이지."

"글쎄. 그건 오히려 너 아닌가."

"난 다정하잖아."

"다정한 척하는 거지. 누구보다도 냉정하잖아. 웃으면서 칼을 꽂을 수 있는 녀석이야, 넌."

"이래서 오랜 친구는 옆에 두는 게 아닌가 봐. 날 너무 잘 알아."

"너도 슬슬 나에게서 독립할 때가 됐지."

"그건 싫어."

재경이 지후의 긴 다리를 두 팔로 끌어안았다. 갑작스럽게 당겨지는 힘에 지후는 비틀거렸지만, 간신히 버티고 서서 재경의 머리를 꾹 눌렀다.

"위험하잖아, 인마."

"너랑 떨어지는 건 싫어, 지후. 네가 없으면 안 돼."

"난 네 엄마 아니다."

"우리 엄마랑 떨어져 살 땐, 네가 내 엄마야."

"그거 참 슬프군. 이 나이에 동갑의 아들이 생기다니."

재경은 지후의 무뚝뚝한 목소리가 무척이나 좋았다. 남들이 볼 때는 냉정하고 무심할 것 같은 이 거대한 친구는, 사실 누구보다도 상냥한 사람이었다.

물론 자기가 좋아하는 사람에 한해서. 지후의 '좋아하는 사람'의 범주에 자신이 끼어 있다는 것을, 재경은 믿어 의심치 않았다.

그리고 지후 또한 재경의 좋아하는 사람이었다.

"넌 오늘도 멋져, 성재경."

지후가 재경의 머리를 꾹 누른 채로 말했다.

"그리고 아침에 같이 학교에 가자고 하는 건 자연스러운 일이야. 얼른 준비하고 나가서 같이 가자고 해."

"넌?"

"나도 눈치라는 게 있어."

"싫어. 너도 함께 가. 아니면 싫어."

재경이 지후의 다리에 얼굴을 비비며 외쳤다. 말 안 듣는 5살 아이처럼 떼를 쓰는 재경의 모습에, 지후는 한숨을 푹 내쉬었다.

"그 노래 모르냐. 친구의 친구를 사랑했네."

"아……!"

"나한테 뺏기는 수가 있어, 성재경."

재경이 고개를 들어 강아지 같은 눈으로 지후를 올려다봤다.

"뺏을 거야?"

지후가 씩 웃었다.

"그럴 리가."

"그럼 같이 가. 여자 때문에 친구를 버리긴 싫어."

"됐어. 그런 생각 안 해. 그리고 알잖아. 나, 혼자 다니는 거 좋아하는 거."

"그야 그렇지만."

"나에 대한 너의 집착을 연나루가 조금이라도 가져가 줘서 감사하는 중이다. 그러니까 제발 좀 일어나서."

지후가 허리를 굽히더니, 재경의 겨드랑이 사이에 손을 넣어 단숨에 일으켜 세웠다.

"옷 갈아입고 나가."

"네, 엄마."

＊　　　＊　　　＊

나루가 문을 열었을 때, 복도에는 재경이 서 있었다. 문을 두드리려던 자세 그대로 멈춘 재경의 모습에, 나루는 눈을 크게 떴다.

"재경아?"

"아아, 나루야. 안녕?"

재경이 올리고 있던 손을 아래로 내렸다.

"응. 안녕해. 너도 안녕하지?"

"응, 그렇지. 하하하."

재경이 어색하게 웃었다.

얘가 왜 이러지?

"어, 그러니까. 어차피 같은 수업이잖아. 같이 가자."

"응, 그래."

꺾어 신고 있던 운동화를 똑바로 신으며 집 밖으로 나왔다. 열쇠로 문을 잠그는 동안, 재경은 뒤에 말없이 서 있었다.

재경과 함께 걸어 나가며, 나루의 눈동자는 자연스럽게 지후를 찾아 헤맸다. 매일 같이 등교를 할 텐데, 지후가 보이지 않는 게 이상했다.

혹시 어젯밤에 너무 추워서 감기라도 걸린 걸까?

"지후는?"

별일 아니라는 척 물었다.

"먼저 갔어."

"둘이 같은 방 쓰는 거 아냐?"

"응, 같은 방 쓰지."

"그런데 왜 같이 안 가고?"

"그러게. 지후가 좀 급한 일이 있었나? 왜? 지후 보고 싶어?"

"응? 아니, 내가 걔를 왜 보고 싶어 해? 하하하."

어색하게 웃는 나루를, 재경이 빤히 응시했다. 어째서인지 그 시선을 견디기가 힘들어서, 나루는 재경 쪽으로 시선을 돌리지 않았다.

"으아, 춥다. 언제쯤 따뜻해질까?"

"그러게."

재경도 나루에게서 시선을 떼고 정면을 응시했다.

"보통 3월 말은 돼야 따뜻해지지 않나?"

"얼른 따뜻해지면 좋겠다. 우리 대학에 벚나무 많던데. 꽃 피면 엄청 예쁠 거야."

"우와, 연나루. 나무만 보고도 무슨 나무인지 알아맞힐 수 있어?"

"전부는 아니지만, 벚나무는 알아보지. 봄에 자주 보러 가잖아."

"나는 매번 봐도 모르겠더라. 다 똑같은 나무로 보여."

"소나무 정도는 알아볼 수 있지 않을까?"

역시 재경과 함께 걷는 시간은 편하다. 10분 거리의 학교에 도착할 때까지 대화가 끊임없이 이어졌다.

교정으로 들어가 아직 꽃이 피지 않은 나무들 아래를 걸어, 강의실이 있는 건물로 향했다. 강의실이 가까워질수록 아는 얼굴들이 하나둘 눈에 띄었다.

어제 신입생 환영회 자리에 있었던 사람들은 재경과 나루를 보고는 서로 소곤소곤 귓속말을 나누었다. 아마도 저 둘이 무슨 사이인지 짐작하는 것이리라.

이런 소문들은 적극적으로 나서서 해명하면 해명할수록 더 무성해진다는 걸, 오랜 경험으로 알게 되었다. 구태여 나설 필요가 없다. 어느 정도 시간이 지나면 다들 진실을 알게 될 테니까.

먼저 갔다던 지후는 강의실 안에도 보이지 않았다. 습관적으로 그를 찾아 더듬는 시선을 깨닫고, 나루는 쓴웃음을 지었다.

"재경아."

선미의 목소리가 들렸다. 어디서 나타났는지 선미가 자연스럽게 재경의 팔짱을 끼었다.

"어제 너무 일찍 갔다라. 다시 돌아올 줄 알았는데."

"아아. 속이 안 좋아서. 술을 너무 마셨나 봐."

"뭐야, 너 술 잘 마시잖아. OT 때는 엄청 마셨으면서."

"그때보다는 늙었으니까."

"뭐래. 아쉽다. 이따 저녁 때 같이 저녁 먹자. 동기들끼리 모이기로 했어."

그 말에 재경이 나루를 돌아봤다.

"나루, 같이 갈래?"

그제야 나루의 존재를 알았다는 듯 선미가 나루를 향해 싱긋 웃었다.

"나루, 거기 있었어? 몰랐어."

몰랐긴. 아주 잘 알았으면서.

재경의 팔짱을 보란 듯이 끼고 우쭐해 하는 선미의 속마음을 눈치채지 못할 만큼 어리진 않았다. 그리고 그걸 구태여 지적할 만큼 어리석지도 않았다.

"웅, 여기 있었어. 재경이랑 요 앞에서 마주쳤거든."

"아, 그래? 같이 온 줄 알았는데. 같은 건물 산다며?"

"같은 건물 산다고 매번 시간 맞춰 올 수는 없으니까."

라고 대답한 건, 재경이었다.

"아, 그래? 어제 그 일 때문에 둘 사이에 뭔가 있는 줄 알았는데. 너네 나가고 나서 난리였어. 지민 오빠는 저 새끼 잡아 죽일 거라고 날뛰지, 지후는 그거 말리느라 애쓰지, 여자들은 재경이랑 나루랑 뭔 사이냐고 수군거리지."

선미는 마치 자신은 그 여자들에 끼지 않는다는 듯 말했다. 그런 건 아무래도 좋았다.

'수습은 역시 지후가 했구나. 고생했겠다.'

셋이 놀다가 문제가 생기면, 수습을 하는 건 언제나 지후였다. 시간을 되돌아와도 마찬가지라는 게 슬프기도 하고 기쁘기도 했다.

"너네, 정말 아무 사이도 아냐?"

선미가 확인 사살을 하듯 물었다. 재경이 슬쩍 나루를 돌아봤다.

"응."

재경의 눈빛을 못 본 나루는 고개를 끄덕였다.

"아무 사이도 아냐. 알게 된 지 얼마나 됐다고."

"정말? 둘이 막 비밀 연애하고 그러는 거 아니지? 그런 거면 나한테 말해 주기야?"

"비밀 연애는 무슨. 난 연애하면 여기저기 다 알리고 다닐 거니까 걱정 마."

나루는 그렇게 말하고 걸음을 옮겨 안으로 들어갔다. 나루가 뒷자리에 앉는 걸 확인한 재경이, 선미에게 잡혀 있던 팔을 빼냈다. 선미가 민망한지 머리를 귀 뒤로 넘기며 물었다.

"그래서 이따 어쩔 거야? 저녁 같이 먹을 거지?"

"아니."

"왜? 같이 먹자. 1학년들 거의 다 오는데."

"난 패스. 집에 가서 좀 잘래. 숙취가 안 가서."

"뭐야, 치사해. 너무해."

"웅. 난 치사하고 너무하지."

재경이 적당히 대꾸하며 앞쪽 자리로 걸어갔고, 선미가 그 뒤를 따라가 재경의 옆자리를 차지했다.

나루는 책상에 팔꿈치를 대고 손에 턱을 괸 자세로, 그들의 모습을 지켜봤다.

'청춘, 참 좋구나.'

라고 생각하면서.

*   *   *

교수가 강의 계획을 설명하는 동안, 나루는 꾸벅꾸벅 졸았다. 이래 봬도 세계적으로 알아주는 KOB(미래 생명 연구소)의 수석 연구원이었다. 대학교 1학년의 수업이 흥미로울 리가 없었다. 밖은 춥지만 닫힌 창문으로 들어오는 햇빛은 따사로워서, 자꾸만 잠이 쏟아졌다.

침대에서는 도통 잠이 들지 않는데, 이런 불편한 자세로 잠이 오는 게 신기할 정도였다.

얼마나 졸았을까.

누군가 옆에 앉는 기척에 잠에서 깨어났다.

"침."

옆자리에 앉는 지후가 나루를 보며 작은 목소리로 말했다.

스읍—

나루는 침을 삼키고, 입가에 흐른 침을 손등으로 닦았다. 지후는 느긋하게 그 모습을 지켜보다가 피식 웃더니 정면으로 시선을 돌렸다.

아주 짧은 미소였지만, 나루에게는 영원처럼 느껴졌다. 바람이 부는 듯한 그의 미소를, 나루는 가슴 깊이 사랑했다. 알고 지낸 기간 12년, 사귄 기간 9년. 길다면 긴 그 시간 동안, 단 한 순간도 그의 미소를 사랑하지 않은 적이 없었다.

"그만 좀 봐."

그가 낮은 목소리로 말했을 때에야, 나루는 그를 너무 뚫어져라 보고 있다는 것을 깨달았다.

"부담스럽다."

그의 음성에 짜증이 배어 있었다. 다른 사람은 모르겠지만 오랜 시간 그를 사랑한 나루는 알 수 있었다.

덜컥—

심장이 떨어지는 느낌이 들었다.

짜증이라니. 그 민지후가?

지후를 알고 지낸 12년, 지후가 짜증을 내는 것을 본 적은 한 번도 없었다. 단 한 번도. 그런데 되돌아온 지금, 알게 된 지 며칠 지나지도 않았는데 지후가 내게 짜증을 냈다.

'대체 왜?'

라는 생각이 가장 먼저 들었다.

'내 어떤 부분이 지후를 짜증 나게 한 거지? 설마…… 내가 계

속 쳐다봐서? 하지만 잠깐이잖아. 한 시간 내내 쳐다본 것도 아니고. 아니면…… 눈치챘나? 내 마음을?'

아니, 그럴 리는 없다. 지후는 여자의 마음에 둔감한 편이다.

지후가 나를 짜증 나는 여자라고 인식했다. 이건 기뻐해야 할 일임이 분명하다.

그런데 왜 이렇게 가슴이 아픈 걸까?

욱신― 욱신― 욱신―

숨을 쉬기 힘들 만큼 가슴이 아팠다.

큰일이다.

나루는 고개를 숙였다.

이거 정말 큰일이다. 고작해야 작은 짜증 한 번으로 이런 아픔이 느껴지다니. 이래서야 지후가 다른 여자를 좋아한다는 말을 들으면, 대성통곡을 하다못해 한강 다리를 찾아갈지도 모르겠다.

나루는 아랫입술을 잘근잘근 깨물었다.

'괜찮아. 예상했던 일이잖아. 원했던 일이잖아.'

하지만 그 일을 실제로 경험하는 건, 상상만 할 때와는 차원이 다르다. 훨씬 더 무게감이 있고, 훨씬 더 날카롭고, 훨씬 더 차갑고, 훨씬 더 아프다.

"부담스럽게 해서 미안."

간신히 내뱉은 사과에, 지후가 대답했다.

"그래."

심장에 칼이 박혔다.

*　　*　　*

'수업 듣기 싫다. 어차피 일주일은 안 나와도 상관없는데, 그
냥 집에 갈까?'

다음 강의실로 이동하던 중에, 나루는 고민했다. 저 앞에, 재
경과 지후가 나란히 걸어가는 모습이 보였다. 둘 다 키가 커서
눈에 띄었다.

'지후 키가 작았으면 좋았을 텐데.'

그럼 이렇게 걸어갈 때, 그 뒷모습이 똑똑히 보이지 않았을 테
니까. OT를 가지 않았기 때문에 지금은 아는 사람이 없어서, 혼
자 걸어가야 했다.

혼자인 건 아무래도 좋았다. 아니, 오히려 혼자인 게 좋았다.
누군가를 상대할 만한 마음의 여유가 없으니까.

하지만 한때는 친했던 내 친구들이 나를 낯설게 여기는 건 참
으로 미묘한 기분을 자아냈다.

'그래, 집에 가자. 일단 이번 주는 누워서 생각이라는 걸 좀 해
보자.'

그렇게 결심할 때, 재경과 눈이 마주쳤다. 뒤를 돌아본 재경이
싱긋 웃었다.

"나루, 거기서 뭐 해? 얼른 와."

그 말과 동시에 복도를 걷던 학생들이 동시에 나루를 돌아봤다.

'하아. 저 인간은 왜 이리도 눈에 띄는 짓을 좋아할까. 자기가 눈에 띄는 인물이라는 자각이 없나?'

그러고 보면, 재경은 예전에도 그랬다. 왕자 같은 화려한 생김새 때문에 어디를 가도 주목을 받는데, 정작 본인은 전혀 신경 쓰지 않는 눈치였다.

아니, 어쩌면 주목받는 걸 즐겼을지도 모르겠다. 지금도 자기가 내뱉은 한마디에 모두가 신경 쓰는 걸 한껏 즐기고 있겠지.

'아무튼 저건 진짜 못됐어.'

라고 생각하며, 나루는 말했다.

"피곤해. 먼저 가."

"뭘 피곤해. 바로 옆 건물인데."

재경이 멈춰 서서 나루가 오기를 기다리고 있었다. 지후가 재경에게 뭐라고 말하더니 먼저 성큼성큼 걸어갔다. 그제야 나루는 걸음을 뗄 수 있었다.

"재경아. 진지하게 말하는데, 나 좀 너무 신경 쓰지 말아 줄래?"

"왜? 부담스러워?"

응, 이라고 하려다가 멈춘 이유는, 불과 한 시간 전에 그런 말을 들었기 때문이다. 그게 얼마나 아픈 말인지 알기에, 나루는 목구멍까지 나온 말을 꿀꺽 삼켰다.

"그런 건 아니고. 나, 눈에 띄는 거 별로 안 좋아하는데 넌 너무 눈에 띄잖아."

"아, 잘생겨서?"

그래, 이런 놈이지.

"응, 잘생겨서."

재경이 해사하게 웃었다. 재경이 이런 미소를 지으면 이길 수가 없다. 아무리 화가 나도 깨끗이 잊게 만들 만큼 매력적이니까.

"기분 좋은데."

"허구한 날 듣는 말이면서 뭘 새삼스럽게. 아무튼 난 피곤해. 집에 가야겠어."

"뭐야, 첫 수업부터 째게?"

"어차피 첫 주는 출석 체크 안 하니까."

"아, 그래?"

재경은 전혀 몰랐나 보다.

그래, 신입생들은 잘 모르지. 수강 신청 변경 기간이라는 게 있다는 걸.

1학년 1학기의 수업 시간표는 정해져 있기 때문에, 학생들은 2학기가 되어서야 수강 신청을 하고 변경하는 것을 배우게 된다. 선배들과 친한 학생들이야 미리 알고 있겠지만, 재경은 의외로 선배들과 자주 시간을 보내지 않았다.

"집에 가서 좀 자야겠어."

"데려다줄까?"

"수업이나 들으러 가."

"째도 된다며?"

"성재경."

나직하게 불렀더니 재경이 씩 웃으며 두 손을 슬쩍 들었다.

"그래, 알겠어. 귀찮게 안 할게."

"아니, 귀찮다는 게 아니라."

"응, 알아. 내가 너무 친한 척했다. 가서 쉬어. 혹시 혼자 밥 먹기 싫으면 연락하고."

재경이 손으로 전화기를 귀에 대는 시늉을 했다.

"알겠어, 연락할게."

재경까지 밀어내야 할 이유는 없기에, 나루는 가볍게 대답하고는 돌아섰다. 걸어가는 내내 시선이 느껴졌다. 재경이 이쪽을 보고 있는 것 같았지만, 그럴 이유가 없기에 자의식 과잉이라고 생각하고는 돌아보지 않았다.

*　　*　　*

"나, 차인 것 같아."

재경이 작은 목소리로 말했다. 지후는 말없이 노트를 펼쳤다.

"나 차인 것 같다니까?"

"수업 중이다, 성재경."

"그냥 강의 계획서잖아."

"난 원래 강의 계획을 꼼꼼히 체크해."

"그래, 넌 성실한 놈이지. 난 빈둥거리고 질척대는 남자고."

이대로 놔두면 재경의 자기 비하가 끝없이 이어지리라는 것을 알기에, 지후가 한숨을 쉬며 재경을 돌아봤다.

"무슨 일인데?"

"나루가 집에 간대서 데려다준다고 했더니 싫대."

"⋯⋯싫을 수 있지."

"귀찮아하는 눈치였어."

"넌 귀찮은 녀석이니까. 우선 그 사실을 받아들일 필요가 있는 것 같은데."

"나 농담하는 거 아냐."

"나도 농담하는 거 아냐."

친구의 진지하고 신중한 눈동자를 빤히 응시하던 재경이 고개를 푹 숙였다.

"그래, 난 귀찮은 놈이지."

"응."

"넌 친구가 괴로워하는데 위로도 안 해 주냐?"

"차인 것처럼 보이진 않으니까. 자연스럽게 하라고 했지, 스토커 흉내를 내라고 하진 않았어. 좀 더 여유를 가져 봐."

"여유⋯⋯."

"같은 대학, 같은 과야. 질릴 정도로 만나게 될 텐데, 뭐가 그렇게 급하냐?"

"그러게. 난 뭐가 이리 급한 걸까?"

나루를 생각하면 여유가 사라졌다. 나루는 예쁘니까 다른 누군가가 채어 갈지도 모른다는 불안감이 생겼다. 한시라도 빨리 친해져서, 나라는 인간을 나루에게 각인시키고 싶었다.

"지후야."

"왜?"

"네가 여자라면, 나한테 반했을 것 같아?"

재경의 한숨 섞인 질문에, 지후는 재경을 빤히 응시하다가 말했다.

"적당히 좀 해."

* * *

되돌아보면 참으로 바쁜 삶이었다. '열심히'라는 형용사만큼 나루를 표현하기 좋은 단어는 없었다.

중학교, 고등학교, 대학교, 그리고 대학을 졸업한 후로도 나루는 쉴 새 없이 달렸다. 공부를 하고, 일을 하고, 친구를 만나고, 사랑을 하고.

혼자서 오롯이 자신만의 시간을 가져 본 적이 없었다. 아무것도 하지 않고 생각만 하는, 그런 사치스러운 시간을 보내 본 적이 없었다.

과거로 되돌아온 지금, 나루는 처음으로 그러한 시간을 보내고 있었다.

'열심히' 해야 할 필요가 없었다.

수업은 아는 내용이고, 친구들과의 관계는 어떻게든 흘러가리라는 것을 알고 있었다. 열심히 하지 않아도 시험은 잘 볼 수 있을 것이고, 모든 술자리에 참여하지 않아도 내 곁에 있어 줄 사람은 곁에 남아 있을 것이다.

자유로운 시간이 버겁게 느껴질 만큼 많았다. 처음에는 평소처럼 '주제'를 가지고 생각했다. 앞으로 어떻게 해야 할지, 어떤 방식으로 행동해야 할지. 그러나 어느 순간 그조차도 관두고, 생각이 흘러가는 대로 내버려 두었다.

흐르고 흐른 생각의 종착지는 언제나 민지후였다.

민지후. 그랬다. 나의 삶은 민지후와 만나며 시작되었고, 그를 잃으며 끝났다. 과거의 모든 기억과 추억이 시작하는 지점은 언제나 '민지후'였다.

그를 처음 만났을 때, 그와 처음 손을 잡았을 때, 그의 미소를 보았을 때, 그와 입맞춤을 했을 때, 그와 함께 거리를 걸을 때……

그리고 기억의 마지막 또한 민지후였다.

퍼져 가는 붉은 피, 몸 위로 느껴지던 그의 무게, 그의 마지막 말과 숨결, 그리고 빛을 잃은 눈동자. 그렇다면 나는 지금 내 삶의 시작지에 와 있는 것이다.

이번에는 민지후를 나의 시작점으로 만들지 않기 위해. 내 삶으로, 내 인생으로, 내 추억과 기억으로 삼지 않기 위해…… 또 한 번의 기회를 얻은 것이다.

이 기회를 준 것이 신인지, 악마인지, 그도 아닌 또 다른 존재인지는 알 수 없었다. 그저 이 모든 추억과 기억을 나 혼자만 가지고 있다는 것이 사무쳐서, 그것이 몹시도 고독해서 자꾸만 눈물이 흘렀을 뿐이다.

'나는 내가 강한 사람인 줄 알았어. 하지만 아니었나 봐. 나는 참 약하고 외로움이 많은 사람이었나 봐. 그걸 모르고 살았던 건 아마도 네 덕분이겠지, 지후야. 네가 있어서 나는 내가 약한 줄도, 외로움이 많은 줄도 모르고 씩씩하게 살았던 거겠지.'

항상 그가 옆에 있었다. 외로움을 느끼지 못할 만큼, 나약함을 알지 못할 만큼, 그는 항상 곁에 있어 주었다.

지쳤을 때엔 손을 잡아 주고, 힘들 때엔 어깨를 안아 주기에, 몰랐다. 자신이 이토록 약한 사람이라는 것을. 이토록 마음이 물렁한 사람이라는 것을.

문득 고개를 돌리니, 창밖에 눈이 내리고 있었다. 나루는 천천히 침대에서 내려와 창가로 다가갔다.

"눈이 오는구나. 그래, 맞아. 신입생 때, 눈이 왔었어. 3월에도 눈이 오는구나, 그런 이야기들을 했던 것 같아."

때늦은 눈이 세상을 하얗게 물들이고 있었다.

내 마음도 하얗게 눈이 덮여, 아무것도 기억하지 못했으면 좋겠다. 사랑도, 추억도, 아픔도, 그리움도. 전부 사라져 깨끗하게 빈 도화지처럼 하얗게 변했으면 좋겠다. 그러면 이 시간이 고독하지 않을 텐데. 이토록 사무치지 않을 텐데.

집 안에 틀어박힌 지 벌써 나흘이 지났다. 나흘간 밥도 먹지 않고 침대에 누워만 있었다. 어쩌면 배고프고 햇빛을 못 받아서 더 우울한 걸지도 모르겠다. 눈도 오는 김에 좀 걸어야겠다는 생각이 들어 회색 더플코트를 입고 밖으로 나왔다.

'주말이니까 학교에 사람 별로 없겠지.'

가는 길에 있는 빵집에 들러 샌드위치와 음료수를 하나 사 들고 학교 안으로 들어갔다.

교정에는 사람이 아주 없진 않지만 고즈넉했다. 사락사락 내리는 눈을 맞으며 노천극장에 들어섰다. 눈이 오고 추워서 그런지, 노천극장에는 아무도 없었다.

중간쯤에 자리를 잡고 앉아, 추워서 곱은 손으로 샌드위치 포장지를 벗겼다. 오물오물 먹으며 노천극장의 빈 무대 위를 응시했다.

이제 날씨가 좀 좋아지면, 저 무대 위에서 연습을 하는 동아리들이 생길 것이다. 때로는 응원단, 때로는 댄스 동아리, 때로는 태권도 동아리나 연극 동아리.

공강 시간이면 가끔 지후나 재경, 윤영과 함께 노천극장에 와서 동아리 연습을 구경하며 시간을 보내곤 했었다.

어깨에 내려앉는 따스한 햇볕과 나른하고 부드러운 바람이 어제의 일처럼 떠올랐다. 장난을 치는 재경과 귀찮아하는 지후, 조용히 좀 하라고 투덜거리는 윤영의 목소리.

이렇게나 생생한 추억이 이제는 존재하지 않는다는 게 슬펐다.

'아, 뭐야. 나 또 울 것 같잖아.'

이 몸 어디에 이토록 많은 눈물이 감춰져 있었던 걸까?

눈가에 고인 눈물을 삼키기 위해 눈을 깜빡이며 코를 훌쩍거리고, 다시 샌드위치를 한 입 베어 물었다.

'나 진짜 청승맞다. 못 쓰겠네, 정말.'

샌드위치를 우물거리며 손등으로 코를 쓱 문질렀을 때.

스윽―

앞으로 내밀어지는 손수건이 하나 있었다. 나루는 눈을 크게 뜨고 천천히 고개를 옆으로 돌렸다.

'얘가 왜 여기에 있는 거지?'

언제 온 걸까?

지후가 옆에 앉아 있었다. 그는 정면을 응시한 채, 나루의 앞으로 손수건을 내밀고 있었다. 깨끗한 손수건을 들고 있는 그의 커다란 손을 한 번, 그리고 그의 조각 같은 옆모습을 한 번. 그렇게 보다가 물었다.

"언제 왔어?"

"방금."

"추운데?"

"넌?"

그제야 지후가 나루 쪽으로 고개를 돌렸다. 그의 검고 깊은 눈동자 안에 나루가 담겨 있었다.

"넌 안 추워?"

그는 손수건으로 나루의 코를 쓰윽 닦아 주었다. 그 행동이 너무도 자연스러워, 나루는 당황해야 한다는 생각조차 못 했다.

"아, 난 괜찮아."

"그래, 그럼 나도 괜찮아."

지후가 다시 노천극장 무대 쪽으로 시선을 돌렸다. 무슨 말이라도 하면 좋겠는데, 지후는 아무 말도 하지 않았다.

"저기. 이거. 먹을래?"

그래서 샌드위치를 내밀며 말했다.

"아니. 밥 먹었어."

"그럼 음료수는……."

"됐어."

지후가 성가시다는 듯 짧게 대꾸했다.

'뭐야, 귀찮아할 거면 아는 척을 하지 말든가.'

32살 나루의 눈에 보이는 지후는 의외로 짜증이 많은 성격이었다.

'옛날에는 내가 너무 어려서 몰랐던 건가? 지후가 의외로 되게 귀찮아하는 성격이었네. 그냥 무뚝뚝하다고만 생각했었는데.'

새로운 모습을 발견했으니 싫어지면 좋으련만. 단점 하나에 마음이 식고, 거짓말 하나에 정이 떨어질 사랑이 아니었다. 그의 단점, 그의 거짓말조차도 귀엽게 느껴질 만큼, 그를 사랑했다.

나루도 노천극장 쪽으로 시선을 옮겼지만, 시야 끝에 걸리는 지후가 자꾸만 신경 쓰였다. 그의 넓은 어깨에 머리를 기대고 싶었다. 그의 손을 잡고 싶고, 그를 끌어안고 싶었다.

하고 싶은 이야기가 많았다.

모든 게 꿈이라면 좋을 텐데. 꿈에서 깨어나 그를 만나 이야기할 수 있으면 좋을 텐데.

있잖아, 지후야.

나 참 신기한 꿈을 꿨어. 슬프고도 고독하고, 외롭고도 아픈, 하지만 무척이나 그리운 꿈을 꿨어.

그 꿈에서 너는 죽었고, 나는 과거로 돌아갔어. 너를 사랑하지 않기 위해, 너의 사랑을 받지 않기 위해 노력했어.

그게 얼마나 아프고 힘들던지, 그게 얼마나 괴롭고 슬프던지.

얼른.

'이 꿈에서 깨고 싶어.'

이 악몽에서 벗어나고 싶어.

네가 바로 옆에 있는데도 만질 수 없고, 사랑한다고 말할 수 없는 이 지독한 악몽에서 도망치고 싶어.

지후야.

나의 지후야.

사랑해.

사랑했고, 사랑하고, 아마 앞으로도 사랑할 거야.

하지만 너는.

나루는 그의 옆모습을 응시했다.

너는 날 사랑하지 마.

날 사랑하면, 너는 죽게 될 테니까.

살아서 33살의 너를, 40살의 너를, 60살, 70살의 너를, 내게 보여 줘.

나루는 고개를 숙였다. 흐르는 눈물을 지후에게 들키고 싶지 않았다. 훌쩍거리지도 않고, 어깨를 떨지도 않고 조용히 눈물을 흘렸다.

사랑해서, 너무도 사랑해서 가슴이 아팠다. 미운 점이 하나도 없는 남자라서, 모든 것이 완벽해서 자꾸만 눈물이 흘렀다.

이윽고 고개를 들었을 때, 눈앞에 손수건이 있었다. 언제부터 손수건을 내밀고 있었던 걸까. 그것을 받아 들며 말했다.

"이거 코 닦은 거잖아."

"네 코였어."

"그래도 더러워."

"눈물이나 콧물이나 비슷한 성분이야."

"그게 뭐야."

투덜거리면서도 손수건으로 눈물을 닦았다.

"왜 울어?"

지후가 물었다.

묻지 않을 줄 알았는데.

"그냥. 엄마 보고 싶어서."

지후가 피식 웃었다. 바람 같은 그의 미소를, 나루는 감개무량한 기분으로 감상했다. 옛날의 민지후는 내가 몰랐던 짜증이 있을지도 모르겠지만, 미소만큼은 역시나 근사했다.

"남들이 들으면 먼 타지에 나온 줄 알겠다."

"집 떠나서 살아 본 건 처음인걸."

'먼 타지야, 여기는. 지후야, 너는 상상 못 하겠지만, 나에게 이 곳은 너무도 머나먼, 결코 집으로 돌아갈 수 없는 타지야.'

그런 말은 물론 할 수 없었다.

"재경이는?"

"본가에 갔어. 주말에는 집에 가기로 약속했대."

"아아. 넌?"

"난 별로. 너도 엄마 보고 싶으면 집에 가지그래?"

"다음 주에 가려고."

"그래."

다시 대화가 끊겼다. 그와의 사이에 흐르는 침묵은 유독 무겁게 느껴졌다. 재경과 함께 있을 때는 느끼지 못하는 불편한 무게감이 존재했다. 아마도 그에게 칭얼거리고 싶은 마음을 드러내면 안 된다는 생각 때문이리라.

"그만 들어가야겠어."

사실은 조금 더 그와 함께 있고 싶었다. 이 침묵이 얼마나 무겁든, 불편하든, 그를 보고 싶었다. 하지만 그래서는 안 된다.

"그래."

"넌 안 가?"

"난 좀 더 있을게."

"응. 안녕."

지후를 놔두고 돌아서서 계단을 올라갔다. 올라가는 내내 지후의 시선이 느껴지는 건, 아마도 자의식 과잉일 것이다.

날 사랑하지 않는 그가 나를 지켜볼 리 없으니까.

이윽고 노천극장 가장 위로 올라와 뒤를 돌아봤을 때, 역시나 지후는 이쪽을 보고 있지 않았다.

지후는 넓은 노천극장 중앙에 우두커니 앉아, 아무도 없는 빈 무대를 물끄러미 응시하고 있었다. 그리고 나루는, 그런 지후의 뒷모습에서 시선을 뗄 수가 없었다. 눈 쌓인 노천극장 중앙에 홀로 앉아 있는 그의 뒷모습과 그 옆에 나루가 앉았던, 눈 쌓이지 않은 둥근 자국. 그 광경을 새로운 추억으로 가슴속에 아로새겼다.

이 시간의 어느 누구도 알아주지 않겠지만, 나루에게는 몹시도 따스한 광경이었다.

*　　　*　　　*

"입을 만한 옷이 없네."

대학 때 입었던 옷들이 이렇게 촌스러웠는지, 전에는 몰랐었다. 나름 유행에 맞춰서 샀던 것 같은데, 어쩜 이렇게 하나같이 촌스러울까?

한참을 고민하다가 가장 무난한 청바지와 회색 맨투맨 티셔츠를 꺼내 입었다.

'오늘은 학생회관에 가서 학교 점퍼랑 실험복 사야지. 아르바이트도 구하고.'

심기일전을 했다.

며칠 전, 노천극장에서 지후와 함께했던 그 시간. 예전에는 없었던 추억이 하나 생겼다.

내 속에 남아 있는 추억을 아무도 알아주지 않겠지만, 앞으로 모두가 알아줄 추억을 하나씩 만들어 가면 된다.

조금 외롭고, 조금 고독할지도 모르겠다. 하지만 다시 한 번 얻게 된 소중한 시간을, 우울감에 젖어 낭비하고 싶진 않았다.

"잘할 수 있어, 연나루. 혼자서도 잘 해낼 수 있어."

거울 앞에 서서 말했다.

"해야 할 일을 하나, 하나 해 나가자. 지후에게 너무 집중을 하니까 이 시간이 더 고독한 거야. 너는 다시 한 번 이 시대를 살아가게 됐어. 그럼 열심히 할 일을 하면서 살아가면 되는 거야. 할 수 있어. 할 수 있어."

주문을 걸듯 되뇌었더니 조금은 용기가 생겼다.

현관문을 열고 나왔을 때, 재경도 나오는 중이었다. 순간 지후도 나오지 않을까 싶어 심장이 덜컥 내려앉았다.

"어, 나루. 같이 가자. 잠깐만."

재경이 문을 잠갔다. 오늘도 지후는 먼저 출발한 모양이다.

재경이 성큼성큼 다가왔다.

"문 안 잠가?"

그냥 출발하려는 나루에게 재경이 의아한 듯 물었다.

"아, 맞다. 잠깐만."

나루는 열쇠를 가지고 나오지 않은 걸 깨닫고는 안으로 들어가서 책상 위에 놓여 있던 열쇠를 집어 들었다. 도어록을 사용하다가 열쇠로 문을 잠그려니 영 번거롭다.

"오늘 일찍 가네?"

계단을 내려가며, 재경이 말했다.

오늘은 1교시 수업이 없는 날이었다.

"응. 아침도 먹고, 실험복도 사고, 학교 점퍼도 좀 사고 그러려고."

"실험복 안 샀어? 저번 주에 과 애들 단체로…… 아, 맞다. 너 저번 주에 안 나왔지?"

"응."

"그러고 보면 네가 제일 대학 생활을 잘 즐기고 있는 것 같아."

"내가? 학교에도 안 나가는데?"

"수업 땡땡이는 대학생의 특권이잖아."

"아하하. 그럼 너도 그 특권을 누려."

"이래 봬도 꽤나 성실해서. 아침, 뭐 먹을래?"

"같이 먹게?"

"그럼 혼자 먹게?"

1층까지 내려간 재경이 휙 돌아서서, 한 계단 위에 있는 나루를 응시했다. 재경은 키가 커서, 한 계단 아래에 있는데도 나루와 눈높이가 같았다. 그래서 재경의 얼굴을 정면에서 똑바로 볼 수 있었다.

20살의 재경을, 이렇게 가까이에서 보는 건 처음이었다. 연갈색의 짧은 고수머리, 그 아래로 보이는 반듯한 이마와 짙은 눈썹. 속쌍꺼풀이 있는 큰 눈과 굴곡이 전혀 없는 오뚝한 코, 얇고 붉은 입술.

참으로 잘생긴 얼굴이다. 대학 때 Y대 어린 왕자라고 불리며, 많은 여자들을 웃기고 울렸던 것이 이해될 만큼.

잡티 없는 얼굴에 속눈썹이 하나 붙어 있었다. 나루는 아무 생각 없이 손을 뻗어, 속눈썹이 붙은 재경의 눈가를 엄지로 쓸었다.

재경의 눈이 커지는가 싶더니, 손을 올려 나루의 손목을 붙잡았다. 나루도 깜짝 놀라 눈을 크게 떴다.

"왜, 왜 그래?"

"아니, 너야말로."

"응?"

"왜…… 만져?"

불쾌해하는 어조는 아니었다.

오히려 재경은.

'부끄러워하고 있어?'

얼굴을 붉히고 있었다. 여자와 처음 접촉하는 수줍은 사춘기의 소년처럼.

재경의 여성 편력을 아주 잘 아는 나루로서는 경악할 수밖에 없는 반응이었다. 수없이 많은 여자들을 후리고 다니던 성재경이, 속눈썹 좀 떼어 줬다고 얼굴을 붉힌다니.

이거 정말 내가 아는 그 성재경 맞아?

"아니, 저기. 속눈썹이 붙어서."

재경이 눈에 보일 정도로 부끄러워하는 걸 보니, 나루도 덩달아 쑥스러워졌다.

어쩌면 내 얼굴도 붉어졌을지도 모르겠다.

"아, 그래? 깜짝 놀랐네."

재경이 웃으며 나루의 손목을 놔주었다.

"어, 나도 깜짝 놀랐어. 너, 속눈썹 되게 길다."

"응, 너도."

어쩐지 재경을 똑바로 볼 수가 없어서, 시선을 조금 아래로 떨어뜨렸다.

재경의 깨끗한 흰색 운동화가 옆으로 움직였을 때에야, 나루도 시선을 들 수 있었다. 한 계단 더 내려와 재경의 옆에 섰다.

재경에게서는 익숙하고 그리운 향기가 났다. 이 향기를, 나루는 똑똑히 기억하고 있었다. 예전에 지후에게서도 이 향기가 났다. 샴푸 향기. 두 사람이 같은 집에 살기에, 둘에게서 같은 향기가 나는 건 당연한 일이었다. 예전에는 몰랐지만, 이제야 재경도 같은 향기를 갖고 있다는 걸 알게 되었다.

대단한 물건이나 행동만이 추억을 자극하는 건 아니다. 그때의 향기, 그때 들었던 음악, 그때 그 공간을 채우고 있던 소리…… 그런 것들이 오히려 그때의 그곳에 와 있는 듯, 생생한 기억을 불러일으키곤 한다.

그래서 나루는, 그때로 돌아가 지후와 함께 있는 듯한 느낌을 받았다.

"뭐 먹으러 갈까?"

걸어가며, 재경이 물었다. 그 음성을 들은 후에야 옆에 서 있는 남자가 재경이라는 걸 나루는 자각했다.

"아, 응. 김치찌개?"

"오, 좋지. 근처에 김치찌개 파는 곳이 있나?"

있었다. 재경과 지후와 아침에 자주 가던 밥집.

한성 식당.

"저쪽으로 가면 있어."

"여기 지리 잘 아네? 학교 안 나오고 동네 탐험한 거야?"

"응. 그렇지, 뭐."

돼지고기 김치찌개 2인분을 시켰다. 찌개가 보글보글 끓는 동안, 밑반찬이 차려졌다. 가격 4500원인데도 훌륭한 반찬이었다.

'그래, 이 당시에는 한 끼를 4, 5천 원에 먹을 수 있었지. 닭갈비도 5천 원이었고.'

김치찌개를 한 스푼 떠서 입에 넣자, 매콤짭짤한 맛이 입 안에 가득 퍼졌다.

"아, 역시 맛있어. 이 맛이 진짜 그리웠어."

저도 모르게 내뱉은 감탄사에, 재경이 의아한 듯 물었다.

"여기, 온 적 있었어?"

"어? 아, 어. 옛날에."

"흐응, 그래?"

아, 말조심해야지.

나루는 고기와 김치를 집어서 재경의 밥 위에 얹었다.

"자, 너도 먹어 봐. 진짜 맛있어."

재경은 숟가락을 들지 않고, 밥 위에 놓인 김치와 고기를 물끄러미 응시했다. 내가 또 뭔가 실수했나 싶어, 나루는 긴장했다.

"너, 분위기가 좀 달라."

이윽고 재경이 숟가락을 들며 말했다.

"내, 내가? 어떻게?"

"음. 며칠 전까지는 경계심이 되게 많은 것처럼 보였는데, 오늘은 안 그러네."

"내가 낯가림이 심해서."

"그래? 그럼 이제 난 낯가림 대상이 아니라는 건가?"

재경이 씩 웃으며 물었다.

"응, 이젠 아니지."

이제가 아니라 처음부터, 넌 낯가림 대상이 아니었어.

"그거 기쁜데."

진심 어린 말투에, 괜히 기분이 묘해졌다.

"그러고 보니, 우리 과에 너 말고도 대학 생활 제대로 즐기는
애가 한 명 더 있어."

식사를 하며, 재경이 말했다.

"누구?"

"윤명진."

"윤명진?"

어디서 들어 본 이름인데, 정확하게 떠오르지 않았다.

"걔, OT도 안 오고 지난주 내내 수업에 안 나왔거든. 다들 어
떤 앤지 되게 궁금해하는 중이야."

그런 애가 있었나?

"이름을 봐선 남자애인 것 같긴 한데…… 진짜 궁금하네. 우
리 학교에 붙여놓고 학교 그만둘 리는 없고."

"그러게."

곧바로 기억이 나지 않는 걸 보면 중요한 인물은 아니었을 것
이다.

나루는 윤명진에 대한 생각을 지우고, 열심히 먹었다. 오랜만
에 제대로 된 음식을 먹었더니, 기분이 점점 나아졌다.

그래, 잘 먹고 열심히 살아야지.

*　　　*　　　*

재경이,

"그럼 나 먼저 강의실 가 있을게."

라고 말한 이유는, 선미와 지영 때문이었다. 마음 같아서는 함께 학생회관에 가서 점퍼를 고르고, 실험복을 사고 싶었다. 하지만 그랬다가는 다른 학생들의 눈에 띌 것이고, 그중에 선미나 지영이 있을지도 몰랐다.

나루는 모르겠지만, 지난주 내내 선미와 지영이 재경을 괴롭혀댔다.

　─너, 정말로 나루랑 아무 사이도 아냐?

　─너무 친해 보이던데.

　─ 같은 빌라 살아서 그런다고 하기엔, 지후는 나루랑 별로 안 친하잖아.

　─뭐야, 성재경. 혹시 나루 좋아하는 거 아냐?

　─말해 봐, 말해 봐. 이 누나들이 연애상담 해 줄게.

'연애상담 해 줄게.'라는 빌미로, 나루와 재경의 사이를 파헤치려는 의도라는 걸 모를 만큼 순진하지는 않았다.

선미와 지영은 재경에게 관심이 있는 게 분명했다. 그리고 재경은 그런 여자들이 질투 때문에 어디까지 할 수 있는지 잘 알고 있었다.

중학교 때도, 고등학교 때도, 재경을 사이에 둔 다툼이 왕왕 일어나곤 했었다. 그때는 '이놈의 잘생긴 얼굴, 난 역시 죄 많은 남자야.'라고 생각하며 무시했다. 하지만 이젠 아니다. 이놈의 잘생긴 얼굴 때문에 나루에게 피해가 가는 일은 없어야만 했다.

강의를 시작하기 20분 전이라서, 아직 강의실에는 사람이 없었다. 빈 강의실 끝에 혼자 앉아, 아까의 일을 떠올렸다. 볼에 닿았던 나루의 손길이 여전히 닿아 있는 듯 그곳이 화끈거렸다.

'하, 진짜 깜짝 놀랐어. 되게 바보 같아 보였겠지.'

사랑을 하면 바보가 된다. 말도 안 되는 소리라고 생각했었는데, 사랑에 빠지고 보니 알겠다. 정말로 바보가 된다. 온 생각이 그녀에게 집중되어, 다른 생각을 할 수가 없다. 여유가 사라지고, 시야가 좁아진다.

내 행동이 자연스러운지, 그렇지 않은지도 모르는 채, 그녀의 앞에 서면 한없이 작아지기만 한다.

자부심을 가졌던 잘생긴 외모 따위는, 그녀의 앞에선 그리 대단히 느껴지지도 않았다. 좀 더 나은 무언가, 좀 더 대단한 무언가가 있어야만 한다는 초조함에 안절부절못하게 되었다.

다른 사람에게는 쉽게 보낼 수 있는 문자조차도, 그녀에게 보낼 때는 열 번 망설인 끝에 결국은 포기하고 만다. 행여나 그녀가 귀찮아할까 봐서.

강의 시간이 다가오자 학생들이 들어와 자리를 채우기 시작했다. 나루는 교수님과 거의 동시에 들어와서, 재경보다 두 자리 앞에 앉았다.

오늘부터는 본격적인 수업이지만, 수업에 집중할 수가 없었다. 시선이 자꾸만 나루에게로 향했다. 얼굴이 보이는 자리도 아닌데, 그녀의 뒷모습을 보는 것만으로도 즐거웠다.

얼마나 그러고 있었을까.

달칵—

작게 문 열리는 소리가 들렸다.

교수가 잠시 말을 멈췄고.

"죄송합니다."

지후의 음성이 들려왔다. 순간, 나루의 어깨가 움찔 떨리는 듯 보인 것은 눈의 착각일까?

지후가 재경의 옆에 앉았다.

"너, 요새 왜 이렇게 자꾸 늦어?"

그리고 보면 대학 생활을 제대로 즐기는 건, 나루와 윤명진뿐만이 아니었다. 내 오랜 친구이자 룸메이트 또한 대학 생활을 아주 제대로 즐기고 있었다.

"그냥."

지후는 무심히 대꾸하며 책을 꺼냈다. 어째서일까. 오랜 시간 형제처럼 지낸 지후가 최근에는 조금 멀게 느껴졌다. 수업에 늦고, 때로는 아예 결석을 하기도 하는 민지후를, 재경은 몰랐다. 재경이 아는 민지후는 미련스러울 정도로 성실했다.

"무슨 일 있는 건 아니지?"

"일은 무슨. 수업 중이다."

지후가 수업을 들으라는 듯 턱으로 정면을 가리켰다.

"늦은 주제에 성실한 척은."

재경은 투덜거리며 펜을 들었다. 이제 나루를 보는 건 그만하고 수업에 집중해야겠다. 이번 학기 과 수석을 목표로. 결심한 바가 있어서 생명공학과에 입학했기에, 좋은 성적을 유지해야 했다.

재경은 겉보기엔 한량 같은 느낌이라 다들 성실하지 않을 거라고 생각하는데, 사실은 노력파였다.

수업을 열심히 듣고 예습 복습을 철저하게. 당연하지만 실행하기 어려운 그 방법을, 재경은 중학교 때부터 지금까지 열심히 실행하고 있었다.

수업에 집중을 하다 보니 시간은 금방 흘러갔다.

교수가 화이트보드를 지우고 있을 때 잠깐 고개를 돌린 재경은, 생각지도 못한 지후의 모습에 숨을 삼켰다.

지후는 손에 턱을 괴고 나른하게 어딘가를 응시하고 있었다. 눈빛은 온화하고 다정했고, 입가에는 즐거운 듯 옅은 미소가 묻어 나왔다.

오랫동안 지후를 알아온 재경으로서도 처음 보는 표정이었다. 심장이 두근거릴 만큼, 남자까지도 반할 만큼 달콤한 표정.

'어디를…….'

칠판을 보고 있는 것이 아닌 건 확실했다. 지후의 시선은 그보다 더 왼쪽으로 향해 있었다.

'보는 거지?'

지후의 시선을 따라간 그곳에는, 나루가 있었다.

심장이 쿵, 내려앉았다.

설마.

지후가 나루를.

설마.

내 친구가 내 사랑하는 여자를.

숨이 턱 막혀 왔다.

'아니, 아닐 거야. 이미 내가 좋아하게 됐다고 말했잖아. 지후는 전혀 관심이 없어 보였잖아. 지후는, 친구가 사랑하는 여자를 사랑하는 녀석이 아니야.'

정말 그럴까?

최근의 지후는, 재경이 아는 지후 같지가 않았다. 신음이 나올 것만 같았다. 재경은 주먹을 꽉 쥐고 다시 고개를 돌렸다. 지후가 보는 것이 정말로 연나루인지 확인해야 했다. 고개를 돌리자마자 지후와 눈이 마주쳤다. 지후가 의아한 듯 물었다.

"표정이 왜 그러냐?"

나루를 그런 눈으로 본 적이 전혀 없다는 듯한 말투였다.

"아니, 그냥……."

"저기 좀 봐 봐."

지후가 턱짓을 했다. 나루가 있는 곳이었다.

"나루가 왜?"

"나루? 걔가 어디 있는데?"

지후가 모르겠다는 듯 물었다.

"저기 있잖아."

"아, 회색 옷? 저게 연나루였냐?"

"나루, 보고 있던 거 아냐?"

"내가 걔를 왜 봐? 저기 창밖에 봐 봐."

그제야 재경은 나루가 창문 근처에 앉아 있다는 것을 자각했다.

"창밖엔 왜?"

"까치 있어. 두 마리."

"……."

"귀엽다."

지후가 황홀하다는 듯 중얼거린 말에, 어깨에서 힘이 쭉 빠졌다. 지후가 생긴 것과는 다르게 동물을 몹시 사랑한다는 걸 깜빡했다.

"저 둘은 연인인가?"

"넌 내 짝사랑보다 저 까치의 연애 사정이 더 궁금하냐?"

역시 사랑을 하면 바보가 된다. 친구의 시선 처리 하나에, 이렇게까지 긴장하고 놀라고 당황하다니. 창피한 마음을 감추기 위해 투덜거리는 재경에게, 지후는 부드러운 목소리로 말했다.

"넌 귀엽지 않지만, 까치는 귀여우니까."

*   *   *

"끝나고 2학년 선배들이 밥 사 준대."

라는 말에, 나루는 서둘러 가방을 챙겼다. 선배들과 마주치는 자리는 최대한 피하고 싶었다.

마음가짐을 바꿔서인지, 요 며칠간은 평화로웠다. 다만 지후가 걱정되었다.

얘는 왜 출석을 제대로 안 하는 걸까?

기억하기로, 예전에 지후는 성실했었다. 아플 때에도, 전날 술을 마시고 밤을 샜을 때에도, 출석만큼은 성실하게 했었다. 그런데 지금은 학교에서 지후를 보기가 힘들다. 결석을 하거나 지각을 하거나 2시간 강의 중 1시간만 듣고 사라지곤 했다.

무슨 일이 생긴 걸까?

아니면 무언가 이변이 벌어진 걸까?

'아니, 내가 걱정할 일이 아냐. 오히려 잘됐어. 안 보이니까 오히려 마음이 차분하잖아.'

사실은 거짓말이다. 그립다. 지후를 보고 싶었다. 그의 깊은 눈동자와 웃을 때면 끝이 내려가는 눈썹이 그리웠다. 그와 시선을 마주치고 미소를 짓던 순간이 그립고, 고개를 돌렸을 때에 그의 옆모습이 보였던 순간이 그리웠다.

그립고 그리워서, 올 리 없는 그의 전화를 기다리며, 하루에도 몇 번이나 휴대폰을 확인했다. 부질없이. 하염없이.

돌아가는 길에는 마트에 들러 장을 볼 예정이었다.

마트가 어디였더라.

기억을 더듬어 큰길을 따라 걷다가 눈에 익은 골목으로 접어들었다. 이 골목 안쪽에 할인 마트가 있었던 것이 기억났다. 골목 여기저기 놓여 있는 상자와 쓰레기 때문에 조금은 지저분한 거리를 걸었다. 걷다가 우뚝 걸음을 멈춘 이유는, 눈앞에 보이는 광경 때문이었다.

아, 어째서 저 남자는 이렇게 느닷없이 내 눈앞에 나타나 심장을 후려치는 걸까?

마트 맞은편에 지후가 쭈그리고 앉아 있었다. 마트에서 장을 보고 나온 후인지, 옆에는 커다란 비닐 봉투가 놓여 있었고, 그 앞에는 강아지 한 마리가 꼬리를 흔들고 있었다.

한 손에는 담배를, 그리고 다른 한 손으로는 강아지를 쓰다듬는 모습에서, 나루는 눈을 뗄 수가 없었다.

그림 같은 광경이었다. 아주 잘 그려진, 그래서 보이는 이의 가슴을 아프게도, 그립게도 하는 그림.

강아지를 쓰다듬으며, 지후는 천천히 담배를 입으로 가져가 한 모금 빨아들이고 훅 뱉어 냈다. 잿빛 연기가 지후를 에둘러

감쌌다가 흩어졌다.

먼저 나루를 발견한 건 강아지였다. 떠돌이 개인 듯 꼬질꼬질한 강아지가 나루를 돌아봤고, 동시에 지후도 고개를 돌렸다.

그와 시선이 마주쳤다.

지후의 눈이 커졌고, 담배 끼운 손을 아래로 툭 떨어뜨렸다. 둘은 한참 그렇게 서로를 응시했다. 시간도, 공간도 아무 의미가 없었다. 적어도 나루에게는.

지나다니는 사람들도, 골목의 자잘한 소음도 들려오지 않았다. 영원 같은 시간 속에 그와 단둘이 갇혀 있는 듯한 느낌이 들었다. 그래서 나루는, 차라리 이대로 시간이 멈췄으면 좋겠다고 생각했다.

아무것도 하지 못해도 좋으니, 그저 하염없이 그를 바라볼 수 있다면, 그저 하염없이 그를 사랑할 수 있다면, 그렇게 시간이 멈춰, 그가 죽는 순간이 오지 않을 수 있다면…… 그러면 참으로 좋을 텐데.

"장 보러 왔냐?"

지후가 일어나며 물었다.

"어, 응. 넌?"

"난 보고 돌아가는 길."

"아아. 강아지, 좋아하나 봐."

"응, 뭐. 좋아해."

순간 그의 입에서 흘러나온 '좋아해.'라는 말이, 날 향한 말인 것 같아 심장이 내려앉았다.

항상 그랬다.

예전에, 그토록 오래 사귀고 늘 듣는 말인데도. 그가 좋아해, 사랑해, 말해 줄 때마다 심장이 뛰었다.

그런 사이였다.

우리는.

이제는 우리라고 부를 수 없는 예전의 우리는, 사랑해, 좋아해, 그 말을 수시로 하면서도 설레는, 그런 사랑스럽고도 달콤한 커플이었다.

"수업은 안 나오고 장 본 거야?"

"아아."

"수업 좀 나와. 너 그러다가 학고 받겠다."

"그럼 한 학기 더 다니면 되는 거고."

"재경이가 그러는데, 그거 대학 생활 제대로 즐기는 거라더라. 출석 제대로 안 하는 거."

"그럼 안심이네. 뭐 하나는 제대로 하고 있으니."

지후가 마트 봉지를 집어 들었다. 돌아가려는 모양이라는 생각에 아쉬움을 느끼는 것도 잠시.

"가자."

그가 턱으로 마트를 가리키며 말했다.

"어, 어딜?"

"장 보러 왔다며?"

"같이 가 주게?"

"응."

"왜?"

"그거야."

지후가 잠시 입을 다물었다. 아주 잠깐, 그의 얼굴에 난처하다는 표정이 스치고 지나갔다.

"집에 혼자 돌아가기 심심하니까."

"아……."

외로움 많이 타는구나?

됐으니까 먼저 가. 난 혼자 장 보는 거 좋아해.

생필품도 사야 하고. 남자랑 같이 장 보는 거 불편해.

그런 말을 해야만 했다. 머리로는 알고 있는데, 입은 멋대로 움직였다.

"응, 그래. 그럼."

사랑하기에 약할 수밖에 없었다. 사랑하기에 그의 제안을 거절할 수가 없었다. 적당한 거리를 유지할 좋은 기회라는 것을 알면서도, 결국은 밀어내지 못했다.

안 되는데, 이러면 안 되는데.

지후와 나란히 마트로 들어가는 내내 되뇌었다.

'아, 진짜 안 되는데.'

지후가 입구에 있는 녹색 장바구니를 들었다.

이럴 줄 알았다. 우리의 관계에서, 장바구니를 드는 건 언제나 지후였다. 지후가 장바구니를 들고, 나는 그 장바구니의 끝을 살짝 잡고 걷곤 했다. 팔짱을 낄 수도 있지만, 그것보다는 '나도 장바구니를 드는 걸 한몫 거들었어.'라는 느낌이 드는 게 좋아서 장바구니에 손을 얹곤 했다.

그렇게 걸어가며 필요한 것을 하나, 하나 골라 넣었던 때가 떠올랐다. 너무도 당연하고, 그 당연한 것이 아프지 않았던 나날. 평화롭고도 사랑스러운 한때의 기억이 물밀듯 밀려와 심장을 움켜쥐었다.

요 며칠 괜찮아진 줄 알았는데, 아니었다. 예전과 같은 지후의 모습을 보는 순간, 간신히 붙잡아 세운 마음이 갈피를 잡지 못하고 흔들렸다.

나루는 주먹을 꽉 쥐고 신음을 삼켰다. 아무렇지도 않은 척 지후의 옆을 따라 걸으며, 몇 번이나 장바구니로 향하는 손을 멈추게 하느라 고생했다.

"뭐 살 거야?"

문득 지후의 음성이 들려와 화들짝 놀랐다.

"어? 어어? 어? 뭐라고?"

당황을 고스란히 드러내고 말았다. 그 모습에 지후가 눈을 크게 떴다가 "후." 하며 웃었다.

지후의 얼굴 전면에 옅게 퍼지는 미소가 어찌나 황홀한지, 나루는 저도 모르게 말할 뻔했다.

지후야. 사랑해.

목구멍까지 나온 말을 꿀꺽 삼켰다.

"왜 그렇게 놀라? 남들이 보면 내가 너한테 욕이라도 한 줄 알겠다."

"아하하하. 그러게. 하하하."

"뭐 살 거냐고."

"아, 그게…… 어, 그러니까……."

머릿속이 하얗게 비었다. 지후와 함께 있다는 것에 이렇게까지 긴장을 하다니. 이런 건 예전에 지후와 첫 키스를 했을 때와 첫 경험을 하기 직전 이후로는 처음이다.

"먹을 거."

"먹을 거라."

지후가 야채 코너 앞에 멈춰 서 마침 보이는 애호박을 가리켰다.

"이런 거?"

얘가 이렇게 엉뚱한 애였나?

"아니, 좀 더 제대로 된 먹을 거."

"애호박이 어때서?"

"난 고기를 좋아해."

"넌 좀 골고루 먹을 필요가 있어."

"내 식성에 대해 알지도 못하면서."

"안 봐도 빤하지."

라고 말하며, 지후는 장바구니에 애호박을 담았다.

"야, 나 이거 안 먹는다니까. 어떻게 먹는지도 모르고."

나루가 다시 꺼내자, 지후가 다시 애호박을 집어넣으며 말했다.

"호박전이라도 부쳐 먹어. 어려운 거 아니니까."

"싫어. 번거로워. 요리하는 거 안 좋아해."

"내가 해 줄게."

"어?"

"내가 해 줄 테니까 먹으라고."

숨이 턱 막혔다. 뭐라고 대꾸를 해야 하는데, 할 말을 찾을 수가 없었다. 느닷없는 그의 다정함에 가슴이 미어졌다.

"왜 그렇게 봐?"

지후가 감자와 샐러리를 장바구니에 집어넣으며 무심한 목소리로 물었다.

"……감자랑 샐러리는 왜 넣는 건데? 대체 무슨 음식을 만들려는 거야?"

"뭐든 만들 수 있겠지."

"요리 잘해?"

잘한다는 걸 알고 있다.

"글쎄. 해 보면 알겠지."

"난 고기가 좋아."

"적당히 좀 해."

라고 말하면서도, 지후는 정육 코너를 향해 걸어갔다.

―적당히 좀 해.

나루가 떼를 쓰면, 지후는 무뚝뚝하게 말하곤 했다.

적당히 좀 해.

그러면서도 나루가 원하는 것을, 싫은 기색 없이 들어주었다. 그것이 참으로 좋아서, 그 목소리가 참으로 사랑스러워서, 나루는 가끔 말도 안 되는 이유로 칭얼거리곤 했다.

지후는 나루가 기댈 수 있고, 칭얼거릴 수 있는 유일한 사람이었다.

"돼지고기, 소고기, 닭고기."

"소고기."

"돈 많네. 등심, 안심."

"애호박이랑 감자랑 샐러리랑 어울리는 고기로."

나루의 대답에 지후가 피식 웃었다.

"등심으로 하자."

"응."

"또 살 거 있어?"

"치약이랑 과자."

"과자로 이를 썩히고 치약으로 회복하겠다는 건가? 미묘한 조합이군."

"아니, 그렇게까지 깊은 의미는 없거든."

무의미한 대화를 나누며 장을 보는 동안, 잠시 예전의 그 시절로 돌아간 기분을 느꼈다. 물론 그때에는 느끼지 못했던 가슴의 통증이 끊임없이 이어졌다.

그럼에도 이 시간이 소중하고 행복해서, 나루는 도저히 지후를 밀어낼 수가 없었다. 그를 사랑하지 말고, 그 또한 나를 사랑하지 말아야 한다는 것을 알면서도…… 마음은 생각을 배신하고 멋대로 육체를 움직였다.

이성의 힘이 이토록 약하다는 것을, 나루는 처음으로 알게 되었다.

* * *

버릇은 추억을 간직하고 있다는 증거이다.

—콤테쎄 다이아네—

사실은 장을 보러 온 것이 아니지만, 지후와 함께 있는 시간을 놓치고 싶지 않았다. 머리로는 아는데, 마음의 힘을 도저히 이길 수가 없었다.

살 것도 없는데 마트 안을 이리저리 돌아다녔다. 필요도 없는 물건을 집어 들고, 관심 있는 척 요리조리 살펴보다가 내려놨다.

시간이 지나도 장바구니 안의 물건은 늘어나지 않았다. 이쯤 되면 그만 돌아가자고 할 법도 하건만, 지후는 아무 말도 하지 않았다.

말려 주었으면 좋겠다. 그만 돌아가자고 해 주었으면 좋겠다. 내가 이 무의미한 시간을 보내지 않도록, 그가 나를 멈춰 주었으면 좋겠다.

그러면서도 한편으로는 말없이 따라다니는 지후가 좋아서, 예전의 그때로 돌아간 듯한 기분이 들어서. 그래서 콧등이 시큰거렸다.

'그만. 그만해야 돼, 연나루. 그만. 이 시간에, 이 느낌에 더 익숙해지면 안 돼.'

마음을 다잡았다.

걸음을 멈추고 휙 돌아보았을 때, 지후는 나루를 물끄러미 응시하고 있었다. 까맣고 깊은 눈동자에 어떤 생각이 담겨 있는지, 나루는 알 수 없었다.

알 수 있는 것 하나는 그저, 내가 저 눈동자를 몹시도 사랑한다는 것뿐. 그저 눈이 마주쳤을 뿐인데도 심장이 덜컥덜컥 흔들릴 정도로, 그를 깊이 사랑한다는 것 하나뿐.

머릿속이 새하얗게 비어, 하려는 말을 잊은 채 그의 눈만 하염없이 응시했다.

시간의 흐름조차 잊은 나루에게, 지후가 물었다.

"왜?"

퍼뜩 정신을 차리고 시선을 돌렸다.

"아니. 그냥. 이제 살 건 다 산 것 같아서. 그만 집에 가자."

"그래."

계산대로 향하는 나루의 뒤를, 지후가 따라 걸었다.

돌아보고 싶었다. 그가 어디를 보고 있는지, 어떤 표정을 짓고 있는지. 아주 잠시 보지 않았을 뿐인데도 궁금했다.

자연스럽게 그의 손을 잡고 계산대로 향할 수 있었던 나날이 그리웠다.

오늘 너무 많이 샀나 봐.

이건 사지 말 걸 그랬나?

우리 식비 좀 줄여야 할까?

그런 이야기를 재잘재잘 떠들 수 있었던 시간이 사무치도록 그리웠다.

많지 않은 물건을 계산대에 내려놓고, 직원이 물건들을 바코드에 찍는 걸 멍하니 지켜봤다.

"3만 2천 원입니다."

들려오는 소리에 지갑을 꺼내려는데, 뒤쪽에서 자연스럽게 돈이 내밀어졌다. 나루는 지후를 돌아봤다. 지후가 '왜?'라는 표정으로 나루를 보고 있었다.

나루야말로 묻고 싶었다.

왜? 왜 네가 이 돈을 내?

예전의 지후라면 그럴 수 있었다. 그때는 마트에서 장을 보고 나서 지후가 돈을 내는 것이 자연스러운 관계였으니까.

하지만 지금은 아니다. 지금 우리는 그저 대학의 같은 과 학우. 친하지도, 그렇다고 사이가 나쁘지도 않은 그렇고 그런 관계.

그런데 왜 지후가 돈을 내주는 걸까? 지후는 이 상황이 이상하다고 생각하지 않는 걸까?

'원래 이렇게 돈을 헤프게 쓰는 애였나?'

그렇지 않았다. 지후는 누구보다도 분명하게 선을 긋는 성격이었다. 친하지도 않은 학우의 식료품을 사 주는 성격은 절대 아니라고, 나루는 자신할 수 있었다.

그런데 지금 이건 뭘까?

"계산 끝났으면 좀 비켜 줄래요?"

계산대 뒤에서 차례를 기다리고 있던 손님의 짜증스러운 목소리에 정신을 차렸다.

나루는 얼른 계산대를 빠져나왔고, 지후도 그 뒤를 따라 나오며 물건이 담긴 봉지를 집어 들었다.

그의 손에 들린 '나의' 물건들을 물끄러미 지켜보다가, 고개를 들어 지후와 눈을 맞췄다. 지후의 검은 눈동자를 보았지만, 여전히 무엇을 생각하는지 알 수 없었다.

"이걸 왜 네가 사?"

담고 있던 의문을 솔직하게 뱉어 냈다.

지후가 살짝 미간을 좁혔다가 대답했다.

"내가 고른 거잖아."

"하지만 내가 먹을 거잖아."

"네가 별로 원하지 않는 걸 내가 억지로 고르게 했으니까."

납득이 되는 대답이었다.

"아, 그래."

"응. 부담스러우면 돈 줘도 되고."

지후가 손을 내밀었다. 잡고 싶게 만들어지는 커다란 손을 응시하다가, 나루는 피식 웃었다.

"안 줄 거야. 쏘겠다는데 줄 이유가 없지."

"그럼 그러든가."

지후는 무심히 대꾸하며 손을 거뒀다. 그 손을 마음껏 잡을 수 없음이 아쉬웠다.

아련한 그리움을 자아내는 거리를, 나란히 걸었다. 아까보다 그리움이 깊어진 이유는, 아마도 그가 옆에 있기 때문일 것이다.

그의 손을 잡고 걸었던 거리. 이제는 그의 손을 잡을 수 없는 거리. 그저 손과 손의 만남이 없을 뿐인데, 그로 인한 감정의 거리가 까마득히 멀었다.

침묵이 무겁게 느껴졌다. 예전에는 이렇지 않았다. 지후와는 아무 말 없이 몇 시간을 함께 있어도 편안한 사이였다. 하지만 지금 둘 사이에 흐르는 침묵은 몹시도 무겁고 깊었다.

무슨 말이든 꺼내서 침묵을 깨뜨리고 싶은데, 적당한 말이 떠오르지 않았다.

'난 예전에 지후랑 무슨 얘기를 했었지? 사귀기 전, 친구였을 때. 우리는 어떤 대화를 나눴었지? 그때도 참 편안했는데, 왜 지

금은 이렇게 불편한 걸까?'

불편한 것이 당연했다. 그를 사랑하는 이 마음을, 내 눈에서 드러나는 이 감정을 감춰야 하니까. 오롯이 나만 알도록 숨겨야만 하니까.

내가 내뱉는 말에 그를 향한 애정이, 그리움이 담길지도 모르니까. 그러니까 하나, 하나 말과 행동을 고르느라 이토록 버거운 것이리라.

그렇게 말을 고르느라 걸음이 늦어졌다.

지후가 한 걸음 앞서서 걷게 되었지만, 한 걸음 이상으로 거리가 멀어지지는 않았다. 뒤늦게 그 사실을 깨닫고, 그의 등을 가만히 응시했다.

'내 속도에 맞춰 주고 있는 걸까?'

지후는 원래 걸음이 빨랐다.

언제였더라. 아마도 친구가 되고 나서 얼마 지나지 않았을 때일 것이다. 나루의 속도에 맞춰 주는 재경과 달리, 지후는 늘 자기 속도를 유지했다. 셋이 걸을 때는 재경이 항상,

"같이 좀 가자. 다리 길이 자랑하냐?"

라고 말해서 괜찮았다.

하지만 지후와 나루, 단둘이 걷게 되는 날에는, 그의 속도를 따라가느라 거의 뛰다시피 걸어야만 했다. 다리 길이의 차이를 인정하고 싶지 않아, 고집스럽게 지후의 속도를 따라잡기 위해 애썼다.

'그래, 그날은 날씨가 더웠어.'

계절이 여름으로 접어들고 있을 때였다. 옷이 짧아졌고, 기말고사를 준비 중이었다. 재경이 먼저 도서관에 자리를 잡아 두겠다고 먼저 갔고, 나루와 지후는 도서관에서 먹을 햄버거를 사서 도서관으로 가고 있었다. 그때, 지후의 속도를 따라잡다가 넘어졌다.

"으악!"

넘어지면서 비명을 질렀고, 앞서가던 지후가 뒤를 돌아봤다. 아주 제대로 넘어진 나루의 모습에, 지후의 눈이 커졌다.

"괜찮아?"

지후가 다가왔다.

"안 괜찮아."

엎어진 채로 말했다.

"하나도 안 괜찮아."

괜히 서러웠다.

반바지를 입고 있어서 맨땅에 부딪친 무릎이 시큰시큰 아파왔지만, 그보다는 대자로 뻗은 자신의 모습이 창피했다. 그것도 같은 나이의 남자애 앞에서 넘어졌다는 게, 더 수치스러웠던 것 같다.

지후와의 다리 길이 차이를 인정하지 않고 고집스럽게 뒤따르던 건 자신인데, 괜히 지후의 잘못이라는 생각이 들었다.

'이건 전부 민지후 때문이야!'

아직은 어렸던 나루는 그렇게 생각했다.

'아무리 다리가 길어도 그렇지! 같이 가는 사람을 돌아보지도 않고 성큼성큼 가는 게 어디 있어? 재경이도 키가 크지만 내 속도를 맞춰 주잖아, 항상!'

재경이 그럴 수 있었던 이유는, 그만큼 여자 경험이 많기 때문이라는 걸 그때는 몰랐다.

"일어나 봐 봐."

지후가 부드러운 목소리로 말했다. 그러나 나루는 일어날 수가 없었다. 막 눈물이 나려고 했기 때문이다.

"많이 아파? 못 일어나겠어?"

지후가 상냥하게 말할수록 더 눈물이 나려고 했다. 지나가는 학생들이 엎어진 나루를 보고 수군거리는 소리가 들려왔다. 그때였다. 몸이 부웅 떠오른 것은.

지후가 나루를 공주님처럼 안아 들었다.

"으악!"

상황을 파악한 나루가 비명을 질렀다. 눈물이 쏙 들어갔다. 괜히 서러웠던 마음이 거짓말이었던 것처럼 사라졌다.

"뭐, 뭐, 뭐, 뭐 하는 거야?"

"병원 가자."

"병원이라니! 그냥 넘어진 건데! 괜찮아!"

"안 괜찮다며?"

"아니, 아니. 괜찮아!"

"좀 전엔 안 괜찮다고 했잖아."

심통 나서 내뱉은 말이 이렇게 발목을 잡을 줄은 몰랐다.

"아냐, 정말 괜찮아. 넘어진 걸 가지고 무슨 병원이야?"

"많이 다친 거 아냐?"

지후의 까만 눈동자가 나루의 무릎으로 향했다.

"무릎에서 피 난다."

"피, 피는 닦으면 되지! 연고 바르면 돼."

"여자애 무릎에 흉터 생기면 안 되잖아."

"아니, 아니. 난 흉터 좋아해. 흉터 생기는 거 좋아."

당혹스러운 마음에 바보 같은 소리를 늘어놓았지만, 지후는
웃지 않았다. 나루의 무릎을 보는 그의 눈동자에는 걱정스러움
만 가득했다.

그래서.

'그래서 결국 어떻게 했더라?'

그래, 병원을 갔다.

그에게 안긴 채 학교 옆에 있는 병원으로 향하는 동안, 사람들
의 시선이 계속 느껴졌다. 하지만 그들의 시선보다는 그에게서
나는 향기가 더 신경 쓰였다.

시원한 스킨 향과 그의 살내음. 그 향기에 아찔했었던 기억이
났다.

'어쩌면 나는……'

그때부터 지후를 좋아했었는지도 모르겠다. 좋아하지 않았더라면 그렇게 안겨 있지 않았으리라. 어떻게든 그 품에서 빠져나오려고 애쓸 만한 깜냥은 있었다.

'아아, 그랬나? 난 그때 이미 지후를 좋아하고 있었던 걸까?'

새삼스럽게 깨달음을 얻었다.

'그런 것보다는 지후가 날 언제 사랑하게 됐는지를 알아야 하는데.'

나루는 지후의 등을 응시했다. 지후는 여전히 한 걸음 앞, 그 위치에서 걷고 있었다.

역시 지후는 이쪽의 속도를 신경 쓰고 있다.

—내가 신경을 못 썼어.

병원에서 나오는 길에, 지후는 그렇게 말했다.

—앞으로는 신경 쓸게. 미안해.

지후의 잘못이 아님에도, 지후는 사과를 했다. 그리고 그 이후, 언제나 나루의 속도에 맞춰 걸었다.

'지후가 내 속도를 맞춰서 걷기 시작한 건, 그 이후였어. 그전에는 항상 성큼성큼 걸어갔었지. 그런데 왜……'

지금 속도를 맞추고 있는 걸까?

그때와 지금, 무엇이 바뀐 걸까?

'여자의 걸음 속도가 자기보다 늦다는 걸 알 만한 일이 있었던 걸까? 하긴. 요새 지후는 옛날이랑 많이 다르니까. 학교도 잘 안 나오고⋯⋯.'

어쩌면 학교에 나오지 않는 동안, 다른 사건이 있었는지도 모른다.

'이대로 괜찮은 걸까?'

의문이 들었다. 그가 나를 사랑하지 않도록 해야만 한다. 나 역시 그를 사랑해서는 안 된다. 하지만 나는 여전히 그를 사랑하고 있고, 과거의 그는 내 기억과 조금 다르다. 이대로 흘러가게 내버려 두어도 괜찮은 건지 알 수 없었다.

'하긴, 1학년 때의 나는 지후를 아주 잘 알지 못했지. 그러니까 제대로 기억하지 못하는 것들도 있을 거야.'

그렇게 결론을 내렸다. 어차피 고민을 해 봐야, 나루의 생각대로 지후를 움직일 수 있는 건 아니었다. 아무리 과거로 돌아왔다고 해도, 지후에게 자유 의지가 있다는 것은 변함이 없으니까.

지후는 지후의 삶을 살아갈 것이고, 나루는 그 삶에 끼어드는 시간을 최소화할 수 있도록 노력하는 수밖에 없었다. 바로 지금 같은 시간들을 피해야만 했다. 함께 장을 보고, 함께 걸어가는 이런 따스하고 설레는 시간.

'물론 지후는 설레지 않겠지만.'

입 안이 썼다.

'내가 지금 여기서 철퍼덕 넘어지면, 지후는 어떻게 할까? 전처럼 날 안아서 병원에 데려갈까?'

이런 바보 같은 생각을 최소화해야만 한다. 일어나지도 않은 일을 가정해 봐야 가슴만 미어질 뿐이다. 없애야만 하는 추억을 되새겨 봐야 심장만 아플 뿐이다.

'생각하지 말자. 그리워하지도 말자. 그냥 내 좋은 기억들 중 하나로만 남겨 두자. 이제 나는 넘어졌을 때 벌떡 일어나야 돼. 지후가 날 챙겨 주기 전에, 나 혼자 일어나고 나 혼자 피를 닦아 내야 돼. 설령 다리가 부러지더라도 지후의 품에 안겨서는 안 돼. 그러니까 궁상떨지 마, 연나루. 정신 바짝 차려.'

어느새 자취방이 있는 골목에 접어들었다. 앞서서 걷던 지후가 우뚝 걸음을 멈췄다.

"왜 그래?"

나루가 지후의 옆으로 가며 물었다. 지후는 정면을 응시하고 있었고, 나루도 그의 시선을 따라갔다. 그리고 그 시선 끝에 서 있는 남자를 발견했다. 재경이었다.

빌라 앞에 재경이 있었다. 재경은 막 들어가려는 길이었는지 한 발을 입구 계단에 올리고 있었다. 죄를 지은 것도 아닌데, 나루는 괜히 움찔했다.

재경의 시선이 지후에게서 나루에게로, 그 다음에 지후가 들고 있는 봉지로 향했다.

기분 탓일까?

재경의 표정이 유독 어둡게 굳어 있는 것처럼 보였다. 그때, 재경이 돌연 환하게 웃으며 오른손을 들었다.

"뭐야, 둘이? 장 보고 오는 거?"

아, 역시 기분 탓이었나 보다.

'하긴. 지후랑 장 보고 오는데 재경이가 기분 나빠할 이유가 없지.'

나루는 안도하며 고개를 끄덕였다.

"응, 마트 앞에서 마주쳤거든."

"흐응, 그래?"

재경이 다가왔다. 지후는 여전히 멈춰 서 있었다.

"뭐 샀어?"

재경이 봉지 안을 들여다보며 물었다.

"고기, 애호박, 감자, 샐러리 등등."

나루의 대답에 재경이 웃었다.

"대체 뭘 해 먹으려고?"

"그러게 말이야."

대답하며 지후를 올려다봤다. 그제야 지후가 입을 열었다.

"스테이크에 샐러드, 애호박볶음."

"스테이크에 샐러드까지는 이해하겠는데, 애호박볶음은 뭔 조합이래?"

"밑반찬. 냉장고에 넣어 뒀다가 먹으라고."

"아아. 애호박볶음 차갑게 식혀서 먹으면 맛있지. 밥 비벼 먹을 때 넣어도 맛있고."

재경이 납득했다는 듯 고개를 끄덕이더니, 고개를 들어 지후와 눈을 맞추고 물었다.

"그런데 그거, 네가 해 주게?"

3장
시간에 묻힌 이름

재경이 질문을 던지는 순간, 분위기가 묘하게 가라앉았다. 침묵 속에서 재경과 지후가 눈빛을 주고받은 건 아주 짧은 순간이었다.

하지만 나루는 그 시간이 아주 길게 느껴졌다. 나루가 아랫입술을 잘근 깨물고 두 남자의 눈치를 보는데, 지후가 재경에게 봉지를 내밀었다.

"그럼 네가 해 줘."

"어?"

재경의 얼굴에서 팽팽한 긴장감이 사라졌다. 재경은 눈을 크게 뜨고 자신의 앞에 내밀어진 봉지를 내려다봤다.

지후가 다시 말했다.

"네가 해 주라고. 애호박볶음."

"야, 그걸 내가 어떻게 해? 나 요리 못하는 거 알잖아."

재경이 칭얼거리듯 말했다. 지후가 미간을 좁혔다.

"내가 해 주는 게 싫은 거 아냐?"

"아니, 싫다기보다는, 그냥……."

"나도 귀찮아."

라고, 지후는 말했다.

그 말에 나루의 심장이 쿵 내려앉았다. 성가시다는 표정으로 '귀찮아.'라고 말하는 지후는 알지 못한다.

물론 지후가 나를 사랑하지 않기를 바란다. 이 시간의 민지후가 내게 관심 보이기를 원치 않는다. 그러나 아직 마음의 준비가 되지 않았다. 지후가 나를 성가셔하는 것을 받아들일 준비가, 지후가 나를 귀찮아하는 것을 인정할 준비가 되지 않았다.

그래서 지후가 아무렇지도 않게 내뱉은 그 한마디가, 날카로운 얼음 칼날이 되어 나루의 심장에 깊숙이 박혔다.

이렇게나 아플 줄은 몰랐다. 격통에 호흡을 하기가 어려웠다. 숨을 헐떡거리며 고개를 숙였다.

'울면 안 돼.'

이제 막 알게 된 사이인 지후가 나루를 귀찮아하는 건 당연한 일이었다. 지후는 원래 자기가 별로 좋아하지 않는 사람을 상대하는 걸 성가셔했었다. 그러니까 이건 당연한 흐름. 당연한 반응.

'당연한 건데도 참 아프구나. 정말 아파, 지후야.'

있는 힘껏 표정을 갈무리하고 얼굴을 번쩍 들었을 때, 재경은 지후에게 한 소리 하고 있었다.

"야, 귀찮다니. 그래도 같은 과 친구한테 너무하잖아, 그 말은."

"그런가?"

지후는 어깨를 으쓱했다. 장을 봐 온 봉지를 여전히 재경의 앞에 내민 채였다. 재경이 봉지를 받아 들려고 할 때, 나루가 그것을 낚아챘다.

"필요 없어."

나루가 차갑게 말했다.

"애호박볶음이든 샐러드든 뭐든, 다 필요 없어. 해 달라고 한 적도 없고. 그러니까 됐어. 내가 알아서 해 먹을게."

"나루야."

재경이 불렀지만 나루는 돌아보지 않고 도망치듯 그 자리를 벗어났다. 그 모습을 지켜보던 지후가 중얼거렸다.

"저거, 내가 산 건데."

*   *   *

쾅—!

나루는 보는 사람도 없지만 거칠게 문을 닫았다. 들고 있던 봉지를 집어 던지려다가 관두고 식탁 위에 살며시 내려놨다. 봉지 안에 담긴 것들을 물끄러미 응시하다가 그 옆에 앉아 긴 한숨을 내쉬었다.

"하아. 나, 진짜 뭘 하고 있는 거지?"

한 번 걸었던 시간을 다시 걷게 되었다. 그렇다면 모든 상황에 좀 더 의연하게, 담담하게 대처할 수 있을 줄 알았다.

하지만 아니었다. 사람의 마음은 그렇게 쉽지 않았다. 아무리 이성적으로 생각을 하려고 해도 마음은 멋대로 움직여, 자제하기 힘든 감정을 자아냈다.

—나도 귀찮아.

지후가 내뱉은 말이 뇌리에서 떠나지 않았다.

—나도 귀찮아.
—내가 해 주고 싶어.

방금 전의 말과 예전의 말이 뒤섞였다. 방금 전의 성가시다는 표정과 예전의 다정한 표정이 범벅되어, 가슴이 술렁거렸다.

차라리 기억이 나지 않으면 좋으련만. 그의 다정한 눈빛과 상냥한 음성, 따스한 손길을 기억하지 못하면 좋으련만. 그런 것들을 모르면 지금의 냉정함이 이토록 아프고 시리지 않을 텐데.

'하지만.'

나루는 주먹을 꽉 쥐었다.

'잊고 싶지 않아.'

잊고 싶지만 잊고 싶지 않다는 모순된 감정이 있었다. 그와의 추억은 살아가는 힘이었다. 아프지만, 때때로 사무치지만, 그래도 나루에게는 소중한 기억이었다.

어느 누구도 알지 못하는 그 모든 일들을, 자신만큼은 기억하고 있어야 했다.

오랜 시간이 지나 지후와 다른 길을 걸어가게 되더라도, 그의 손을 다른 여자가 잡게 되더라도.

이 기억들은 나루에게 살아갈 의미로 남아 있을 것이다.

똑똑—

노크 소리에 정신을 차렸다.

"네."

"나루야. 나, 재경이."

"아아. 잠깐만."

지금은 누구도 만나고 싶지 않지만, 힘겹게 일어나 현관문을 열었다. 재경은 미안하다는 표정을 짓고 있었다.

"아까 기분이 상했던 것 같아서."

"너 때문에 기분이 상한 거 아냐."

"혹시 지후가 귀찮다고 말해서라면…….""

"지후 때문도 아냐."

"어, 그럼?"

"그냥, 갑자기. 안 좋은 기억이 떠올라서."

"정말?"

재경이 미심쩍다는 듯 나루를 응시했다.

"응, 정말로."

나루는 재경과 눈을 맞추고 말했다.

"별로 떠올리고 싶지 않은 기억이 떠올라서 그랬어. 오히려 그런 식으로 들어와 버려서 내가 미안하지. 지후, 기분 안 상했든?"

다행이라고, 나루는 생각했다. 이렇게 아무렇지도 않게 말할 수 있어서 안심이다. 앞으로 이런 상황들이 종종 벌어지겠지만, 아마 오늘보다 더 능숙하게 대처할 수 있으리라. 조금 더 시간이 지나면, 뜯기는 듯한 가슴의 통증도 무시할 수 있게 되겠지. 익숙해지겠지.

"응. 지후야, 뭐. 그런 일로 기분 상하는 애는 아냐."

"그래, 다행이네."

나루가 돌아섰다. 재경은 여전히 문 앞에 서 있었다. 나루는 흘끗 뒤를 돌아보며 물었다.

"거기서 뭐 해? 안 들어와?"

"어? 들어가도 돼?"

재경이 눈을 크게 뜨고 물었다.

'쟤가 저렇게 어수룩한 애였나?'

나루가 아는 성재경은 누구보다도 여자에게 능숙한 남자였다. 예전에, 나루가 자취하는 방에 가장 먼저 거침없이 들어온 남자이기도 했다. 그런 재경이 차마 발을 딛지 못하고 망설이는 모습을 보니,

'내가 성재경을 잘못 알고 있었나?'

라는 생각까지 들었다.

'내 기억이 잘못됐나? 아냐, 옛날엔 분명……'

샤워를 하고 나와서 머리에 수건을 두르고 리포트를 쓸 준비를 하고 있을 때 초인종이 울렸다. 꽤 늦은 시간이었기 때문에, 의아한 기분으로 현관문을 열었다.

"여어."

재경이 한 손을 들며 웃었다. 얼굴이 발간 걸 보니 술에 취한 것 같았다.

"뭐해?"

"리포트 쓰려고. 오늘 과 모임 갔었어?"

"어, 잠깐 들렀지."

"잠깐 들른 것 같지가 않은데? 엄청 취해 보이네."

"안 취했어, 안 취했어. 야, 너네 집에서 좋은 냄새 난다. 네 냄새인가?"

"징그러운 소리 좀 하지 마."

아마도 친구가 되고 두 달쯤 지났을 때였을 것이다. 재경과는 급속도로 친해져서, 거의 남매나 다름없이 지내고 있었다. 서로

에게 무슨 말을 해도 상처받지 않는 사이. 그런 사이였다.

"좀 비켜 봐, 들어가게."

재경은 그렇게 말하며 안으로 들어왔다.

"야, 너네 집 놔두고 왜 우리 집엘 들어와?"

혼자 있는 집에 남자가 밀고 들어온다는 자각은 없었다. 재경
은 '친구'였으니까.

"지후는 리포트 쓰고 있을 테니까. 성실한 녀석이거든."

"내 말 안 들었어? 나도 리포트 쓰려고 하고 있었다니까?"

"쓰고 있는 중은 아니었잖아. 게다가 넌 과 수석이고."

"대체 이 상황이랑 과 수석이 뭔 관계인지 모르겠네."

결국 재경은 신발까지 벗고 집 안에 들어와, 식탁에 앉아 주위
를 둘러봤다. 한참 집 안을 둘러본 재경은 나루에게 솔직한 감상
을 들려주었다.

"너, 집 좀 정리하고 살아라."

"신경 꺼. 손님이 올 줄 알았나?"

"아하하하. 손님. 고마워해야 하는 건가? 날 손님으로 봐 주는
걸?"

재미있지도 않은 말에, 재경은 웃음을 터뜨렸다. 술에 취했기
때문일 것이다.

재경은 손에 턱을 괴고 나루를 빤히 응시했다. 재경의 얼굴에
는 무어라 규정짓기 힘든 미묘한 표정이 떠올라 있었는데, 그것
도 아마 술에 취해서 나오는 표정일 것이라고, 나루는 생각했었

다. 한참 그렇게 나루를 응시하던 재경이 갑자기 식탁에 엎드렸다.

"졸려."

"야, 너네 집에 가서 자."

"안 돼. 집엔 지후가 있고, 난 지금…… 지후를…….'"

'볼 자신이 없어.'

라는 뒷말은 거의 들리지 않았다.

'그래, 볼 자신이 없다고 했었어. 잘 안 들려서 잊고 있었었는데, 분명 그런 말을 했던 것 같아.'

나루는 조심스럽게 신발을 벗고 들어오는 재경을 지켜봤다.

'왜 그런 말을 했던 걸까? 지후랑 무슨 문제가 있었나?'

이제 와서는 알 도리가 없다. 지금의 시간은 그때와 다른 시간이니까. 그 일은 아마도 벌어지지 않을 테니까.

재경은 식탁에 엎드린 채로 잠이 들었다.

나루는 난처해져서 재경을 지켜보다가 밖으로 나갔다. 재경과 지후의 집 앞으로 가서 초인종을 눌렀다. 문을 연 지후는 피곤해 보였다.

"자고 있었어?"

"아니, 리포트. 넌 다 썼어?"

"아직. 이제 막 쓰려고 했는데, 재경이가 방해를 했어."

"아아. 술자리 불려 나갔었어?"

"아니, 우리 집에 쳐들어왔어. 네가 리포트 쓰는 걸 방해하기 싫다고!"

나루의 말에 지후는 눈을 크게 떴다가, 후, 하고 웃었다.

"미안하게 됐네. 리포트 좀 도와줄까?"

"응, 도와줘! 너 때문에 방해받은 거니까!"

"알겠어, 그럼. 잠깐만."

지후가 리포트 노트를 들고 나왔다.

'그래서 지후도 우리 집에 오게 됐지. 지후 덕분에 리포트를 쉽게 썼고, 점수도 잘 받았었어. 그리고…… 중간에 재경이가 깨어나서 우리 리포트 쓰는 걸 방해했었어.'

그날 이후로 셋은 서로의 집을 자기 집처럼 드나들게 되었다. 그리운 기억이 떠오르는 바람에 쓴웃음이 흘러나왔다. 그걸 본 재경이 물었다.

"왜?"

"응?"

"왜 그렇게 웃어?"

"응? 내가 왜?"

재경이 성큼 다가와 나루의 앞에 섰다. 재경에게서는 오래전 지후에게서 맡을 수 있었던 향기가 났다. 그립고 사랑스러운 향기.

"울 것 같아, 너."

재경의 손이 나루의 볼에 살짝 닿았다가 떨어졌다.

"무슨 일 있어?"

걱정스러운 음성에 왈칵 울음을 터뜨릴 뻔했다.

'안 돼, 안 돼. 울면 안 돼.'

황급히 감정을 정리하고 웃었다.

"일은 무슨. 리포트 쓸 걸 생각하니까 걱정이 돼서."

"리포트? 우리 지금 리포트 쓸 게 있나?"

아차 싶었다. 예전 기억에 빠져 지금 다른 시간을 걷는 중이라는 걸 깜빡했다.

"아니, 아니. 그냥 좀…… 아르바이트 삼아서 하는 일이 있거든."

"아르바이트? 벌써 알바를 구했어?"

"어, 응. 그런 게 좀 있어."

이 시간을 다시 걷게 된 후 거짓말만 늘어가는 것 같다.

"아무튼 앉아. 커피, 아니, 커피 안 마시지? 코코아 타 줄게."

재경은 식탁 의자에 다리를 꼬고 앉아, 코코아를 찾는 나루의 뒷모습을 지켜봤다.

'어떻게 알았지? 내가 커피 안 마신다는 걸?'

보통은 마신다고들 생각한다. 그런데 나루는 아주 당연하게도 재경이 커피를 마시지 않는다고 말했다. 마치 옛날부터 그 사실을 알고 있었다는 듯이.

'내가 말한 적이 있나?'

아니. 없었다.

같이 커피숍을 간 적이 없으니, 커피에 대한 취향을 말할 기회도 없었다.

'술김에 말했나?'

사실 자신이 커피와 코코아 중 어느 쪽을 좋아하는지 나루가 알고 있는 게, 그리 큰 문제는 아니었다. 하지만 어째서인지 마음에 걸렸다.

'그러고 보니, 저번에도 이런 일이 있었지. 추가 합격이라는 말을 농담으로 했을 때도 그렇고. 혹시 원래 나에 대해 알고 있었던 건가?'

한 번 시작된 의문은 꼬리에 꼬리를 물고 이어졌다. 그때, 나루가 까치발을 들고 찬장에서 머그 컵을 꺼내려고 애쓰는 모습이 보였다.

재경은 일어나 그녀의 뒤로 다가가 팔을 쭉 뻗었다. 나루가 휙 돌아서는 바람에, 그녀가 거의 품에 들어오는 상태가 되고 말았다. 재경은 화들짝 놀라 뒷걸음질을 쳤다.

나루가 눈을 동그랗게 뜨고 재경을 올려다봤다.

"왜 그렇게 놀라? 네가 너무 놀라니까 내가 놀란 걸 말할 수가 없잖아."

"아, 아니. 그냥."

재경이 얼굴을 붉혔다. 나루는 그런 재경을 빤히 응시했다.

'얘가 왜 이러지?'

재경의 행동을 이해할 수가 없었다. 등에 갑자기 뭔가 닿는 바람에 놀라서 돌아봤는데, 도리어 재경이 더 놀라서 뒷걸음질을 쳤다.

'아니, 자기가 와서 서 놓고 왜 놀라는 거야? 내가 덮치기라도 한 것처럼. 얼굴은 빨개져서는. 성재경답지 않게.'

이 모습은 정말이지 성재경답지 않다. 재경이 이렇게 수줍음이 많은 남자인 줄은 꿈에도 몰랐다.

'내가 재경이에 대해 한참 잘못 알고 있었던 건가?'

그럴지도 모르겠다. 재경을 처음 만났을 때는 사람을 잘 파악하지 못할 만큼 어렸으니까. 함께 시간을 보내며 자연스러워진 재경을 보며, 그것이 '성재경답다'고, 제멋대로 정의를 내렸는지도 모르겠다.

성재경이라는 사람은, 어쩌면 내가 알던 것보다 훨씬 더 수줍음이 많고 순진한 남자였는지도 모른다.

"하여간 너도 참 이상한 애야. 여자관계 엄청 복잡할 것처럼 생겨서는 의외로 순진하다니까."

나루가 웃음기 묻은 목소리로 말하며 다시 돌아섰다. 찬장을 향해 손을 쭉 뻗는데, 재경이 그 손목을 잡았다. 이번에는 놀라지 않고 뒤를 돌아봤다.

하지만 재경과 눈이 마주치는 순간 숨을 헉 삼켰다. 재경의 눈동자가 그동안과는 다른 빛을 띠고 나루를 향해 있었다. 연갈색 눈동자는 무척이나 깊고 맑아서, 거기에 비친 나루의 모습이 또 렷하게 보일 정도였다.

재경의 이런 눈빛은 처음이라, 나루는 어떻게 반응을 해야 좋을지 알 수 없었다.

뭘까, 이 눈빛은?

뭐지, 이 눈빛은?

사실은 알고 있었다.

실제로 20살의 연나루라면 몰랐을지도 모르겠다. 하지만 나루는 겉모습만 20살일 뿐, 사실은 32살의 성숙한 여인이었다.

깊은 사랑도, 아픈 이별도 해 본, 성인이었다.

그래서 알았다.

20살의 재경이 짓는 눈빛의 의미를. 그 안에 가득 담긴 감정의 이름을. 그러면 지금까지의 재경답지 않은 재경의 행동이 전부 설명되었다.

그저 인정하고 싶지 않았을 뿐이다. 친구였으니까. 가장 소중하고 가장 친한 친구였으니까. 여차할 때에 사심 없이 기댈 수 있는, 몇 안 되는 우정 중 하나였으니까.

다시 걷게 된 이 시간 속에서 아직 우리의 우정이 깊어지지는 않았지만, 언젠가는 다시 그러한 우정이 될 거라고 생각했기에. 그렇기에 짐작하면서도 애써 무시해 왔을 뿐이었다.

그때.

재경의 입술이 벌어졌다.

"나루야, 나는."

그 뒤에 이어질 말을, 나루는 듣고 싶지 않았다. 절대로 듣고 싶지 않았다. 하지만 막을 수도 없었다.

"나루야, 나는."

재경이 다시 한 번 반복했다. 입 안에 맴도는 말을 끄집어내기 힘들다는 듯이.

나루는 재경의 입을 막고 싶었다.

안 돼, 재경아. 안 돼. 너랑 나는 친구야. 난 널 잃고 싶지 않아. 난 널 그렇게 생각할 수 없어. 나는 너와 12년간 가장 친한 친구로 살아왔고, 나는 너의 가장 친한 친구의 연인이었어. 그러니까 안 돼. 안 돼, 절대로.

"나는."

그러나 혼란스러운 표정으로 움직이는 입술을 막을 만큼, 나루는 냉혹하지 못했다.

"코코아 안 마실 거야."

재경의 입술 사이로 흘러나온 말은, 나루의 예상에서 벗어났다.

"그냥 네가 기분 안 좋을까 봐 잠깐 들른 거였어. 그만 가 봐야 돼."

재경이 씁듯이 말했다.

"아, 그래."

오만 가지 생각에 술렁이고 있던 나루는, 멍하니 재경을 올려다봤다.

"그만 가 볼게."

"어."

"아까 지후는…… 정말로 귀찮아서 그런 말을 한 게 아닐 거야."

"아."

지후와의 일에 대해 새까맣게 잊고 있었다. 재경이 그 일을 되새겨 주었는데도 가슴이 아프지 않았다.

나루의 온 신경은 재경에게 집중되어 있었다.

"그냥 나 때문에. 아무튼 가 볼게. 내일 봐."

재경이 휙 돌아섰다. 나가는 재경의 뒷모습을, 나루는 가만히 지켜볼 수밖에 없었다.

*　　　*　　　*

고백을 할 뻔했다. 여자관계가 복잡할 것 같다는 말에 해명을 하려고 했을 뿐인데, 입 안에 맴도는 말은 고백이었다.

널 좋아해.

내가 좋아하는 여자는 너야.

많은 여자들이 날 좋아해 줬지만, 내 눈이 향하는 곳은 너야.

입술에 묻은 말을 끝내지 못한 이유는, 나루의 눈빛 때문이었다. 마주친 그녀의 눈동자를 보는 순간, 어째서인지 말해서는 안 될 것 같다는 느낌을 받았다. 그녀의 혼란스러운 눈동자가, '그만둬!'라고 외치는 것만 같았다.

'내 마음을 눈치챘을까?'

그럴지도 모르겠다.

'눈치채서 그런 표정을 지은 건가? 그럼, 난 거절당한 건가?'

가슴이 시큰거렸다.

고백을 해 보지도 못하고 거절을 당하다니.

'아니야. 나루가 직접 말한 건 아니잖아. 나 혼자 오해하는 걸지도 몰라. 지금 난 자신감이 바닥인 상태니까.'

사랑을 하면 바보가 되고, 사랑을 하면 약해지고, 사랑을 하면 초라해진다. 그래서다. 나루는 그저 손목이 잡혀 놀란 것뿐인데, 내 쪽에서 제멋대로 그녀의 감정을 해석했을지도 모른다.

원래 인간은 부정적으로 해석해서, 실제로 부정적인 결과가 나왔을 때의 충격을 최소화하려는 경향이 있으니까.

문을 열고 들어가자마자 지후가 보였다. 지후는 거실 한복판에 대자로 누워 천장을 응시하고 있었다.

'그러고 보니, 이 녀석 문제도 있었지.'

아까 나루와 나란히 걸어오는 지후를 봤을 때는 깜짝 놀랐다. 손에 든 봉지를 봤을 때, 둘이 함께 마트에서 장을 보고 온 것이 명백했다.

같은 건물에 사는 같은 과 친구와 함께 장을 본다는 게, 딱히 의미가 있는 일은 아닐 것이다.

하지만 타인과 연결되는 걸 귀찮아하는 지후의 성격을, 재경은 알고 있었다.

그래서 그 상황에서는 의미가 있다고 받아들일 수밖에 없었다.

"지후야."

재경은 지후의 옆에 쭈그리고 앉았다.

"어."

지후가 천장에 시선을 둔 채로 대답했다. 재경은 지후의 잘생긴 얼굴을 물끄러미 응시했다. 반듯한 이마와 짙은 눈썹, 그 아래를 가로지르는 길고 예쁜 눈매.

"너, 나루를 어떻게 생각해?"

"어떻게도 생각 안 해."

지후가 재경에게로 시선을 돌렸다.

"어떻게 생각해야 하냐?"

"아니, 그런 건 아닌데. 너, 원래 잘 모르는 사람이랑 얘기하고 시간 보내는 거 싫어하잖아."

아, 초라하다.

재경은 이런 걸 묻고 있는 자신이 한심하고 비참했다.

"어, 싫어해."

지후가 다시 천장을 응시했다.

"그런데 왜 나루랑은……."

"네가 좋아하는 여자잖아."

지후가 귀찮은 기색 없이 담백하게 말했다.

"마트 앞에서 강아지랑 놀아 주는데, 내 친구가 좋아하는 여자가 걸어오더라. 장 보러 왔다기에 같이 장을 봤고, 장 보는 김에 이것저것 만들어서 너랑 같이 먹으면 좋겠다 싶었어."

'아, 그런 거였나?'

그렇다면 있을 법한 일이다. 지후는 재경을 위해서라면 귀찮은 일도 마다하지 않고 해 줄 친구니까.

"뭐, 네가 거기서 그렇게 질투를 할 줄은 몰랐지."

지후가 재경을 돌아보며 눈을 가늘게 떴다. 재경의 얼굴이 붉어졌다.

"질투라니. 그런 거 아냐."

"아니긴. 내가 널 모르냐?"

"몰라, 넌."

"너 자신보다 내가 널 더 잘 알 거다."

"하아. 나 진짜 왜 이러지."

재경이 두 손으로 머리를 거머쥐었다.

"나 요새 진짜 유치하고 멍청해지는 것 같아."

"요새라고 생각한다는 게 충격인걸."

"야, 장난치는 거 아냐."

"나도 장난치는 거 아냐."

"지후야."

"응."

"나, 애호박볶음 먹고 싶어."

"……."

"해 줘."

지후는 재경을 빤히 응시하다가 말했다.

"나루네 집에 가서 같이 밥 먹고 싶으면, 그냥 그렇다고 말해. 그렇게 돌려 말해도 다 티 나니까."

*   *   *

재경이 닫고 나간 현관문을 노려봤다. 생각이 정리되지 않았다. 나루는 눈을 감았다.

'재경이가 날 좋아하고 있어. 왜지?'

재경이 이쪽을 좋아할 만한 사건은 전혀 없었다. 재경에게 딱히 상냥하게 대한 적도 없었다. 오히려 이상한 행동을 많이 했고, 과할 정도로 밀어내기도 했었다.

재경이 고백을 하지는 않았지만, 그 눈동자에서 본 것이 착각이라고는 생각하지 않는다. 성재경은 연나루를 좋아한다.

'재경이, 취향 한번 독특하네. 이런 취향이었나? 아, 그런 건가? 나를 이렇게 대한 여자는 네가 처음이야, 이런 거?'

이래서야 곤란하다. 재경은 지후의 가장 친한 친구였다.

'아니, 이제 지후랑은 상관없지. 여기의 지후는 나랑 아무 관계도 아니니까. 하지만 나는, 나는 여기의 연나루가 아냐.'

나는 여전히 옛 시간의 연나루다. 옛 시간의 연나루는, 결코 민지후의 가장 친한 친구가 보내는 애정을 받아 줄 수 없다. 그런 일은 생기지 않을 것이다. 그러니까 재경의 마음을 멈추게 해야만 했다.

재경은 소중한 친구고(물론 옛 시간에서일 뿐이지만), 내 소중한 친구가 실연으로 상처를 받는 걸 보고 싶지 않으니까.

'아, 미치겠네. 지후 하나로도 벅찬데, 이젠 재경이까지 신경을 써야 하잖아.'

관자놀이가 지끈지끈 아파 왔다.

'언제부터 날 좋아한 걸까? 설마…… 옛날에도 날 좋아했던 건 아니겠지?'

식탁에 팔을 베고 엎드려, 과거를 되짚었다. 재경과 처음 만났을 때, 친해졌을 때, 지후가 군대에 가고 나서 둘이 다니게 되었을 때, 대학을 졸업한 후에도 종종 만났을 때, 지후와 셋이 어울려 다닐 때.

지후만을 신경 썼던 그 추억들 속에서 재경의 모습을 더듬었다. 재경이 어떤 표정을 지었는지, 어떤 행동을 했는지, 어떤 말을 건넸는지.

'아냐, 그럴 리 없어. 옛 시간에서도 재경이가 날 좋아했을 리는 없어. 그래, 그랬을 리 없어.'

애써 부정하고 있을 때.

딩동—

초인종이 울렸다.

수선스러운 고민에서 벗어나고 싶었던 나루는, 누구냐고 묻지도 않고 문을 열었다. 활짝 열린 문 앞에 그가 서 있었다. 그의 앞에 재경이 있었지만 그래도 나루의 눈에는 지후가 먼저 들어왔다.

무심한 눈으로 이쪽을 응시하는 민지후. 재경 때문에 고민을 하는 순간에도, 가장 먼저 시야에 각인되는 것은 지후였다.

"문을 열기 전에는 누군지 확인 좀 해."

재경이 장난스럽게 꾸짖듯 말했을 때에야, 나루는 둘 사이에 재경이 서 있음을 자각했다.

"어? 아, 어. 그러게."

"뭐 하고 있었어?"

"뭐 하고 있긴. 그냥 앉아 있었지. 그런데 왜?"

"그냥 앉아 있을 것 같아서 요리해 주려고 왔지. 물론 요리는 이 녀석이."

재경이 지후의 팔을 툭툭 두드리며 말했다.

"아, 그래. 들어와."

옆으로 비켜서자 재경과 지후가 안으로 들어왔다. 지후는 마트 앞에서 나루를 만나기 전에 사 뒀던 식료품까지 들고 왔다.

"고기, 냉장고에 넣어 두지도 않았네. 고기는 밖에 오래 두면 상한다."

재경이 잔소리를 했다. 아까의 묘한 분위기가 거짓인 것만 같았다.

"난 원래 숙성시켜서 먹는 걸 좋아해."

나루가 고집스럽게 말했더니, 지후가 후, 하고 바람이 불듯 웃었다.

"숙성도 숙성 나름이지. 그러고 보니 그런 얘기를 들은 적이 있어."

"그런 얘기?"

"어떤 사람이 치즈가 우유 썩힌 거라는 얘기를 듣고, 우유를 썩혀서 먹었다가 식중독으로 죽을 뻔했다는 얘기."

단조로운 어조로 말하는 지후를 빤히 올려다봤다.

"왜?"

"난 그렇게까지 바보는 아니거든?"

"아, 그래? 숙성 타령을 하기에."

"타령이라니. 딱 한 번 말했다."

지후가 또 후, 하고 웃었다. 다행이다. 셋이 같이 있는데도 분위기가 가라앉지 않았고, 편하게 대화를 할 수 있었다. 늘 지금만 같으면 좋겠다.

"그런데 지후가 그렇게 요리를 잘해?"

사실은 알고 있다. 요리를 무척 잘 한다는 걸. 처음 지후의 요리를 먹어 본 건, 여름 방학 때 셋이서 바다에 놀러 갔을 때였다.

을왕리의 허름하고 좁은 민박집에서, 지후는 여러 가지 음식을 만들어 냈다. 마법 같은 그 과정을, 연신 놀라며 지켜봤던 기억이 났다.

"응, 엄청 잘해. 어릴 때 얘네 집 놀러 가면 얘가 꼭 밥을 차려 줬거든. 그거 먹다가 얘랑 친해진 거야."

재경이 우쭐해 하며 말했다. 요리는 지후가 잘하는데 왜 재경이 더 우쭐해 하는 건지 모르겠지만, 그 모습이 보기 좋았다.

"먹을 거로 조련했지. 맛있는 걸 주면 말을 잘 들으니까."

지후가 말했다.

"야, 조련이라니. 내가 개냐?"

"비슷하지. 닮았잖아."

지후가 재경의 턱을 잡아 나루 쪽을 보게 만들며 말했다.

"그 개 있지? 그거. 털 길고 우아한 개."

"아, 그…… 아프간하운드!"

나루의 말에 지후가 씩 웃었다. 근사한 미소였다. 심장이 쿵 내려앉을 만큼.

"그래, 그거."

"야, 야. 난 개가 아니라고."

졸지에 개 취급을 당한, 한 달 후부터 'Y대 어린 왕자'라고 불리게 될 재경이 투덜거리며 지후의 손을 벗어났다.

"개 맞아. 맛있는 걸 주면 꼬리를 흔들잖아."

"그런 적 없다고."

두 남자는 티격태격하며 봉지에서 식료품을 꺼냈다.

지후가 나루에게 물었다.

"냉장고 좀 열어 봐도 돼?"

"응."

나루의 냉장고 안에는 먹을 만한 것이 많지 않았다.

"밑반찬들 좀 해 줄까?"

텅 빈 냉장고를 확인한 지후가 물었다. 그의 질문에 가슴이 시큰하게 아려 왔다. 늘 나루의 냉장고 사정을 신경 써 주었던 옛 기억이 떠올랐기 때문이다.

"응, 조금만."

"그래."

"가끔은 우리 집에 와서 같이 밥 먹고 그래. 어차피 숟가락 하나만 더 얹으면 되니까."

재경이 말했다.

"응, 신경 써 줘서 고마워."

흘러가는 대로 내버려 두자고 결심하긴 했지만, 예상보다 급속도로 친해지는 것 같아서 불안했다.

옛 시간보다 지금이 더 빠르게 친해지는 것 같다. 이 집에 두 남자가 들어오게 된 것도 전보다 빠르고, 지후의 요리 솜씨를 보게 되는 것도 전보다 빠르다.

이렇게 흘러가도 괜찮은 걸까?

하지만 지금 이 상황에서 날을 바짝 세우고 두 남자를 내보내 봐야, 내일이면 또 비슷한 상황이 오리라는 것을 짐작할 수 있었다.

어떻게든 저 둘과는 엮이게 될 것이다.

'그럼 난 어떻게 이 운명을 벗어나야 하는 거지?'

나루는 침대에 걸터앉아, 두 남자가 요리하는 뒷모습을 지켜보며 고민했다.

요리는 지후가 했지만 재경도 열심히 재료 손질을 거들었다. 손이 척척 맞는 걸 보니, 이런 식으로 요리를 한 경험이 많은 것 같았다. 경쾌하기까지 한 둘의 움직임에, 어느덧 나루의 고민도 스르르 옅어졌다.

나루는 자신도 모르는 새에 둘의 모습에 집중하고 있다는 것을 깨달았다.

지후는 늘 그래 왔듯(물론 옛 시간에서) 순식간에 여러 가지 요리를 만들어 냈다.

나루의 재료를 이용한 찹스테이크와 샐러드뿐 아니라, 그들의 재료를 이용한 멸치볶음, 나물무침 등 밑반찬까지.

아무것도 없었던 냉장고에 여러 가지 반찬이 차곡차곡 들어가는 걸, 나루는 여전히 마법을 보는 듯한 기분으로 감상했다.

"내가 뭐 도울 건 없어?"

너무 구경만 한 것 같아서 슬금슬금 다가가 물었더니, 재경이 웃으며 식탁을 가리켰다.

"넌 앉아서 구경하고 맛있게 먹을 준비나 해."

재경의 말에 나루는 인상을 찌푸렸다.

—맛있게 먹을 준비나 해.

이 말은, 옛 시간의 지후가 나루에게 했던 말이다. 지후는 늘 나루를 위해 요리했고, 나루가 도울 거 없냐고 물어보면 이 말을 했다.

—앉아서 맛있게 먹을 준비나 하고 있어.

그런데 이 시간에선, 지후가 아닌 재경이 그 말을 한다. 뭔가 조금씩 달라지고 있다. 재경은 감자를 으깨느라 정신이 없어서 나루가 인상 찌푸린 것을 보지 못한 것 같았다. 오히려 스테이크를 접시에 옮기던 지후가 나루의 표정을 보고는 물었다.

"표정이 왜 그래? 맛있게 먹을 준비가 안 되냐?"

"어? 아니, 그냥."

"부담 갖지 말고 적당히 먹어, 그럼."

"아니, 그런 건 아닌데. 최선을 다해서 맛있게 먹을 거야."

두 주먹을 불끈 쥐며 말했더니, 지후가 피식 웃었다.

"그러든가."

이 시간이 옛 시간과 다른 건 당연한 일이다. 조금씩 달라진다고 해서 일일이 신경을 쓰면, 이 시간을 제대로 보낼 수 없게 된다.

나루는 생각을 고쳤다.

'아주 작은 일부에 집착할 필요는 없어. 좀 더 멀리, 넓게 봐야 돼.'

그러니까 우선은 맛있게 먹자.

식탁 위에 차려진 음식을 보니 위장이 요동쳤다.

"와, 맛있겠다!"

나루가 환하게 웃으며 말했다. 지후가 나루를 가만히 응시하다가 말했다.

"수저가 모자라네. 집에 가서 가지고 올게."

"아, 내가."

재경이 일어나려는 걸, 지후가 어깨를 눌러 도로 앉혔다.

"내가 다녀올게."

지후가 나갔고, 재경과 나루는 단둘이 남았다. 셋이 있을 때와 달리, 재경은 긴장한 듯 보였다. 그래서 나루는 아까의 일이 꿈이 아니었다는 걸 다시 한 번 실감했다.

역시 성재경은 연나루를 좋아한다. 단둘이 있을 때 긴장할 만큼.

"지후는 안 그렇게 생겼는데 의외로 남을 잘 챙겨 주는 것 같아."

묘한 긴장감에서 벗어나기 위해, 나루가 되는 대로 내뱉었다. 맞은편에 앉아 있던 재경이 나루를 빤히 응시하다가 물었다.

"지후, 어떻게 생각해?"

"응?"

"지후 녀석. 키도 크고 얼굴도 잘생겼잖아. 뭐, 너무 커서 무서워하는 여자애들도 있긴 하지만…… 저래 봬도 인기가 꽤 많았거든. 너도…….."

"난 아냐."

재경의 말을 끊었다. 20살의 재경이 어떤 의도로 이런 말을 하는지, 나루는 알고 있었다. 아마도 지후에게 관심이 있는지 떠보고 싶은 것이겠지. 그렇다면 재경의 의도대로 걸려들어 주기로 했다.

"난 지후 같은 타입 싫어해. 키도 너무 크고 표정도 없고. 저렇게 무뚝뚝한 타입은 진짜 별로야."

싫지 않다. 사랑한다. 키가 너무 큰 것도, 표정이 없는 것도, 무뚝뚝한 것도. 전부 다 사랑하고 있다. 그래서 내뱉는 모든 말들이 날카로운 송곳이 되어 되돌아왔다. 송곳 끝이 사정없이 나루의 심장을 찔렀다.

가슴이 아파서, 그를 부정하는 말에 속이 상해서, 재경의 시선이 나루의 어깨 너머로 향해 있다는 것을 뒤늦게 깨달았다.

재경의 시선을 따라 돌아본 곳에, 수저를 든 지후가 서 있었다.

'내 말을 들었을까?'

아니, 들어도 상관없다. 오히려 들어 버린 쪽이 더 낫다. 그러면 이쪽에 정이 뚝 떨어질 테니까. 이 시간은 그러기 위한 시간이니까.

지후는 신발을 벗고 들어와 재경의 옆에 앉았다. 그의 무표정한 얼굴에서는 생각을 읽어 내기가 힘들었다. 들었는지, 듣지 못했는지 파악할 수가 없었다.

"앞으로 가끔 같이 밥 먹을 거면, 수저 좀 더 사 놓는 게 좋겠다."

지후가 말했다.

'아, 못 들었나?'

만약 들었더라면 이렇게 곧바로 다른 주제의 이야기를 하지는 못할 것이다. 관심이 있든 없든, 누군가에게서 '싫다'는 말을 듣는 게 유쾌한 일은 아니니까.

묘한 안도감이 찾아왔다.

나루는 이런 순간에도 그에게 미움을 받지 않을 수 있음에 안심하는 자신이 싫었다.

저녁 식사를 함께하는 시간은 무난하게 흘러갔다. 설거지까지 끝낸 두 남자가 돌아간 후, 나루는 혼자 남겨졌다. 아까는 가득 찼던 공간이 텅 빈 것만 같은 느낌. 가슴에 공허한 바람이 불었다.

나루는 냉장고 문을 열었다. 냉장고 안에는 지후가 만들어 준 밑반찬들이 가득 들어 있었다.

옛 시간 나루의 냉장고처럼.

그리움이 사무쳐, 냉장고 문을 붙든 채 주저앉았다. 불현듯 만나게 되는 옛 시간의 모습들은, 감정을 자제하기 힘들게 만들었다.

아프다.

'너무 아파.'

정말로 아프다.

나루는 울었다.

아무도 없으니까, 이상하게 생각할 사람이 없으니까, 나루는 마음 놓고 울었다. 흐느낌이 절규처럼 변하는 데까지는 오랜 시간이 걸리지 않았다.

나루는 냉장고 문을 붙든 채 주저앉아, 그렇게 한참 동안 엉엉 울었다.

*　　　*　　　*

지후는 복도를 걷다가 울음소리를 들었다. 창문으로 새어 나오는 처절한 울음소리에, 잠시 걸음을 멈췄다. 하지만 곧 아무 상관 없다는 듯 다시 걸어갔다.

재경에게 나루가 운다는 걸 알려 줘야 할지 잠시 고민했지만 관뒀다. 지후가 끼어들 일이 아니었다. 지금도 충분히 끼어드는 모양새가 되어, 재경의 질투를 한 몸에 받고 있으니까.

빌라 밖으로 나가 담배를 꺼냈다. 지난번 이 근처에서 피우다가 나루와 마주친 적이 있기에, 담뱃갑을 손에 들고 좀 더 걸어갔다. 빌라가 보이지 않는 골목에서 담배를 꺼내 입에 물고, 쭈그리고 앉아 불을 붙였다.

"하아."

뱉어져 나오는 것이 연기인지, 한숨인지 알 수 없었다. 그렇게 몇 모금 빨았을 때, 자박자박 발걸음 소리가 들렸다. 천천히 고개를 돌린 지후는, 상대를 확인하고는 살짝 미간을 좁혔다.

"아는 얼굴이네."

상대가 경쾌한 목소리로 말하며 다가왔다.

"근데 보기 힘든 얼굴이네. 민지후 맞지?"

상대가 골목 맞은편에 쭈그리고 앉아 물었다. 좁은 골목이라서 맞은편 끝에 앉아 있음에도 가까웠다.

"응. 너는?"

"김윤영. 적어도 같은 과 친구 이름 정도는 기억해 주는 게 어때?"

"흐응."

지후는 콧방귀를 뀌고는 반쯤 피운 담배를 입에 물었다.

윤영이 담배를 낚아챘다.

"난 담배 연기 싫어해."

"내놔."

지후가 윤영을 노려보며 으르렁거리듯 말했다.

"말했잖아. 난 담배 연기 싫어한다고. 내 앞에선 피우지 마."

"연기가 싫으면 네 갈 길 가. 여긴 내가 먼저 왔으니까."

"여기가 우리 집이거든."

윤영이 뒤에 있는 건물을 가리켰다.

"여기서 담배 피우면 내 방으로 연기가 들어온단 말이야."

"그럼 내놔. 내가 딴 데로 갈 테니."

"에이, 그러지 말고 얘기나 하자. 나, 심심해."

"네 친구들이랑 놀든가."

"별로 없어, 친구."

"많아 보이던데."

"아, 뭐야. 나에 대해 알고 있었던 거야?"

윤영이 해사하게 웃었다. 윤영은 입을 다물고 있으면 얌전한 인상이지만, 성격은 생긴 것처럼 차분하지 않았다.

"강의실에서 몇 번 봤지. 이름까지는 몰랐지만."

지후가 무뚝뚝하게 말했다.

"그래? 그럼 이제 강의실에서 보면 아는 척 좀 하자. 내 이름도 알게 됐으니까."

"봐서."

"너, 요새 학교 안 나오는 것 같더라. 출석 안 좋으면 학고 받을걸. 학교 좀 나와."

"봐서."

"뭘 그렇게 자꾸 본대. 시력 좋은 거 자랑하니?"

"……."

"그런데 너, 키가 몇이야? 엄청 커 보이는데."

"87."

"우와. 나랑 30센티나 차이 나네. 난 57이거든."

지후는 안 물어봤어, 라고 말해 줄까 하다가 관뒀다.

"아무튼 학교 좀 나와. 우리 과에는 왜 이렇게 결석하는 애들이 많은 거야?"

윤영이 담배를 바닥에 비벼서 끄더니, 꽁초를 지후에게 건넸다. 지후는 인상을 찌푸렸지만 그래도 꽁초는 받아 들었다.

윤영이 웃었다.

"담배 좀 줄이고, 내일 봐. 내일은 인사하자, 우리."

지후는 대답하지 않았지만, 윤영은 일어나서 손을 흔들었다.

윤영이 집에 들어오자마자 창문을 열고 밖을 내다봤더니, 지후는 돌아갔는지 보이지 않았다.

'하아. 이놈의 오지랖.'

골목에 앉아 있는 거대한 인물이 지후라는 것을 알고 난 후에도 아는 척을 할 생각은 없었다. 하지만 어째서인지, 담배 연기를 내뿜는 그의 옆모습이 무척이나 고독해 보여서, 잿빛 연기에 감싸여 흩어질 것만 같아서. 그냥 내버려 둘 수가 없었다.

지후에 대한 첫인상은 '무섭다.'였다. 얼굴은 잘생겼지만 무표정해서, 무섭다는 생각이 먼저 들었다. 하지만 방금 전 얘기를 해 보니, 생각처럼 무섭지는 않았다. 말을 걸면 대답은 해 주고, 담배를 빼앗았는데도 화를 내지 않았다.

'화낼 줄 알았는데.'

생각보다 몸이 먼저 움직이는 성격 때문에 친구들이 화낸 적이 많았다. 친하지도 않은 여자애가 피우고 있던 담배를 빼앗으면 분명 화가 날 것이다. 그런데도 지후는 화내지 않았고, 꽁초를 돌려줬을 때는 손을 내밀어 그것을 받아 들었다.

'그건 귀여웠어.'

키가 30센티는 더 큰 남자를 귀엽다고 생각하는 건 우습겠지만, 귀여웠다. 인상을 찡그리면서도 손을 내미는 모습이, 반항적이지만 말을 잘 듣는 커다란 강아지 같았다.

윤영은 싱글싱글 웃으면서 창문을 닫았다.

'내일, 지후가 학교에 왔으면 좋겠다.'

*　　　*　　　*

"으아!"

나루는 화장실 거울에 비친 자신의 얼굴을 보고 낮은 비명을 질렀다.

"이걸 어쩐담?"

눈이 팅팅 부어 있었다. 어제 이튿날을 생각하지 못하고 펑펑 우는 바람에 생긴 참사였다. 벌겋게 부은 눈꺼풀이 눈의 반을 덮어서 괴물 같은 모양새가 되었다. 이래서야 누가 봐도 '나 큰일이 생겼소!'라는 걸 알 수 있겠다.

'엄마 보고 싶어서 울었다는 변명은 안 통할 것 같은데. 알려

지 증상이라고 할까? 어제 뭘 먹었더라. 소고기, 라고 하면 앞으로 소고기를 못 먹을 테니 안 되고. 샐러리 알러지라고 할까? 하지만…….'

알러지 반응이라고 하면 어제 장을 보고 요리를 한 지후가 죄책감을 느낄지도 모른다.

'이걸 어쩌나.'

나루는 양치를 하며 거울 속의 괴물을 응시했다. 우선 씻고 나와서 냉동실에서 얼음을 꺼내 눈꺼풀 위에 얹고, 장롱을 뒤졌다.

"어쩐 일로 이렇게 일찍부터 학교엘 다 가신대? 대학 생활 아주 잘 즐기시는 줄 알았더니."

빌라 앞에 서서, 재경이 물었다. 요 며칠 제대로 출석을 하지 않았던 지후가, 오늘은 일찍부터 준비를 하고 나왔다. 무슨 심경의 변화인가 싶었다.

"학생이라면 응당 출석을 해야 하는 법이지."

지후가 무뚝뚝하게 대꾸했다.

"응당 출석을 해야 하는 걸 아는 놈이, 그동안 그렇게 땡땡이를 쳤냐?"

"이런저런 생각을 좀 하느라."

"무슨 생각?"

"그냥 좀."

"야, 너 요새 나한테 숨기는 거 많은 것 같다? 예전엔 다 말해 주더니."

"예전에 다 말해 줬다고 생각하는 게 의외인데? 왜 내가 다 말해 줬을 거라고 생각하지?"

"뭐야, 우린 아무한테도 말할 수 없는 비밀을 공유하는 사이였던 거 아냐?"

"아냐."

"냉정하네. 아주 냉혹해. 대체 뭔 생각을 하는 거야? 전과하려거나, 그런 건 아니지?"

"뭐, 그 부분도 좀 생각하고 있고."

"절대 안 돼."

재경이 지후의 손목을 잡았다.

"넌 절대 날 버려선 안 돼."

"내가 전과를 하는 게, 왜 널 버리는 게 되는지 모르겠네."

"버리는 거지. 날 두고 다른 과로 갈 생각하지 마."

"질척거리지 좀 마라, 성재경."

"그럼 네가 날 질척거리지 않게 해 주든가."

"이보다 더 어떻게 해야 하는데?"

"나한테 관심을 좀……."

권태기의 연인 같은 대화를 나누던 재경이, 빌라에서 나오는 인물을 보고는 말을 멈췄다. 재경이 성가시다는 듯 미간을 좁히고 있던 지후도, 멍하니 빌라 입구를 응시했다.

때는 3월. 아직은 추운 초봄의 오전. 빌라에서 나오는 인물은 알이 까만 선글라스에 비니 모자를 쓰고, 통 넓은 바지를 입고 있었다. 마치 촬영을 가는 아이돌 힙합 그룹의 멤버처럼.

물론 남의 옷차림에 지적을 할 이유는 없었다. 문제는 그렇게 입고 나온 인물이 함께 수업을 들으러 갈 연나루라는 데에 있었다.

나루는 두 남자를 보고 놀란 듯 흠칫했지만, 곧 환하게 웃으며 한 손을 들었다.

"여어! 좋은 아침!"

"……정말 좋은 거 맞아?"

재경이 조심스럽게 물었다.

"응, 좋아. 오늘 내 기분은 정말 굿이야, 굿."

나루가 좀 이상하다. 재경은 눈을 가늘게 뜨고 나루의 얼굴을 살폈다. 나루가 배시시 웃으며 고개를 옆으로 돌렸다.

"너무 그렇게 뚫어져라 보지 마. 쑥스럽잖아."

"쑥스러움이라는 게 있어서, 그나마 다행이군."

지후가 중얼거렸다.

"아하하하. 그런데 왜 다들 여기에 있는 거야? 벌써 학교 갔을 줄 알았는데."

"같이 가려고 기다렸지. 그런데 오늘, 너."

재경은 뭐라고 해야 할지 적당한 말을 찾느라 잠시 말을 멈췄다.

"너무 꾸민 거 아니냐?"

고맙게도 지후가 적당한 표현을 찾아서 질문을 이었다.

나루가 웃었다.

"내가 원래 좀 꾸미는 편이거든."

"아아, 그래? 그럼 좀……."

지후가 '잘 좀 꾸미지.'라는 뒷말을 삼켰다.

"내가 힙합을 좋아해. 오늘따라 힙합 본능이 튀어나와서 참을 수가 없었어. 자, 얼른 학교에 가자."

묘하게 들뜬 말투로, 나루가 말했다.

'힙합, 진짜 좋아하나 보네.'

재경은 의외라고 생각했다.

그동안 나루는 힙합을 좋아하는 듯한 모습을 보인 적이 한 번도 없었다. 그 흔한 헤드폰이나 이어폰을 꽂고 음악을 듣는 것도 본 적이 없었다. 그런데 이렇게 느닷없이 힙합이라니.

'진짜 특이하다니까.'

나루는 도도하게 생겼는데, 의외로 특이한 행동을 자주 했다. 외모와 행동 사이의 갭이, 오히려 그녀를 매력적으로 보이게 만들었다. 나루는 역시 눈을 뗄 수가 없게 만드는 여자다.

지후도 그렇게 생각하지 않을까 싶어서 돌아봤더니, 지후는 미묘한 표정으로 나루를 내려다보고 있었다. 신기한 동물을 보는 듯한 눈빛이라서 안심했다.

"너 정말 그러고 학교에 갈 생각이냐?"

지후가 물었다.

"응, 왜? 이상해?"

"응."

지후는 솔직했다.

"유감이지만 어쩔 수 없어. 난 힙합에 대한 내 신념을 버릴 생각 없어."

"힙합에 신념까지 있었냐?"

"응. 난 늘 그런 각오로 취미를 즐기거든. 아무튼 계속 이러고 있을 거라면 난 먼저 갈게. 이따 봐."

나루가 걸음을 옮겼다. 멍하니 나루의 뒷모습을 지켜보던 두 남자가 정신을 차리고 나루의 뒤를 따라왔다.

저벅저벅.

비슷하게 울리는 두 개의 발자국 소리에, 나루는 비명을 지르고 싶어졌다.

따라오지 마!

창피해 죽겠다. 부은 눈을 가리기 위해 선글라스를 찾아서 쓰고, 이상해 보이는 것 같아서 딱 하나 있는 통 넓은 바지를 꺼내 입었다. 그걸로도 모자라는 기분이 들어 비니까지 꺼내 썼지만, 도저히 밖에 나갈 용기가 나지 않았다.

'나는 힙합퍼야, 힙합퍼.'

그렇게 자신을 세뇌시켜 각오를 단단히 먹고 나왔는데, 이렇게 빨리 재경과 지후를 마주칠 줄은 몰랐다. 선글라스 때문에 늦장을 부려서, 두 사람은 이미 학교에 갔을 줄 알았는데.

'아, 지후는 왜 그동안 학교에 안 가더니, 오늘따라 학교를 가는 거야? 창피해 죽겠네, 진짜.'

옛 시간에서는 볼꼴, 못 볼 꼴 다 보인 사이라지만, 그래도 이런 모습을 보이는 건 역시 창피하다. 정신이 이상한 여자라고 생각할 것이 틀림없었다.

'그래, 뭐. 내가 이 시간으로 와서 이상한 모습을 보인 게 한두 번이야? 괜찮아. 내려놓자. 잘 보여서 뭐해? 어차피.'

멀어져야만 하는 사이인데. 그 생각을 하기도 전에, 심장은 미리 알아채고 고통을 뿜어냈다.

나루는 뒤에서 따라오는 두 남자에게 들키지 않도록, 작게 한숨을 내쉬었다.

'어차피 멀어져야만 하는 사이인데. 사랑해서는 안 되는 관계인데.'

*　　　*　　　*

연예인들은 매일 이런 기분을 느끼면서 살아가는 걸까? 강의실에 갈 때까지, 나루에게로 모두의 시선이 쏟아졌다. 사람들의 시선을 한 몸에 받는 것이, 나루는 익숙하지 않았다.

'나는 연예인은 절대 못 하겠다. 물론 시켜 주지도 않겠지만.'

그런 생각을 하며 강의실에 들어갔다. 역시나 학우들이 경이

롭다는 시선을 보내왔다.

"실내로 들어왔는데, 그걸 좀 벗는 게 어때?"

재경이 부드럽게 제안했다.

"아니, 난 벗을 생각 없어. 형광등 조명이 너무 눈부시거든."

"박쥐냐?"

"그럴지도 몰라."

바보 같은 대화를 하며 맨 뒷자리에 앉았다. 재경도 나루의 옆에 앉았지만, 지후는 맨 앞의 빈자리로 향했다. 당연한 듯 멀어지는 지후의 뒷모습을, 나루는 가만히 응시했다.

선글라스를 써서 좋은 점 하나.

지후의 모습을 마음껏 지켜볼 수 있다는 것.

선글라스를 써서 나쁜 점 하나.

지후의 모습을 자꾸만 훔쳐보게 된다는 것.

나루는 간신히 그에게서 시선을 뗐다. 그를 이 눈동자 안에 담는 건 최소한으로 줄여야만 했다. 보면 욕심이 나고, 욕심이 나면 견딜 수 없게 된다. 견딜 수 없는 마음이 부풀어 펑 터지기 전에, 습관처럼 그를 찾아 헤매는 눈동자를 다른 곳으로 고정시켜야만 했다.

그때였다.

"지후야, 좋은 아침!"

귀에 익은 목소리가 그의 이름을 부른 것은. 가방에서 책을 꺼내던 나루는 고개를 번쩍 들었다. 강의실 앞자리, 왼쪽 끝에 윤영이 앉아 있었다. 책상 3개를 사이에 둔 자리에 앉은 지후가 윤영 쪽으로 고개를 돌리고 있었다.

"아아, 좋은 아침."

지후가 대답했다.

"말 잘 듣네. 오늘은 학교에도 오고."

"네 말 때문에 온 거 아냐."

"뭐가 됐든, 학교에서 봐서 반가워."

친근해 보이는 둘의 모습에, 심장이 덜컥 내려앉았다.

저 두 사람, 언제 저렇게 친해진 거지?

　—너 아니었으면 지후나 재경이 같은 애들이랑은 절대 친
구로 지내지 않았을 거야.

옛 시간에서 윤영이 했던 말을 똑똑히 기억하고 있었다. 윤영은 넷이 모일 때마다 그런 말을 했다.

　—잘생긴 애들은 딱 질색이었거든.

고등학교 1학년 때 사귀었던 잘생긴 전 남친이 그렇게 인물값을 하고 다녔단다. 그때 크게 데인 후, '앞으로 내 인생에 잘생긴 남자는 없어!'라는 각오를 다졌다고 들었었다.

실제로 지난 시간에서 윤영은, 1학기 내내 재경, 지후와는 단

한 번도 대화를 나누지 않았다. 그런데 왜 이 시간에서는 저토록 친근하게 대화를 나누는 걸까?

두 사람에게서 눈을 뗄 수가 없었다.

'말을 잘 듣는다고? 대체 무슨 말을 했는데? 학교에 좀 나오라고 했나? 그럼 지후가 오늘 학교에 온 게 윤영이 때문인 거야?'

예기치 못한 상황에 가슴이 술렁거렸다. 만약 상대가 옛 시간의 윤영이었다면 이런 술렁임은 없었을 것이다. 윤영은 자매와도 같은 사이였으니까. 그러나 이 시간의 윤영은 아직 나루와 대화 한 번 해 본 적 없는 '귀여운 여자'였다. 그런 윤영이 지후와 대화를 하고 있다.

'아니야, 이런 식으로 생각할 게 아니야.'

마음을 고쳐먹어야만 했다. 이 시간의 민지후를 사랑해서는 안 되고, 그의 사랑을 받아서도 안 된다. 그렇다면 지후에게 연인이 생기는 쪽이 좋았다. 아직 그를 사랑하는 이 심장은 갈기갈기 찢기겠지만, 그래도 그를 향한 마음을 조금씩 접을 수 있을 것이다.

'이 시간의 지후는 다른 사랑을 해야 돼. 그렇다면 차라리 상대가 윤영이인 게 좋아. 윤영이는 정말 좋은 애니까. 내 소중한 친구니까.'

이 시간의 윤영은 꿈에도 모르겠지만, 그녀는 나루의 소중한 사람이었다. 옛 시간에서 친하게 지낸 만큼, 윤영에 대해서는 잘 알고 있었다. 의리가 있고, 까칠한 면은 있지만 그만큼 지킬 것은 잘 지킨다. 바람은 절대 피우지 않고, 내 사람이다 싶으면 마음을 다 준다. 날카로워 보여도 사실은 섬세하고 여리다.

이 시간의 윤영도 다르지 않을 것이다. 그러니까 지후가 윤영을 사랑하게 된다면, 윤영이 지후를 사랑하게 된다면.

'나는 한동안 밤마다 울겠지만.'

그래도 그는 행복해지리라. 30년 후의 길을, 40년 후의 길을 걸어갈 수 있으리라.

그리 생각한다 해도 곧바로 동요를 가라앉히지는 못했다. 1교시 강의를 듣는 내내, 두 사람의 뒷모습에서 눈을 뗄 수가 없었다.

다행이다. 선글라스를 쓰고 와서. 안 그랬으면 이 소란스러운 마음이 고스란히 드러났을 테니까.

*   *   *

대학 강의는 대부분 한 과목이 2시간씩이었다. 중간 쉬는 시간에, 윤영이 일어나 지후에게 다가갔다. 지후는 책상에 엎드려 잘 준비를 하는 중이었다.

"오늘은 땡땡이도 안 치네?"

윤영이 지후의 책상 앞에 서서 말했다. 엎드려 있던 지후가 눈만 슬쩍 들어 윤영을 올려다봤다.

"너, 오지랖 넓다는 말 안 듣냐?"

"자주 들어."

"민폐야."

딱딱하게 말한 지후가 눈을 감았다. 윤영은 민망했지만 그대로 자리를 떠나기에는 더 민망했다. 근처의 학생들이 이쪽을 보고 있었고, 아무 성과도 없이 돌아선다면 왠지 진다는 기분이 들 것 같았다.

"이따 애들이랑 저녁 먹을 건데, 같이 먹자. 닭갈비 먹을 거래."

"싫어."

"그러지 좀 말고. 어차피 집에 가도 할 거 없잖아."

"많아."

"많긴. 담배나 피우면서 게임이나 하는 거 아냐?"

지후가 천천히 상체를 일으키더니 윤영을 노려봤다. 어제와는 달리 매서운 눈빛에, 윤영은 아차 싶었다. 방금은 너무 많이 갔다.

"아니, 저기……."

"사람이 싫다고 하면 그렇게 받아들여. 몇 번이나 거절하게 만들지 말고. 귀찮으니까."

윤영은 부끄러움에 얼굴을 붉혔다. 물론 내가 너무 친한 척을 하기는 했지만, 다들 있는 자리에서 이런 식으로 말할 것은 없지 않은가. 나쁜 걸 권유한 것도 아닌데.

'하여간 이래서 잘생긴 것들은 얼굴값을 한다니까.'

한 소리 할까 하다가 관뒀다. 어쨌든 지금은 자신이 잘못했으니까.

윤영은 휙 돌아서다가 저 멀리 있는 특이한 복장의 누군가를 발견했다. 비니 모자에 선글라스.

나루였다.

'연나루?'

선글라스를 쓰고 있어서 눈이 보이지는 않지만, 이쪽을 보고 있다는 걸 짐작할 수 있었다. 아니, 짐작이 아니라 확신이었다.

'여길 보고 있어.'

왜 보는 걸까?

'지후 때문에?'

그러고 보니 나루와 지후, 재경이 같은 빌라에서 자취 중이라는 이야기를 들었다.

지후, 재경에게 관심이 있는 여자애들은, 모여 있을 때마다 두 남자에 대한 이야기를 했다. 간혹 나루의 이름이 거기에 끼어 있었는데, 좋은 평가는 없었다. 타인의 말로 사람을 평가하지는 않는다. 도리어 괜히 두 남자에게 엮여 미움을 받는 나루가 안됐다고 생각했다. 하지만 지금은 저 시선이 묘하게 기분이 나쁘다.

윤영이 눈치챘다는 걸 깨달은 걸까?

나루가 고개를 숙였다.

윤영은 살짝 인상을 찌푸리고 있다가 생각을 바꾸고 나루에게 다가갔다.

"나루야."

"어?"

나루가 깜짝 놀란 듯 고개를 들었다.

"너, 오늘 저녁때 뭐해?"

"저녁때? 글쎄."

"과 애들이랑 닭갈비 먹기로 했는데, 너도 올래?"

뒤에서 몇몇 애들이 술렁이는 소리가 들렸다. 친한 애들끼리 먹기로 한 건데, 나루를 불러서 불만스러운 듯한 숙덕거림이었다.

"아니, 나는……."

"남자애들이랑만 어울리지 말고, 우리들이랑도 좀 놀자."

자신이 듣기에도 가시 돋친 말투가 튀어나왔다.

'내가 왜 이러지?'

윤영은 당황스러웠다. 이런 식으로 말할 생각이 아니었다. 그저 여자애들이 욕하는 연나루에 대해 알고 싶을 뿐이었는데, 알고 나면 여자애들도 연나루를 욕하지 않을 것 같아서 다들 친하게 지내자고 하고 싶을 뿐이었는데.

순간 나루의 표정이 굳었다.

"윤영아."

나루가 윤영의 이름을 부르는 순간, 윤영은 어째서인지 애잔함을 느꼈다. 부드럽게 부르는 음성이 20살 대학생의 것 같지가 않았다. 어른스럽고 성숙한 여성의 음성 같았다.

"지후 말 못 들었냐?"

그때, 옆에 앉아 있던 재경이 끼어들었다.

"사람이 싫다고 하면 그렇게 받아들여. 몇 번이나 거절하게 만들지 말고."

"재경아!"

나루가 꾸짖듯 재경의 이름을 불렀다.

이제야 알겠다. 왜 나루에 대해 이런 기분이 드는지.

하루에 두 번이나 '귀찮게 하지 마.'라는 말을 들은 윤영은 주먹을 꽉 쥐었다.

'나는 질투하고 있구나. 연나루를.'

          *   *   *

"귀찮게 해서 미안하게 됐네."

차갑게 말하고 돌아서는 윤영의 뒷모습을, 나루는 멍하니 응시했다.

'어떻게 된 거지?'

방금 전 윤영의 목소리는 날이 서 있었다. 재경이 끼어든 후에야 기분이 상해서 그럴 수 있다고 쳐도, 그 전에는 그럴 만한 이유가 없었다.

─남자애들이랑만 어울리지 말고, 우리들이랑도 좀 놀자.

그 말의 의미를 모를 만큼 바보는 아니었다. 32년을 살지 않았더라도, 정상적인 20살의 나루였더라도 '남자들한테만 꼬리 치지 마.'라는 의미가 담겨 있다는 걸 눈치챘을 것이다.

'대체 왜? 내가 질투할 만한 짓을 했나? 지후랑 재경이랑 어울리고 다녀서?'

하지만 윤영은 남자에게 그리 큰 관심이 없었다.

'아니면…… 그런 척한 건가?'

나루는 고개를 숙이고 생각에 잠겼다.

'사실은 관심이 있지만 쿨한 척하고 싶어서 관심이 없는 척했나? 원래는 잘생긴 남자를 좋아하지만, 방어 기제가 작동해서 세뇌를 시키듯 싫다고, 싫다고 말을 했던 건가?'

그럴 가능성이 있었다.

사람은 좋지만 좋아하지 말아야 할 때에,

'나는 싫어해. 나는 그런 거 제일 싫어.'

라고 말하는 경향이 있다. 그렇게 말하면 그것이 사실이 될지도 모른다는 기대 때문이다.

'그래, 그럴 수도 있겠구나.'

그렇다고 해서 나루가 내린 윤영에 대한 평가가 달라지지는 않았다. 옛 시간 속에서, 나루는 윤영을 사랑했다. 그러니까 이 시간의 윤영이 모진 말 한두 번 했다고 해서, 그녀를 미워하게 되진 않는다.

그저 속이 상할 뿐이다.

'윤영이랑은 어떻게든 친해져야 하는데.'

이 외로운 시간 속에서 언젠가 윤영과 우정을 나눌 수 있게 될 거란 생각으로 버틸 수 있었다. 하지만 초반부터 이래서야, 우정은커녕 미움을 받지나 않을지 걱정이다.

어떻게 해야 하는 걸까?

"나루야. 내가 실수한 거 있어?"

옆에서 들려오는 목소리에 정신을 차렸다. 재경이 실수를 저지른 강아지 같은 표정으로 나루를 보고 있었다.

"실수?"

"내가 이번에도 너무 오지랖을 부린 건가?"

"아아."

윤영과의 관계에 대해 생각하느라, 재경이 한 일을 잊고 있었다.

"아냐, 그런 거. 괜찮아."

여자에 대해 잘 아는 재경도 윤영의 말에 담긴 가시를 눈치챘을 것이다. 나루를 도와주려고 한 일인데, 그런 것까지 책망할 생각은 없었다.

곧 2교시 강의가 시작되었다. 강의 중에도 윤영에 대한 고민은 계속되었다. 머릿속에는 윤영을 잃고 싶지 않다는 생각뿐이었다. 강의가 시작되고 얼마나 시간이 지났을까.

달칵—

뒷문이 열리는 소리에, 나루는 무심코 고개를 돌렸다. 들어오는 인물을 확인하는 순간, 나루는 저도 모르게 벌떡 일어나 탄성을 내뱉었다.

"아!"

교수의 목소리만 있었던 조용한 강의실에, 나루의 목소리가 크게 울렸다. 모두가 이쪽을 쳐다봤다. 교수조차도 불쾌함과 의아함이 담긴 눈으로 나루를 보고 있었다. 그러나 나루는 그런 시선을 신경 쓸 겨를이 없었다.

쿵―!

쿵―!

쿵―!

이 시간으로 돌아와 20살의 지후를 다시 보게 되었을 때만큼이나 심장이 격하게 뛰고 있었다. 아니, 어쩌면 그때보다 더 크게 뛰고 있는지도 모르겠다.

쿵―!

쿵―!

쿵―!

심장의 울림에 머리가 아플 지경이었다.

나루는 두 눈을 부릅뜨고 강의실에 들어온 남자를 응시했다. 남자는 나루의 반응에 놀란 듯, 강의실 문을 잡은 채 굳어 있었다.

'왜……'

나루의 다리가 후들후들 떨렸다. 레게 머리와 눈썹 스크래치, 사나워 보이는 눈매와 차갑게 다문 입술.

'왜 잊고 있었을까?'

얼굴을 보자마자 떠올랐다. 윤명진이라는 이름의 주인공. 그 인물이 기억에서 서서히 사라진 이유. 졸업 후 동기 모임을 할 때, 윤명진은 한 번도 나오지 않았다. 그래서 그 이름을 잊게 되었다.

대학교 졸업할 때까지는 기억했던 그 이름이 시간에 묻혀 사라지게 되었다. 그리고 지금 다시 그 이름을 상기하게 됐다.

윤명진. 그는 대학교 2학년 어느 봄날. 오토바이 사고로 사망했다.

*   *   *

'뭐야, 저 여잔?'

명진은 문고리를 잡은 채 움직일 수가 없었다. 해외여행을 갔다가 여러 가지 문제가 생기는 바람에, 이제야 처음으로 대학교라는 곳엘 오게 되었다. 딱히 기대가 되지도, 설레지도 않았지만, 너무 늦게 첫 강의를 듣게 됐다는 민망함은 조금 있었다.

그래서 조용히 문을 열었는데, 저 특이한 복장의 여자 때문에 다 망쳤다. 비니 모자에 힙합 스타일의 옷이야 그렇다 쳐도, 실내에서 선글라스라니.

'약간 정신이 이상한가?'

하지만 정신이 이상하면 이 대학에 합격했을 리가 없다. 한국에서 세 손가락 안에 드는 대학이니까.

'아니면 ADHD 장애가 있나?'

언젠가 들었던 주의력 결핍 과잉 행동 장애.

그런 게 있을지도 모르겠다.

뭐가 됐든 엮이고 싶지 않은 타입이다.

'왜 저렇게 보는 거야?'

선글라스를 쓰고 있는데도 이쪽을 보는 그녀에게서 여러 가지를 읽을 수가 있었다. 경악, 놀람, 두려움, 후회 등등. 그녀의 마른 몸에서 이해할 수 없는 여러 감정이 흘러나오고 있었다.

'오늘은 날이 아니군. 내일 다시 와야겠어.'

어차피 한참 결석했으니, 하루 더 결석한다고 큰일이 생기지는 않는다.

명진은 가만히 문을 닫으려고 했다. 선글라스의 그녀가 우당탕 책상을 밀치고 나와, 닫히려는 문을 도로 열지만 않았더라면 조용히 사라지는 데 성공했을 것이다.

명진은 어지간해서는 놀라지도 않고, 당황하지도 않는 성격이었다. 하지만 사활을 건 듯 따라 나온 선글라스 여자의 모습에 저도 모르게 뒤로 돌아 도망치고 말았다.

복도를 달려가면서도, '내가 왜 도망쳐야 돼?' 라는 생각이 들었다. 하지만 다리를 멈출 수가 없었다.

몸이 선글라스의 여자에게서 도망쳐야 한다고 외치고 있었다.

다다다다—

선글라스의 여자가 따라오는 소리가 들렸다.

무섭다.

정말 무섭다. 명진은 살면서 이런 공포를 느낀 적이 없었다. 어릴 때 엄마에게 들었던 '내 다리 내놔.' 귀신조차도 이렇게 무섭지는 않았다. 정신없이 달리다가 다리가 꼬였다. 잠깐 비틀거린 틈에 따라잡혔다.

덥석—

선글라스 여자의 손이 명진의 손목을 잡았다.

"으악!"

저도 모르게 비명을 지르고 말았다. 조용한 복도에 명진의 비명 소리가 울렸다.

명진은 얼굴을 붉혔다.

'내가 비명을 지르다니! 그것도 여자한테 손목 좀 잡힌 정도로!'

하지만 이 여자는 보통이 아니니까 비명을 지를 만하다고, 명진은 자신을 납득시켰다. 선글라스 여자가 숨을 헐떡거리며 명진을 올려다봤다. 어쩐지 간절해 보이는 모습에 두려움이 가셨다.

그때, 선글라스 아래로 눈물이 흐르는 게 보였다. 하얗고 보드라워 보이는 살결을 따라, 길고 가느다란 물줄기가 흐르고 있었다.

명진은 최면에 걸린 듯 손을 들어 그녀의 선글라스를 벗겨 냈다. 약간 부은 듯하지만, 그래도 크고 모양이 예쁜 눈이 선글라스 너머에 감춰져 있었다. 그 눈은 무어라 표현할 수 없는 수많은 감정을 지니고, 애달프게 빛나고 있었다.

명진은 거의 무의식적으로 손을 올려, 그녀의 눈가에 묻은 눈물을 엄지로 닦아 주었다.

"너, 왜 울어?"

이 여자가 방금 전 자신을 무섭게 만든 여자라는 생각이 들지 않았다. 차림새는 이상하지만, 행동도 기이하지만, 눈물을 흘리는 모습은 무척이나 애틋하고, 또 예뻐서…… 눈을 뗄 수가 없었다.

"잊어서."

여자의 도톰한 입술 사이로, 낮게 가라앉은 음성이 흘러나왔다.

"잊어서 미안해. 미안해, 명진아."

"뭐? 뭘 잊었는데?"

여자는 억지로 입술을 움직여 미소를 만들어 냈다.

왜일까. 상당히 동안인 얼굴인데도, 그 순간 그녀가 무척이나 성숙한 여성처럼 보였다.

대답 없이 한동안 명진의 얼굴을 올려다보던 그녀가 말했다.

"나는 나루야. 연나루. 우리, 친하게 지내자."

*　　　*　　　*

명진과 친했느냐고 묻는다면, 그렇지는 않았다. 명진은 타인과 어울리는 것을 좋아하지 않았고, 자기만의 세계가 뚜렷했다.

나루와 명진은 학번이 비슷해서, 실험을 할 때 같은 조에 묶이는 경우가 많았다. 그 때문에 대화를 나눈 적은 종종 있지만, 사적으로 연락을 할 만큼 친하진 않았다.

옛 시간의 어느 누구도 명진과 친하다고 말할 수 있는 사람은 없었을 것이다. 졸업 후 동창 모임 때에 명진의 이름이 나오지 않은 이유는, 그리하여 그 이름을 잊게 된 이유는 그 때문이었다.

명진은 당황한 듯 나루를 내려다보고 있었다. 명진의 입장에서는 알지 못하는 여자가(그것도 실내에서 선글라스를 쓴) 갑자기 달려와 붙잡고 눈물을 흘리니, 어이가 없을 만도 했다.

하지만 어쩔 수 없었다. 나루의 인생에서 죽음을 경험한 것은 두 번이었다. 내가 사랑하는 남자 민지후의 죽음. 그리고 윤명진. 오래전에 죽어서 기억에서조차 사라졌던 명진이 생생한 모습으로 눈앞에 있었다. 가슴이 벅찼다.

─불쌍해.

어느 날엔가. 동물 실험을 하고 있을 때였다. 새하얀 토끼가 조마다 한 마리씩. 죽음을 앞뒀다는 것을 아는지 오들오들 떨고 있었다. 학생들은 자그마한 쥐 해부에서 벗어나 커다란 생물을 해부한다는 설렘과 두려움, 신기함에 들떠 있었다. 하지만 시종일관 표정 없이 토끼를 쓰다듬어 주던 명진은 낮은 목소리로 중얼거렸다.

―불쌍해. 이런 걸 한다고 해서 우리가 더 많이 알게 되는 것도 아닌데.

누구보다도 이런 일에 흥미를 느낄 것 같은 명진이 한 말이기에, 인상 깊었던 것 같다.

토끼 귀에 주사를 놓을 때, 명진은 작게 속삭였다.

―미안.

잊고 있던 일들이 떠올라 가슴에 사무쳤다. 또다시 눈물이 나려고 했다. 나루는 코를 훌쩍거리며 고개를 숙였다.

"너, 괜찮냐?"

명진이 물었다.

"응, 괜찮아."

이 시간으로 돌아온 후, '괜찮다.'라는 말을 자주 하게 된다.

"흐음."

명진은 주머니에 손을 찔러 넣고 뻐딱하게 서서 나루를 응시하다가 말했다.

"커피나 한잔할래?"

바라던 바였다.

*   *   *

학교 앞 커피숍에서는 음료를 시키면 케이크 하나를 무료로 제공했다. 커피 두 잔과 케이크 두 개가 테이블 위에 놓였다. 커피숍에 들어온 지 한참이 지났지만, 나루도, 명진도 입을 열지 않았다.

옆 테이블은 손님들의 수다로 시끌시끌했지만, 나루와 명진의 테이블은 침묵에 잠겨 있었다.

얼마나 지났을까. 나루의 주머니에서 휴대폰이 울렸다.

"네, 여보세요."

[나루, 어디야?]

재경의 목소리가 들려왔다.

"아, 나 지금 잠깐 어디 좀 와 있어. 나중에 다시 연락할게."

[어, 네 가방은 내가 챙길게.]

"응, 고마워."

2교시 강의가 끝난 모양이다. 그런 것은 아무래도 좋았다. 나루는 경이로운 기분으로 명진의 얼굴을 빤히 응시했다. 그런 기분을 느끼는 건 명진도 마찬가지였다.

'얜 진짜 뭐지?'

명진은 나루의 행동을 도저히 이해할 수가 없었다.

'나랑 언제 만난 적이 있었나? 내가 기억 못 하는 건가?'

예쁘장한 얼굴과 연나루라는 특이한 이름. 만난 적이 있다면 기억하지 못할 리가 없었다.

나루가 커피 잔을 들고, 까만 액체를 가만히 내려다봤다. 괴상한 차림새를 하고 있음에도, 시선을 아래로 떨군 나루는 무척 어른스러워 보였다. 왜 또래의 여학생에게서 세월이 묻어간 흔적이 느껴지는 건지, 명진은 알 수 없었다.

"궁금했어."

이윽고 나루가 입을 열었다.

"뭐가?"

"윤명진이 누군지."

나루가 시선을 올려 명진과 눈을 맞췄다.

"OT도 안 오고 수업도 안 오고. 그렇다고 자퇴를 한 것도 아니고. 누군지 되게 궁금하더라."

그렇게 말하고 나루는 배시시 웃었다. 얼굴로는 웃고 있지만 속은 긴장하는 중이었다.

이 거짓말이 통할까?

간신히 쥐어짠 변명인데, 아무래도 빈약하다.

아니나 다를까. 명진이 인상을 찌푸렸다.

"궁금해서 그 짓을 한 거라고?"

"응."

"갑자기 날 보고 소리 지르고 날 따라와서 울어재낀 게, 단지 그 이유 때문이라고? 궁금해서?"

"으응."

"하?"

안 그래도 사나운 명진의 인상이 더 사나워졌다.

"장난하냐? 내가."

명진이 두 손으로 테이블을 짚고 일어나, 상체를 앞으로 기울여 나루에게 얼굴을 들이밀었다. 가까운 곳에 있는 명진의 눈동자가 형형하게 빛났다.

"내가 그 말을 믿을 것 같아?"

꿀꺽—

나루는 마른침을 삼켰다. 옛 시간 때도 좀 무서운 애라는 생각은 했었는데, 역시 노려보는 눈빛이 장난이 아니다. 다정함은 토끼한테만 보여 주는 행동이었나 보다.

"내가 궁금해서 그런 거라면, 그 말은 뭔데? 잊어서 미안하다는 말."

'아, 내가 그런 말도 했나?'

아까는 경황이 없어서 무슨 말을 내뱉었는지 똑똑히 기억나지 않았다.

"아니, 그건…… 그러니까…… 명진이라는 사람이 궁금한데, 잊고 있었거든. 요 며칠간에는."

"하이고. 그래서 눈물까지 흘리셨다? 날 따라와 붙잡고는?"

"응."

날 좀 믿어 봐, 라는 간절함이 담긴 눈으로, 나루가 힘차게 고개를 끄덕였다.

명진이 한쪽 눈을 찡그렸다. 스크래치가 난 눈썹도 따라서 움직였다.

"그래, 알겠어. 전혀 안 믿기지만 믿는 척해 주지. 그래야 얘기가 진행될 것 같으니."

명진이 다시 자리에 앉았다.

"그래서? 나랑 친하게 지내고 싶은 이유는?"

"응? 그거야…… 네가…… 음…… 생각보다 멋져서?"

"놀고 자빠졌네."

명진이 콧방귀를 뀌었다.

"왜? 너, 멋져. 그 머리도 멋지고, 눈썹도 멋지고, 피어싱도 멋지고."

"그게 말이 되냐?"

"안 될 건 뭐야? 네 외모에 좀 더 자신감을 가져 봐. 넌 멋져."

"너한테 자신감 교육받을 생각 없어. 지금 내가 궁금한 건."

명진이 테이블 위에서 두 손을 거머쥐었다.

"진실이야."

진지하게 이쪽을 응시하는 명진은, 나루의 기억보다 훨씬 어른스럽고 생각이 깊어 보였다. 어쩌면 명진은 하고 다니는 모습과 달리, 속은 깊은지도 모르겠다는 생각이 들었다. 그래서 나루는 갈등했다.

'솔직하게 말할까?'

넌 죽어.

1년 후 이맘 때, 너는 오토바이 사고로 죽게 돼.

있잖아, 명진아.

내 애인도 죽었어.

내 애인은 12년 후, 나를 지키려다가 죽어.

나는 여전히 기억하고 있어. 그의 몸에서 흐르던 피와 식어 가는 그의 육체를.

그런데 이상하게도 눈을 떴더니, 여기로 돌아온 거야.

내가 과거로 돌아온 건지, 아니면 지금의 내가 길고 생생한 꿈을 꾼 건지. 사실은 아직도 잘 모르겠어.

하지만 만약 내가 시간을 돌아 이곳에 온 거라면, 나는 기회를 얻은 거야.

내 연인을 살리고, 그리고…….

너를.

21년밖에 살아가지 못한 너를 살릴 기회를.

이런 말은 당연히 할 수 없었다. 해 봤자 정신이 이상해졌다는 소리만 들을 뿐이다.

게다가 나루는 아직 결정을 내리지 못했다.

이 시간에서 명진을 살리는 것이 옳은 일일까? 명진을 살리면, 너무 많은 것들이 변하지 않을까? 어쩌면 명진을 살림으로써 지후를 살릴 기회를 잃게 되는 것이 아닐까?

12년 후, 지후를 살려야만 했다. 지후가 13년 후를, 20년 후를 살아갈 수 있도록 해야만 했다. 그게 나루의 최대 목표이자 소망이었다.

'하지만.'

명진은 미심쩍다는 표정으로 나루를 보고 있었다.

'그렇다고 얘가 죽을 걸 알면서도 모르는 척할 수는 없잖아.'

12년 후, 명진은 모두에게 잊힌다. 하지만 분명 명진을 기억하는 사람들이 있을 것이다.

명진을 사랑했기에, 12년이 지나도 잊지 못하고 괴로워하는 사람들이 있을 터였다.

'내가 모두를 살릴 순 없어. 하지만…… 내 눈앞에 있는 윤명진만큼은 살릴 수 있잖아. 그런데도 지후 때문에 얘를 모르는 척해야 하는 건, 가혹해. 난 분명 평생 후회할 거야.'

이런 고민을 나눌 수 있는 사람이 있으면 좋을 텐데.

지금 나루의 곁에는 아무도 없었다. 순간 처절한 고독이 사무쳐, 나루는 고개를 숙였다.

"야, 너 우냐? 울지 마. 나, 여자애가 우는 거 싫어."

명진이 당황한 듯 말했다.

"알겠어. 그럼 해라, 해."

"뭘?"

"자신감 교육, 그거 계속하라고. 그거 못 하게 했다고 우냐?"

"그거 때문에 우는 거 아니거든? 애초에 난 울지도 않았다고."

나루가 고개를 들었다. 소파에 등을 기대고 있던 명진이 씩 웃었다.

"그렇군."

분위기를 전환시키기 위해서 한 말이었나 보다. 명진은 사람 상대하는 것이 서투를 줄 알았는데, 의외로 능숙했다.

"너도 인간관계, 참 힘들겠다."

명진이 말했다.

"내 인간관계가 왜?"

"원래 인간은 특이한 인간을 경계하고 따돌리는 습성이 있거든. 너, 특이하다는 말 많이 듣지?"

물론 옛 시간에서는 들어 본 적이 없었다. 하지만 이 시간에서는 그럴지도 모르겠다. 시간을 돌아왔으니, 아무리 주의를 한다고 해도 겉으로 드러나는 미심쩍은 부분들이 있을 것이다.

"응, 좀 들어. 너도 듣지?"

"나야, 보다시피."

명진이 어깨를 으쓱했다.

"나랑 친하게 지내고 싶어 하는 이유가, 분명 있을 거라고 생각하지만. 뭐, 좋아. 언젠가 솔직한 이유를 들을 날이 오겠지."

　—뭐, 좋아.

그게 명진의 말버릇이었다는 게 떠올랐다.

　—MT 같이 가자. 너, 저번에도 안 갔잖아. 이번엔 우리 학
　번만 가는 거라 편할 거야.

실험을 하던 중, 나루가 조심스럽게 제안했을 때. 명진은 그렇
게 대답했다.

　—뭐, 좋아.

어릴 때라서 시큰둥하게 내뱉는 그 대답이, 조금 멋지다는 생
각을 했었던 것도 같다. 그 말투를 다시 들을 수 있게 되었다는
것이 신기했다.

"그런데 너 말이야."

명진이 나루의 얼굴을 향해 손을 뻗어왔다. 긴 손가락 끝이,
나루의 미간을 살짝 눌렀다.

"그런 눈빛으로 좀 보지 마. 두근거리니까."

*   *   *

"앞으로 학교에 잘 나와야 돼. 꼬박꼬박."

그렇게 말한 나루는,

"그럼 난 생각할 게 있어서 이만 집에 가 볼게."

라고 말하고 학교와는 반대 방향으로 가 버렸다.

명진에게는 출석 잘 하라고 당부한 주제에, 뒤도 돌아보지 않고 가 버리는 그녀의 태도에 어이가 없었다.

'쟤, 진짜 특이하네.'

명진도 특이하다는 말을 자주 들었지만, 나루는 그 이상인 것만 같았다. 돋보이고 싶어서 특이한 척하는 애들도 있기는 하지만, 나루는 그런 것 같지는 않았다. 자신이 특이한 것을 드러내고 싶지는 않은 것처럼 보였다.

'분위기도 좀 묘하고.'

동갑인 게 분명할 텐데, 간혹 느껴지는 어른스러움이 명진을 당혹스럽게 만들었다. 어찌 되었든 명진도 20살의 건장한 남자이기에, 예쁜 여자가 관심을 가져 주는 게 싫지는 않았다.

나루와 함께 걸어왔던 길을, 이번에는 혼자서 걸어 학교로 돌아갔다. 3교시 강의가 이미 시작되어, 복도는 조용했다. 고등학교 때와는 사뭇 다른 대학의 분위기를 느끼며, 조용히 강의실 안으로 들어갔다.

이번에는 명진을 보고 소리 지르는 여자는 없었다. 하지만 날카로운 시선 두 개가 명진에게 꽂히는 것을 느꼈다.

두 남자가 고개를 돌려 명진을 노려보고 있었다. 왕자 같은 화려한 얼굴의 남자와 묵직하고 차가운 느낌의 남자였다.

'뭐야, 저것들은?'

명진도 지지 않고 노려봤다. 차가운 느낌의 남자가 먼저 시선을 돌렸고, 조금 늦게 화려한 얼굴의 남자도 시선을 떼었다. 그 다음에야 명진은 빈자리에 가서 앉았다.

쉬는 시간이 되자마자 화려한 생김새의 남자가 다가왔다.

이럴 거라고 예상했기에, 명진은 팔짱을 끼고 앉아 건방진 눈으로 그를 노려봤다.

"나루는?"

명진은 슬쩍 시선을 옆으로 돌렸다. 화려한 남자의 뒤쪽으로 차가운 남자가 보였다. 그는 자기 자리에 앉아 있기는 하지만, 이쪽으로 시선을 보내고 있었다.

눈이 마주쳤다. 차가운 남자가 보내는 시선은 화려한 남자의 것과 달리, 적대감이 없었다. 그저 이쪽의 상황에 흥미를 느끼는 것 같았다.

"그걸 왜 나한테 물어?"

다시 화려한 남자에게로 시선을 옮긴 명진이, 시비조로 되물었다. 화려한 남자는 살짝 인상을 찌푸렸다가 생각을 바꿨는지 해사한 미소를 지었다. 같은 남자가 봐도 설렐 만큼 근사한 미소였다. 이래서 잘생긴 것들은.

"아, 미안. 인사 먼저 했어야 했는데. 난 성재경이야. 나루 친구고, 현재는 나루의 가방을 맡아 두고 있지. 나루는?"

"내 이름은 안 물어보냐?"

"넌 윤명진이잖아. 아냐?"

"오오. 내가 이렇게나 유명인이었던가."

"지금까지 학교 안 나왔던 우리 과 학생은 윤명진뿐이니까. 아니면 도강 중인가?"

"윤명진 맞아. 그리고 나루는 집에 갔어."

"집에 갔다고? 왜?"

"생각할 게 있대."

재경이 인상을 찌푸렸다.

"네가 무슨 짓 한 거 아냐?"

"무슨 짓을 한 건 연나루야. 봤잖아. 아까 걔가 날 따라 나온 거. 잡힐까 봐 무서워서 죽을 뻔했다고. 이건 뭐, 공포 영화도 아니고."

명진의 말에 재경의 표정이 조금 누그러졌다.

"나루랑 무슨 얘기했어?"

재경이 아예 명진의 옆에 앉으며 물었다.

'호오. 이 왕자 같은 녀석이 나루를 좋아하는 건가?'

그렇게 생각하니 재경이 귀여워 보였다. 생긴 건 여자 여럿 울리게 생겼는데, 이렇게 자기 마음을 솔직하게 드러내다니. 솔직한 녀석은 싫지 않다.

"학교에 잘 나오래."

나루가 울었다든가, 잊었어 따위의 말을 했다는 건 말하지 않았다. 어쩐지 그 모든 것을 이야기해서는 안 된다는 생각이 들었다.

"학교에? 그 얘기만 한 거야?"

"커피숍에서 케이크도 좀 먹고. 그러더니 생각할 게 있다고 가 버리더라. 걔, 좀 특이하다는 소리 많이 듣지?"

"아, 응. 좀 그런 면이 있지."

재경이 부드럽게 웃었다. 나루를 생각만 해도 입가에 번지는 미소를 막을 수 없나 보다. 자기감정에 무섭도록 솔직한 녀석이다.

재경과 명진이 대화를 나누고 있을 때, 그 모습을 지켜보는 건 지후만이 아니었다. 윤영도 둘을 보고 있었다.

나루가 명진을 따라 나간 직후의 쉬는 시간. 다른 강의실로 이동할 때, 여학생들이 나루를 욕했다.

연나루는 역시 눈에 띄는 걸 좋아해.

연나루는 역시 남자를 좋아해.

연나루는 항상 남자들이랑만 친하게 지내려고 해.

그런 이야기들에 끼어들지는 않았지만, '옳은 말.'이라고 생각하는 자신이 있었다.

그게 싫었다.

'왜 이러지, 나?'

가만히 생각해 보면, 나루가 먼저 남자에게 관심을 보인 건 이번이 처음이었다.

수업 첫날부터 나루를 집요하게 따라다니고 챙긴 건 재경 쪽이었다. 다들 그 사실을 알면서도, 인정하고 싶지 않아 모르는 척하고 있을 뿐이리라. 그런 질투 어린 여자들의 세계에, 자신도 끼어들고 싶지 않았다.

그런데 왜. 고개를 돌리다가 지후와 눈이 마주쳤다. 무슨 생각을 하는지 다 안다는 듯, 지후는 윤영을 보고 있었다.

윤영은 황급히 시선을 돌렸다.

'민지후 때문이야.'

윤영은 깨달았다.

'내가 연나루를 질투하는 건, 전부 민지후 때문이야.'

4장
그대 내 품에

커튼을 내리고 불을 켜지 않은 어두운 방에, 나루는 혼자 앉아 있었다.

딩동—

초인종이 울린 건 오후 12시가 조금 지났을 때였다. 재경이었다.

"가방."

재경이 나루의 가방을 들어 보였다.

"응, 고마워."

나루가 가방을 받아 들었다.

"수업, 안 들을 거야?"

"응, 오늘은 생각할 게 좀 있어서."

"넌 생각할 것도 참 많구나. 과 수석이라 그런가?"

"아하하하. 그놈의 과 수석."

나루가 웃는 모습에 재경도 빙그레 미소를 지었다. 그 애틋한 미소를 보자 나루의 심장이 덜컥 내려앉았다.

'역시 애는 날 좋아하는구나.'

재경의 마음이 절절히 전해졌다. 나루는 속으로 한숨을 삼켰다.

'안 돼, 재경아. 안 돼. 넌 내가 사랑하는 남자의 가장 친한 친구야. 그러니까 안 돼.'

차라리 재경이 고백이라도 해 오면 좋겠다. 그러면 매몰차게 밀어낼 수 있을 텐데.

"그럼 나, 그만 들어가 볼게."

"응, 그래."

재경은 아쉬운 듯했지만 순순히 뒤로 물러났다. 나루는 문을 닫고, 잠시 현관문 앞에 가만히 서 있었다. 재경이 걸어가는 소리가 들리지 않았다. 아마도 문 앞에 서서 이쪽을 응시하고 있으리라.

이윽고 재경이 복도를 걸어가는 소리가 들렸고, 그제야 나루도 편히 숨을 쉴 수 있었다.

나루는 가방을 내려놓고 침대에 걸터앉았다. 문득 생각 하나가 떠올랐다. 차라리 재경과 사귀어 버릴까?

재경은 상냥한 남자였다. 가볍게 행동하지만 사실은 속이 깊고, 정도 많았다. 여자를 배려할 줄도 알았다. 사귄다면 잘해 줄 것이다. 어쩌면 지후에게로 흐르는 이 마음이 방향을 틀어, 재경에게로 향할지도 모른다. 그러면 나는 지후를 사랑하지 않게 될 것이고, 지후 역시 나를 사랑할 일이 생기지 않을 것이다.

나를 사랑하지 않는 지후는 살아가리라.

12년 후에도.

어쩌면 이 방법이 모두에게 해피엔딩일지도 몰랐다.

'하지만.'

나루는 눈을 감았다.

'과연 가능할까?'

내가 사랑하는 남자의 친구를 사랑하게 되는 것이. 오롯이 재경만을 바라보게 되는 것이.

과연 가능할까?

그러지 않을 것 같았다. 언젠가 재경을 사랑하게 되더라도, 이 가슴 한 구석에는 언제나 지후가 존재할 것이다. 나는 그를 사랑하지 않기로 했지만, 사실 그것이 불가능하다는 걸 알고 있었다.

다른 남자를 사랑하며, 재경의 곁에 있을 수는 없었다. 내 소중한 친구의 마음을, 그런 식으로 이용해서는 안 된다.

'편한 쪽으로 도망치려고 하면 안 돼, 연나루.'

재경은 좋은 사람이었다. 그는 자신만을 아주 많이 사랑하는 여자를 만날 자격이 있었다.

"아, 진짜 모르겠다."

나루는 두 팔을 벌리고 침대에 드러누웠다. 지저분한 천장이 눈에 들어왔다.

"아, 정말 모르겠어. 누가 정답을 좀 알려 줬으면 좋겠어."

*　　*　　*

'우선 명진이를 살려야 돼.'

3월 중순이 지났지만 아직도 공기는 차가웠다. 밤에는 더했다. 두꺼운 점퍼를 걸치고 나왔는데도 찬바람이 옷 사이로 파고들어 왔다. 주머니에 손을 찔러 넣고 걸었다.

번화가로 접어들자 삼삼오오 모여서 노는 학생들이 보였다. 학년 초에는 늘 이렇다. 시험 기간인 4월이 되기 전까지, 이 거리는 늘 술을 마시는 학생들로 붐빈다.

인파에 들어서면 두 가지 감정이 동시에 생겨났다. 속마음을 털어놓을 사람이 없다는 고독감. 그래도 사람들 속에 함께 있다는 안도감.

즐거운 듯 보이는 사람들 사이를, 나루는 천천히 걸어가며 생각을 정리했다.

'명진이를 살리는 거야. 명진이가 10년 후에도 살아갈 수 있도록 해 주는 거야. 그러면 지후를 살리는 게 가능하다는 것도 증명되는 거야. 명진이가 오토바이를 타지 못하게 하고, 사고가 있던 날 붙어 있어야겠어. 만약 그렇게까지 했는데도 명진이가 죽

는다면.'

운명은 바꿀 수 없다. 죽음의 비행기는 결코 방향을 틀지 않는다. 그것이 증명된다.

'만약 그렇다면…… 그냥 사랑해야지. 어차피 바꿀 수 없는 운명. 지후가 죽기 전까지, 다시 한 번 마음껏 사랑해야지.'

어쩌면 그러기 위한 시간일지도 모른다는 생각이 들었다. 지후를 살리기 위한 기회가 아니라, 지후에게 못 해 줬던 것들을 해 줄 수 있는 기회. 그걸 위해 또 한 번 이 시간을 걷게 된 것일지도 모른다는 데에 생각이 미쳤다.

만약 그렇다면 지후에게 많은 것을 해 줄 것이다. 해 주지 못해 후회했던 것들, 이유 없는 짜증으로 그를 속상하게 만들어 후회했던 순간들. 그런 것들을 하나하나 고쳐 가리라.

그런 생각을 하며 걷는 나루를 쫓는 시선이 하나 있었다.

윤영이었다.

친구들과 저녁을 먹고 술을 마시고 3차를 가기 위해 이동 중이던 윤영은, 저 멀리서 혼자 걷고 있는 나루를 발견했다. 반쯤 고개를 숙이고 생각에 잠긴 그 모습이, 어째서인지 고독해 보였다.

군중 속의 고독이란 말이 떠올랐다. 멀리서 보는데도, 나루는 사람들에게 조금도 섞이지 못하는 듯 보였다.

왜일까?

왜 저 애는 저런 분위기를 풍기는 걸까?

객관적으로 봤을 때, 나루는 주위에 사람이 많을 타입이었다.

예쁘장한 얼굴과 괜찮은 몸매, 세련된 차림.(물론 오늘의 차림은 해괴했지만.) 거기에 과 수석이라는 점까지 더하면, OT를 참가하지 못했다고 해서 여태 친구를 사귀지 못할 이유가 없었다. 그나마 같이 다니는 지후, 재경과 함께 있어도, 나루는 겉도는 느낌이었다. 일부러 꾸며 낸 것 같지는 않았다.

'말을 걸어 볼까?'

나루에게 질투가 나기도 하지만, 그 이상으로 신경이 쓰였다.

'술 한잔하면 내 기분도 좀 달라지지 않을까?'

윤영은 남자 때문에 이유 없이 사람을 싫어하고 싶지 않았다. 그런 여자들은 딱 질색인데, 자신이 그런 여자가 되는 것을 원치 않았다.

"나, 잠깐만."

그래서 친구들에게 양해를 구하고 나루를 향해 가려다가, 한 걸음 떼기도 전에 멈췄다. 나루의 뒤를 따라 걷는 인물을 발견했기 때문이었다.

'쟤가 왜?'

지후가 점퍼 주머니에 양손을 찔러 넣고 느릿하게 걷고 있었다. 나루와 지후 사이에는 많은 사람들이 있었다. 꼭 지후가 나루를 따라가는 중이라고 볼 수는 없었다. 그런데도 윤영은 확신할 수 있었다. 지후가 나루의 뒤를 따라 걷고 있다는 걸.

지후의 시선은 오롯이 나루만을 향해 있었다. 나루가 시선을 바닥에 고정시킨 것처럼, 지후의 시선도 나루에게 고정되어 있었다. 이 공간에 연나루 한 사람만 존재한다는 듯.

신촌 밤거리에는 많은 사람들과 많은 가게들, 많은 물건들이 있었다. 그러나 윤영의 눈에는 나루와 지후, 단둘만이 보였다.

나루와 지후는 두 사람만 들어갈 수 있는 세계를 걸어가는 것 같았다. 어느 누구도 결코 끼어들 수 없는, 둘만의 세계. 둘만의 공간. 둘만의 시간.

그래서 질투할 생각조차 하지 못한 채, 윤영은 멍하니 그 모습을 지켜봤다. 이윽고 정신을 차렸을 때, 둘의 모습은 보이지 않았다.

* * *

걷다가 사격장을 발견한 나루는, 걸음을 멈췄다. 해일처럼 밀려드는 그리운 추억에 신음이 흘러나왔다.

―*있어 봐.*

자신만만하던 지후의 음성이 귓가에 생생하게 남아 있었다.

2학기 중간고사의 끝이 하루 남은 날이었다.
"아아, 재경이는 좋겠다. 시험 다 끝나서."
대학 시험은 수강하는 과목에 따라 끝나는 날짜가 달라진다.

나루, 지후와 몇 개 다른 과목을 수강하는 재경은, 어제 시험을 다 끝내고 일본으로 여행을 떠났다. 3박 4일 일정이라고 했다.

나루와 지후는 시험이 하루 더 남았기에, 여전히 학교에 남아 있었다. 도서관에서 공부를 하다가 숨 좀 돌릴 겸 밖으로 나왔다. 시험이 거의 끝나가는 한낮의 신촌 거리는 한산했다.

"나도 재경이가 듣는 대로 들을 걸 그랬나 봐. 법과 사회가 이렇게 늦게까지 시험을 볼 줄은 몰랐어."

"그러게."

"그러게는 무슨 그러게야. 너 때문에 법사 들은 거잖아."

나루가 입술을 비쭉거렸다.

"그래, 그거 참 미안하게 됐다."

2학기에 들을 교양 과목을 고민하고 있을 때, 지후가 '법과 사회'를 듣자고 강력하게 주장했었다. 인간이라면 응당 법을 지켜야 하고, 법을 제대로 지키기 위해서는 그에 대해 공부할 필요가 있다면서.

'법과 사회'와 '문학과 예술' 과목 중에 고민하던 나루는 지후의 주장에 홀린 듯 '법과 사회'를 선택했고, 재경은 '문학과 예술'을 선택했다. 그런데 법과 사회의 시험이 이렇게 늦게 끝날 줄이야.

"보상해, 보상!"

나루의 말에 지후가 빙그레 웃었다.

"그래, 어떻게 보상할까?"

괜히 심술을 부린 건데, 진지하게 보상 방법을 물어오니 당황했다. 그래서 거리를 둘러보는데, 마침 사격장이 눈에 띄었다.

나루가 손가락으로 사격장을 가리켰다.

"인형. 인형 뽑아 줘. 잔뜩."

"아직 애구만."

"그래, 난 애다. 애야. 그러니까 뽑아 줘, 잔뜩!"

"알겠어."

둘은 사격장으로 걸어갔다. 돈을 지불하고 사격용 총을 받아 들고, 지후는 말했다.

"있어 봐."

자신감이 묻어 나오는 여유로운 음성이었다. 사격쯤은 아무 것도 아니라는 듯, 전문가의 향기가 느껴지는 말투에 나루는 기대했다.

적어도 한 개 정도는 맞출 수 있을 거라고.

'그렇게 하나도 못 뽑을 줄은 몰랐어.'

당황하던 지후의 표정이 떠올랐다. 총알은 지후가 마음먹은 대로 나가지 않았고, 지후는 무척 동요한 듯 보였다.

10발에 2천 원이었던가, 3천 원이었던가. 10발을 다 쏠 때까지 인형의 털 한 올도 맞추지 못한 지후가 안쓰러웠다.

  —아냐, 지후야. 내가 무리한 부탁을 했어. 인형 안 뽑아 줘

도 돼.

—아니, 있어 봐.

지후는 또 그렇게 말했고, 또 돈을 지불했고, 또 못 맞췄다.

—진짜로 인형은 괜찮다니까. 나, 그냥 법과 사회 시험 잘 볼 수 있어. 최선을 다해서 볼게. 난 공부를 좋아하거든. 과 수석이잖아.

—그냥 있어 봐.

나루는 또 있어 보았지만, 결국 같은 결과만 보게 되었다. 저 돈이면 차라리 인형 하나를 사고 말겠다, 라고 생각할 때쯤. 얼굴까지 빨개져서 다섯 번째로 도전하는 지후가 안쓰러웠는지 주인이 자그마한 인형 하나를 서비스로 안겨 줬다.

'진짜 바보 같아 보였는데.'

모든 일에 여유롭고 완벽한 줄 알았던 지후의 새로운 면을 발견하는 순간이었다.

그때, 지후가 귀엽다고 생각했던 것 같다.

'그래, 그래서 머리를 쓰다듬어 줬었지.'

—지후야, 고개 좀 숙여 봐 봐.

그냥은 손이 닿지 않기 때문에 그렇게 말했더니, 지후는 순순히 고개를 숙였다. 처음으로 만져 본 그의 머릿결은 무척이나 부드러웠다. 자꾸자꾸 쓰다듬고 싶어질 만큼.

반쯤은 장난으로 한 짓이라서 지후가 뿌리치거나 얼른 고개를 들 줄 알았다. 그런데 지후는 가만히 그렇게 고개를 숙이고 있었다. 주인의 손길에 나른해진 강아지처럼.

'그때 지후는 날 좋아하고 있었을까? 좋아했으니까 머리를 만지는데도 그렇게 가만히 있었던 거겠지?'

그리움이 사무쳤다.

'토끼 인형이었지, 그거. 그 당시 유행하던, 엽기 토끼였나? 대학 졸업할 때까지 갖고 있었던 것 같은데. 어디로 갔을까?'

버린 기억은 없다. 어쩌면 여기저기 이사를 다니면서 사라졌는지도 모르겠다.

'이럴 줄 알았으면 좀 더 소중히 보관할걸.'

그러다가 깨달았다. 소중히 보관했더라도, 지금 이 순간 갖고 있지는 못했을 거라는 걸.

사격장 안에는 여러 가지 인형과 물건들이 진열되어 있었다. 그중에는 그때 서비스로 받았던 것과 같은 인형도 있었다.

'그럼 내가 쏴서 받으면 되지.'

나루는 사격장 안으로 들어갔다. 손님이 없어서 지루한지 하품을 하는 주인에게 돈을 내고, 총을 집어 들었다. 커다란 인형도, 더 예쁜 인형도 있었지만, 나루는 자그마한 그 인형을 겨냥했다.

방아쇠를 당겼다.

탕—!

빗나갔다.

'우와, 이거 되게 어렵구나.'

나루는 다시 한쪽 눈을 감고 인형을 겨냥했다.

탕—!

두 번째도 빗나갔다.

심기일전하여 다시 겨냥할 때, 누군가 총신에 손을 얹었다. 나루는 가늠자에서 눈을 떼고, 손의 주인공을 올려다봤다.

지후였다.

언제 온 걸까? 언제부터 보고 있었던 걸까?

묻고 싶은 말이 많은데 입 안에서만 맴돌았다.

올려다보는 나루를, 지후는 가만히 내려다보고 있었다. 둘의 시선이 허공에서 마주쳤다.

"왜……?"

나루는 많은 질문 중 무엇 하나 묻지 못하고, 간신히 한 단어만 뱉어 냈다. 그러자 지후는 총을 가져가며 말했다.

"있어 봐."

지끈—

옛 시간과 같은 그 말을 듣는 순간, 심장에 뻐근한 통증이 찾아왔다. 처절한 그리움에 눈물이 날 것 같아, 반항도 하지 못하고 자리를 내줬다. 자세를 잡은 지후가 인형을 겨냥하는 모습을, 나루는 숨도 쉬지 못하고 지켜봤다.

이리저리로 총구의 방향을 움직이던 지후가 방아쇠를 당겼다.

탕—!

빗나갔다. 순간 저릿저릿한 통증이 거짓말처럼 사라지고 웃음이 나왔다. 옛 시간과 달라진 것이 하나도 없는(동일 인물이니 당연한 일이지만) 그의 모습이 재미있었다.

지후가 다시 방아쇠를 당겼다.

탕—!

또 빗나갔다.

'얘는 정말.'

나루는 그만 웃음을 터뜨리고 말았다. 지후가 가늠자에서 눈을 떼고 나루를 흘깃 쳐다봤다. 그러더니 말했다.

"있어 봐."

"뭘 자꾸 있으래? 이거 내가 돈 낸 거거든?"

아까보다 가벼워진 마음으로 투덜거렸다.

"있어 봐."

그렇게 말한 지후가 다시 가늠자에 눈을 대고 방향을 맞췄다. 그리고.

탕—!

인형이 뒤로 넘어갔다.

"우와!"

나루는 저도 모르게 두 팔을 번쩍 들었다.

"우와! 우와! 맞췄다!"

옛 시간에서는 맞추지 못했기에, 그 감동이 더 컸다.

"우와, 대단하다! 대박! 멋지다, 민지후!"

그래서 이 시간이 옛 시간과 다르다는 것을 잊고, 구부정한 자세로 총을 들고 있는 그의 목을 끌어안고 말았다. 그의 샴푸 향기를 맡은 후에야, 자신이 무슨 행동을 했는지 깨달았다.

사랑해서는 안 되는, 사랑을 받아서는 안 되는 남자를 끌어안고 말았다!

그의 얼굴이 나루의 가슴에 폭 파묻혀 있었다. 나루는 그의 목을 끌어안은 자세 그대로 굳었다. 그때 지후의 손이 천천히 위로 올라와 나루의 허리 위에 살며시 놓였다.

시간이 아주 길게 늘어진 것만 같았다. 옛 시간으로 돌아간 것만 같았다. 그때처럼 애정이 담긴 손길이라고만 생각했다. 그래서 지후가 나루의 허리를 슬며시 밀어내며 품에서 빠져나왔을 때는, 그만큼 허전함이 크게 느껴졌다.

'아아, 그렇지. 이렇게 끌어안고 그럴 사이가 아니지. 내가 상처를 받을까 봐 조심스럽게 밀어내려고 했을 뿐이겠지.'

가슴이 시렸다. 갈무리하지 못한 표정을 들킬까 봐, 나루는 고개를 숙였다. 구겨 신은 지후의 운동화가 눈에 들어왔다.

"대단하다, 너. 못 맞출 줄 알았는데."

"있어 보라고 했잖아."

지후가 우쭐한 어조로 말했다.

"그래, 참 대단하네. 그런데 내가 돈 낸 거거든."

"인형은 너 줄게."

"당연히 나 줘야지. 내가 낸 돈으로 쏜 건데."

"되게 돈 돈 거리네."

편하게 대화를 주고받을 수 있어서 다행이었다.

"아직 몇 발 남았어. 인형 하나 더 뽑아 줘."

나루가 말했다.

"그래, 있어 봐."

그가 그렇게 말할 때마다 늘 그랬듯, 나루는 있어 보았다. 하지만 한 발 맞춘 것은 요행이었는지, 남은 몇 발은 전부 빗나갔다.

＊　　＊　　＊

손바닥만 한 크기의 토끼 인형을 손에 들고 집을 향해 걸었다.

"그런데 이런 시간에 어쩐 일이야?"

나루가 물었다.

"산책 좀 하고 있었어. 그러는 넌?"

"나도 산책."

"여자 혼자 이런 시간에 다니는 거 위험하다."

"그러는 넌?"

"난 남자잖아."

"남자는 무슨."

"남자지. 보여 줄까?"

"아니, 됐어. 사양할게."

나루가 황급히 거절하자 지후가 후, 하고 웃었다.

'아, 어쩌지?'

후, 하고 바람이 불듯이 웃는 그의 모습을 몹시도 사랑했다. 사귄 지 몇 년이 지났을 때도, 그 웃음을 보면 항상 두근거렸다.

지금도 그렇다. 그의 얼굴을 좇는 시선을 황급히 옆으로 비켰다.

"아까."

지후가 입을 열었다.

"윤명진이랑은 왜 같이 나간 거야?"

"네가 윤명진을 어떻게 알아?"

"그 이후에 수업에 들어왔으니까. 대리 출석을 한 게 아니라면 걔가 윤명진이겠지."

"아아."

"그러는 넌? 윤명진을 어떻게 아는데?"

"아는 건 아니고. 그냥 좀 신기해서."

오늘의 일에 대해 누군가 물었을 때 대답할 말을 생각해 둬서 다행이었다.

"뭐가 신기한데?"

"몇 주나 학교에 안 나와서 누군지 궁금했었거든. 그런데 아까 딱 강의실 들어오는 걸 봤는데, 헤어스타일이 대박이더라. 멋지더라고."

"흐응."

"나, 그 뭐라더라. 레게 머리? 그거 한번 해 보고 싶었거든. 그래서 그랬던 거야."

구차한 변명이라는 것은 알고 있지만, 이것 외에는 딱히 그 일을 포장할 말을 찾을 수가 없었다. 흘끗 지후의 얼굴을 훔쳐봤더니, 그는 여전히 미심쩍다는 눈빛으로 나루를 보고 있었다.

한동안 말없이 걷던 지후는, 자취하는 빌라가 보일 무렵 입을 열었다.

"차라리 아는 사람이랑 착각했다는 말이 더 그럴싸하겠다."

집에 들어온 나루는 침대 위에 토끼 인형을 올려놓고, 침대 옆 바닥에 앉았다.

"지후가 한 말, 무슨 의미일까?"

토끼 인형에게 물었다. 당연히 대답은 돌아오지 않았다.

"내가 원래 윤명진을 알고 있다는 걸 눈치챈 걸까? 아니면 날 떠보려고 한 소리일까? 아니, 어쩌면 그냥 아무 생각 없이 던진 말일지도 몰라. 내가 한 말은, 아무리 생각해도 말도 안 되는 변명이니까. 그렇지?"

토끼 인형은 여전히 말이 없었다. 나루는 손을 뻗어 토끼 인형의 머리를 쓰다듬었다.

"토순아. 그거 알아? 나는 여기에 친구가 없어. 물론 중, 고등학교 때 친구들에게 연락을 하면 다들 반갑게 받아 주겠지. 하지만 내가 진짜 말하고 싶은 걸 말할 수 있는 친구가 없어. 내 진짜 고민을 털어놓을 수 있는 친구는, 아마 앞으로도 평생 생기지 않을 거야."

토끼 인형은 특유의 멍한 표정으로 앉아 있었다.

나루는 토끼 인형을 손에 쥐고 침대에 볼을 대고 엎드렸다.

"그게 너무 무섭고 고독해. 정말로."

*　　　*　　　*

미생물학 실험은 한 조에 6명이었다. 나루의 조는 지후, 재경, 명진, 윤영, 선미. 이렇게 6명으로 결정되었다.

'왜지?'

조가 결정된 날, 나루는 불길한 예감이 들었다.

'옛 시간에서 윤영이는 우리 조가 아니었는데.'

원래는 선미와 지영이 나루의 조였었다.

'큰 틀은 비슷하게 가는 줄 알았는데, 뭐가 바뀐 거지? 이런 식으로 바뀌어도 괜찮은 건가?'

걱정스러운 마음으로 윤영을 빤히 보고 있노라니, 윤영이 인상을 찌푸렸다.

"왜 그렇게 봐?"

질문하는 목소리에 가시가 돋아 있었다. 옛 시간에서와 달리, 윤영이 자신에게 질투를 하고 있다는 걸 알고 있었다. 그래도 역시 친했던 친구의 날카로운 말투는 가슴이 아프다.

"아니, 그냥. 같은 조가 된 게 반가워서."

나루는 아픈 마음을 감추고 말했다.

기분 탓일까?

윤영의 얼굴이 붉어지는 것처럼 보였다. 윤영이 옆으로 시선을 피했다.

"반갑긴, 무슨. 친하지도 않으면서."

따끔—

역시 저런 식의 말은 아프다.

나루는 쓴웃음을 흘렸다. 그렇게 웃는 나루를, 윤영은 똑바로 볼 수가 없었다.

원래 윤영은 다른 조였다. 어제 꽤 친해진 미생물학 조교와 저녁을 먹으면서 조원은 어떻게 나눌 건지 물어봤더니, 입학 성적과 이름 순서 등을 고려해서 정해 놨다고 했다.

원래 이 조에는 지영이 있었는데, 윤영이 바꿔 달라고 조교를 졸랐다. 사람 좋은 조교는 윤영의 애교 섞인 부탁을 거절할 수 없었는지, 조를 바꿔 주었던 것이다. 그건 조교와 윤영, 둘만의 비밀이었기 때문에 나루가 그 사실을 알 리 없었다.

그런데 왜일까. 빤히 응시하는 나루의 시선이, 모든 걸 알고 있는 것처럼 보여서 불안했다.

'조교가 말해 줬나?'

그럴 리 없다. 나루는 조교뿐 아니라, 학과 사람들 누구와도 친하지 않았다. 재경과 지후를 제외하면, 나루와 어울리는 사람은 전무하다고 봐야 했다.

'내가 예민하게 생각하는 거겠지?'

윤영은 며칠 전, 나루의 뒤를 따라 걷던 지후의 모습을 목격한 이후로 나루를 향한 감정이 점점 어둡고 무거워지는 것을 느꼈다. 남자 때문에 누군가를 미워하고 싶지 않았다. 남자에게 휘둘리는 삶은 이제 질색이다. 하지만 마음이 멋대로 흘러가는 걸 막기가 힘들었다.

'미워하지 말자. 연나루는 죄가 없잖아. 그날도 지후가 혼자서 나루 뒤를 따라간 것뿐인걸. 남자 때문에 여자를 질투하는, 그런 여자가 되지 말자. 싫잖아, 그런 여자. 추하잖아, 그런 여자.'

조를 바꿔 달라고 한 것은, 지후와 같은 조가 되고 싶기도 했지만, 나루를 향한 감정을 정리하고 싶어서이기도 했다.

'아직 연나루에 대해 제대로 알지도 못하는데, 벌써부터 미워하면 안 돼.'

그런 생각을 하며 고개를 돌리다가, 지후와 눈이 마주쳤다. 심장이 쿵 내려앉았다. 짙은 눈썹 아래에 자리 잡은, 검고 깊은 눈동자가 날카롭게 윤영을 주시하고 있었다. 윤영이 품은 생각을 다 안다는 듯이. 나루를 향한 추한 질투를 눈치챘다는 듯이.

윤영은 마른침을 꿀꺽 삼켰다. 지후의 눈동자는 그런 적 없다는 듯 윤영을 비켜 나갔다. 하지만 윤영은 확신했다.

'민지후가 날 보고 있었어. 쟤는 눈치챈 거야. 내가 자기를 좋아한다는 걸. 그래서 연나루를 질투한다는 걸. 그렇다면.'

윤영은 나루를 흘긋 돌아봤다. 나루는 턱을 괴고 앉아, 지루한 표정으로 조교의 설명을 듣고 있었다. 봉긋한 이마에서부터 부드럽게 이어지는 코와 도톰한 입술, 뽀얀 피부. 나루의 옆모습은 정성껏 빚은 조각상 같았다.

'지후는 역시 나루를 좋아하는 걸까?'

*　　*　　*

"우리, 점심 같이 먹자."

미생물학 실험이 끝나자마자 재경이 말했다.

'얘는 왜 이렇게 밥 같이 먹는 걸 좋아할까?'

나루는 재경을 보며 생각했다.

"이왕 같은 조가 된 거 친하게 지내면 좋잖아. 실험 표본 어떻게 구할지도 정할 겸."

재경이 변명하듯 덧붙였다.

"응, 좋아."

"나도."

윤영과 선미가 곧바로 대답했고, 지후는 고개를 끄덕였다. 이제 나루와 명진의 대답만 남았다. 나루가 알겠다고 대답하려는데, 명진이 선수를 쳤다.

"난 됐다. 결정되면 알려 줘."

툭 내뱉듯 말하고 돌아서는 명진의 손목을, 나루가 붙잡았다. 명진이 놀란 표정으로 나루를 돌아봤다. 나루의 얼굴을 향했던 명진의 눈동자가 그녀에게 붙잡힌 손목으로 내려갔다.

"뭐야?"

"점심 같이 먹자."

"난 됐다고 했잖아."

"점심, 같이 먹자."

나루가 집요하게 말했다. 명진을 혼자 내버려 둘 수는 없다. 명진과 친해져야만 한다. 그래야 앞으로 그에게 닥칠 사건을 막을 수 있는 기회가 생긴다.

윤명진은 내년 이맘때쯤 죽는다.

'만약 내 힘으로 막을 수 없다면……'

불과 며칠 전까지만 해도 새까맣게 잊고 있었던 명진의 얼굴을, 나루는 물끄러미 응시했다.

'적어도 이 애를 모두가 기억할 수 있게 해 줄 거야. 그리고 이 애도 좋은 추억들을 안고 갈 수 있도록 해 줄 거야.'

나루는 그런 각오를 했다. 명진에 대해서도, 지후에 대해서도.

지후와 재경은 의아하다는 듯 나루의 행동을 지켜보고 있었다. 그럴 만도 했다. 나루와 가까워지고 싶어 했던 그들에게는 벽을 치고 있던 나루가, 명진에게는 먼저 다가가고 있다. 그들로서는 이해하기 힘든 행동일 것이다. 어쩌면 나루가 명진을 좋아한다고 오해할지도 모르겠다. 하지만 상관없었다.

"야, 너. 사람 진짜 귀찮게 한다?"

명진이 인상을 찌푸리고 말했다.

"응, 맞아. 난 사람을 귀찮게 해. 그러니까 더 귀찮아지고 싶지 않으면, 같이 점심 먹어."

나루가 명진과 눈을 똑바로 맞추고 말했다. 명진은 난처한 듯 작게 한숨을 쉬었다.

"야, 싫다잖아. 그냥 우리끼리 결정해서 알려 주면 되지."

보다 못한 선미가 끼어들었다.

"아니, 다 같이 먹기로 했으니까 명진이도 같이 먹었으면 좋겠어."

"너도 과 모임 잘 안 나오면서 뭘 그래?"

윤영의 목소리에는 가시가 돋쳐 있었지만 나루는 무시했다. 오히려 명진이 윤영을 흘긋 보고는 고개를 끄덕였다.

"알겠어. 같이 점심 먹자. 뭐, 얼마나 대단한 걸 먹으려고 하는지 모르겠지만."

재경은 뒤에서 나란히 걸어오고 있을 나루와 명진이 신경 쓰였다. 돌아보고 싶은데 돌아볼 수가 없어서 답답했다.

'저 둘, 대체 무슨 사이인 거지? 나루랑 명진이는 원래 알던 사이인가?'

그동안 학교에 안 나와 모두의 관심을 끌었던 윤명진. 그가 첫 출석을 했을 때부터 나루의 행동은 남달랐다. 아무래도 둘 사이에 무언가 있는 것 같은데, 그게 무엇인지 짐작조차 할 수 없었다.

'아냐. 원래 아는 사이인 것 같지는 않아. 대체 무슨 사이지?'

둘의 관계를 고민하느라 선미와 나란히 걷고 있다는 것도 자각하지 못했다.

"무슨 생각을 그렇게 해?"

선미의 애교 섞인 목소리에 정신을 차렸다. 앞쪽에는 지후와 윤영이 함께 걸어가고 있었다.

'커플 데이트도 아니고.'

쓴웃음을 지으며 대답했다.

"표본을 어떤 식으로 구해야 잘 구했다고 소문이 날지 고민 좀 하고 있었어."

그리 웃긴 농담도 아닌데 선미가 까르르 웃었다.

"재경이 너는 의외로 성실한 것 같아. 출석도 제대로 하고."

"의외라니. 난 원래 성실해."

"생긴 건 좀 놀게 생겼는걸. 너, 여자관계도 복잡하고 그러지?"

"그래 보여?"

재경은 고개를 돌려 선미와 눈을 맞췄다.

"내가 그렇게 여자관계가 복잡해 보여?"

시선을 고정시키고 진지하게 묻는 재경의 모습에, 선미가 얼굴을 붉혔다.

"아, 아니. 아니, 뭐. 꼭 그렇다는 게 아니라……."

"나는 여자관계 복잡하지 않아. 지금 내 가슴 안에 있는 건."

재경의 눈동자가 흘긋, 나루 쪽을 향했다가 다시 선미에게 고정되었다.

"단 한 사람뿐이야."

오전 11시. 점심을 먹기에는 이른 시간이라서 그런지 학생 식당에는 사람이 많지 않았다.

각자 식권을 사서 오늘의 점심을 받아 들고 구석에 자리를 잡았다. 나루가 8인용 식탁의 가장자리에 앉으려고 했는데, 뒤따라온 명진이 나루를 슬쩍 밀었다.

"여자는 가장자리에 앉는 거 아냐."

나루가 명진을 올려다봤다.

"왜 그렇게 봐?"

"네가 이렇게 배려 돋는 애인 줄은 몰랐어."

"나에 대해 대단히 잘 아는 것처럼 말하네."

"모르진 않지. 한 달이나 출석을 거부한 반항아."

"출석을 거부한 게 아니라 그런 사정이 있었던 거거든?"

"그게 얼마나 대단한 사정인지 궁금하네."

티격태격하는 나루와 명진의 모습을, 재경이 지켜봤다. 지후가 재경의 어깨를 툭 쳤다.

"너무 신경 쓸 거 없어."

"신경 안 써."

"그래? 내 눈엔 엄청 쓰는 걸로 보인다만."

"내가 뭐 허구한 날 질투나 해 대는 줄 알아?"

"그런 줄 알았는데."

지후가 씩 웃는 모습에, 재경은 마음이 좀 풀렸다. 지후가 '신경 쓸 거 없어.'라고 하면, 정말로 신경 쓰지 않아도 될 것 같은 기분이 들었다. 재경에게 있어서 지후는 늘 옳은 말만 하는, 신뢰하는 친구였다.

다들 자리를 잡고 앉자 재경이 말했다.

"음식을 앞에 두니까 배고프네. 일단 먹으면서 얘기하자."

"저 친구는 사회자를 하고 싶어 하는 경향이 있구만."

명진이 나루에게 작은 목소리로 속삭였다. 나루가 웃었다.

사회자. 옛 시간에서도 재경은 그런 이미지였다. 많은 사람이 모여 있을 때 리드를 하고, 분위기를 띄우는 역할. 그래서 20대 후반에 접어들 무렵부터는, 친구들의 결혼식 사회자로 여기저기 불려 다녔다.

—사례로 받은 정장만 10벌이 넘는다. 니들은 결혼할 때 정

장은 선물로 주지 마라. 그냥 돈으로 줘, 돈!

재경이 그렇게 말한 건, 지후가 죽기 한 달쯤 전이었다. 그때만 해도 지후가 죽게 될 줄은 꿈에도 몰랐다.

지끈—

불현듯 피를 흘리던 그의 모습이 떠올라 가슴이 아팠다. 이 시간에 적응하느라, 그가 죽던 광경을 잠시 잊고 있었다.

—쉿.

그의 마지막 속삭임.

—쉿.

그는 나루를 품에 안고 죽어 가며 그렇게 말했다. 죽어 가는 순간에도, 그는 나루를 지킬 생각뿐이었다. 달콤하고 애절한 사랑의 언어는 없었지만, '쉿.'이라는 그 짧은 한 마디에 모든 것이 담겨 있었다.

그리웠다. 지후가 눈앞에 있음에도, 나를 사랑했던 그가 그리워 가슴이 아팠다.

꾸욱—

명진이 검지로 나루의 볼을 누르는 바람에, 나루는 상념에서 벗어나 눈을 동그랗게 뜨고 명진을 돌아봤다.

"너, 표정이 왜 그래?"

"내 표정이 왜?"

"곧 죽을 사람 같은 표정을 하고 있잖아."

곧 죽을 사람.

그래, 맞아. 이건 사랑하는 사람을 잃어, 영혼이 죽어 버린 사람의 표정이야.

당연히 그런 말은 할 수 없었다.

"돈가스가 먹고 싶었어."

"어?"

"돈가스. 식권을 잘못 샀어."

오늘은 A 식권이 돈가스, B 식권이 우동과 볶음밥이었다. 나루는 B 식권을 골랐다.

한껏 분위기를 잡더니 한다는 소리가 "식권 잘못 뽑았어."라니. 명진은 기가 막힌다는 표정으로 나루를 응시하다가, 피식 웃었다.

"이 여자는 아주 그냥, 사람을 들었다 놨다 하는구만."

명진의 미소에 애정이 담겨 있다는 걸, 재경은 알 수 있었다. 지후는 신경 쓸 거 없다고 했고, 그래서 신경 쓰지 않으려고 했건만. 나루를 향한 명진의 다정한 시선을 모르는 척하기가 어려웠다.

'난 왜 B 식권을 샀을까?'

돈가스를 샀더라면 나루에게 나눠 줄 수 있었을 텐데. 그렇게 아쉬워하는데, 커다란 돈가스 한 덩어리가 나루의 식판 위에 놓였다. 지후의 돈가스였다. 돈가스는 한 덩어리만 나오는데, 지후가 그 한 덩어리를 전부 나루에게 준 것이다.

"먹어라, 그거. 울지 말고."

지후가 말했다.

"안 울었거든."

나루의 말에 지후가 후, 하고 웃었다.

"돈가스 하나 못 먹었다고 우는 여자는 처음 보네."

"안 울었다고."

"그래, 그래."

지후가 달래듯 말했다. 나루는 콧등을 찡그리고 지후를 노려보다가, 우동 그릇을 지후에게 내밀었다.

"그럼 넌 이거 먹어."

"그래."

지후는 거절하지 않았다.

"볶음밥도 줄까?"

"됐어. 난 흰쌀밥 좋아해."

나루와 지후, 둘 다 감정이 담기지 않은 단조로운 목소리로 대화를 나누고 있었다. 그런데 어째서인지 그들의 대화에 낄 수가 없었다.

"실험 표본은 어떻게 구할까?"

윤영이 주제를 바꾸지 않았더라면, 계속 묘한 분위기 속에서 식사를 할 뻔했다.

"여러 개 구해야 하니까 둘씩 짝지어서 표본 구하러 다니는 거어때? 각각 2개 이상."

윤영의 제안에 다들 고개를 끄덕이는데, 명진이 반박했다.

"굳이 둘씩 짝을 지어야 할 필요 있냐? 그냥 각자 하나 이상구해 오는 게 낫잖아."

"아니, 뭐. 혼자 다니면 심심하기도 하고. 겹치는 곳도 있을 것같고."

윤영이 변명하듯 말했다.

"흐응. 그래? 그럼 넌 누구랑 짝짓기를 하고 싶은데?"

명진이 윤영의 속셈을 간파했다는 듯 눈을 가늘게 뜨고 물었다. 윤영이 얼굴을 붉혔다.

"짝짓기라니. 단어 선택 한 번 우아하다, 너?"

"내가 좀 우아한 집안에서 자라서."

"그렇게 우아해서 머리를……."

거기까지 말한 윤영이 입을 다물었다.

명진의 표정이 굳었다.

"내 머리가 왜? 내 헤어스타일 이런 게 너한테 무슨 피해라도줬냐?"

"자, 자. 분위기가 왜들 이래? 장난치는 건데."

재경이 적당한 순간에 끼어들었다. 나루는 돈가스를 먹으며 윤영과 명진 사이에 흐르는 묘한 기류를 지켜봤다.

'쟤들은 왜 저런대?'

짝을 지어서 가든, 각자 가든, 나루는 아무래도 좋았다. 다만 지후와 둘이 엮이는 일만 없기를 바랄 뿐이었다.

"명진이 말도 맞지만, 어쨌든 다 같이 하는 실험이잖아. 앞으로도 쭉 같이 실험해야 하고. 친분도 다질 겸, 이번에는 둘씩 표본 준비하자."

재경이 상황을 정리했다. 명진도 자기가 예민했다고 생각했는지, 더는 반박하지 않았다.

"아, 그리고 우리 주말에 다 같이 모여서 가평에 갈래? 가평에도 강 있으니까."

선미가 제안했다. 그제야 나루는 포크를 멈췄다. 원래 이 제안은 재경이 했었다.

"다들 놀 생각밖에 없구만."

명진이 투덜거렸다.

"넌 왜 그렇게 비협조적이야? 우리가 뭐 나쁜 짓 하자는 것도 아닌데."

윤영의 말에 명진이 서늘한 미소를 지었다.

"남자한테 홀려서 꼬리 칠 기회를 잡으려고 애들 써대는 꼴이…… 읍!"

명진은 말을 끝내지 못했다. 나루가 손으로 명진의 입을 막았기 때문이다.

'이 애가 더 이상 미움받으면 안 돼!'

라는 생각에서 나온 행동이었다.

명진이 신경질적으로 나루의 손을 뿌리쳤다.

"야, 너. 왜 이래?"

"너야말로 왜 이러는데? 미움받고 싶어서 안달이 난 것처럼."

"하? 넌 대체! 아, 됐다. 됐어."

명진은 파리를 쫓듯 손을 휘휘 저었다.

'남의 속도 모르고.'

명진이라고 남의 미움을 받는 게 좋은 건 아니었다. 다만 윤영과 선미의 행동이 마음에 들지 않았다. 오늘 실험 시간 내내 윤영과 선미는 나루에게 시비를 걸 듯 말했고, 실험이 끝난 후에도 마찬가지였다. 딱 봐도 그들의 관계를 짐작할 수 있었다.

윤영은 지후가, 선미는 재경이 마음에 드는 것이리라. 하지만 지후도, 재경도 나루만 챙겨 주니 그녀에게 질투를 느끼는 것이 분명하다.

이 조에서 마음에 드는 사람이 아무도 없었다. 여자들의 마음을 알면서도 나루에게 잘해 줘서, 나루가 여자들의 질투를 받게 만드는 재경과 지후도 싫었다.

그리고.

명진은 다시 돈가스를 먹기 시작한 나루를 흘긋 돌아봤다.

'얘가 제일 싫어야 하는데, 왜 싫지가 않지?'

처음부터 느닷없는 행동으로 사람을 당혹시킨 연나루. 눈에 띄는 행동을 하는 사람을 좋아하지 않는데, 이상하게도 나루를 향해서는 부정적인 감정이 생기지 않았다.

다시 분위기가 묘해졌고, 이번에는 그 침묵을 깨기 위해 누구도 노력하지 않았다. 다들 묵묵히 밥만 먹었다.

나루는 특히 빠른 속도로 밥을 먹어 치우고 있었다. 이윽고 식판을 깨끗하게 비운 나루가, 말 많고 탈도 많은 조원들을 둘러 봤다.

"둘씩 짝지어서 표본 채집하러 가자. 겹치면 안 되니까 이동 전에 어디로 갈지 말해 주기로 하고. 그리고 이번 주 토요일에는 오전에 모여서 1박으로 가평 다녀오자. 채집도 채집이지만, 바비큐 먹고 싶어."

"짝은 어떻게 정할까?"

무거운 분위기가 깨지기를 기다렸다는 듯, 재경이 물었다.

"글쎄. 같이 가고 싶은 사람이랑 같이 가는 게 제일 좋겠지. 윤영아, 넌 누구랑 가고 싶어?"

나루가 윤영을 돌아보며 물었다. 윤영이 얼굴을 붉히고 시선을 옆으로 돌렸다.

"딱히 같이 가고 싶은 사람이 있는 건 아냐."

"정말?"

"그래. 내가 뭐 쟤 말대로 남자한테 꼬리 치고 싶어서 이런 제 안을 한 줄 알아?"

"그래? 그럼 나랑 같이 갈래?"

"어? 아, 어. 아니, 그건⋯⋯."

윤영이 눈에 띄게 당황하는 모습에, 나루는 가슴이 아팠다. 내가장 친한 친구였는데. 한 달간 같이 해외여행을 가도 싸운 적없는, 편하고 소중한 친구였는데.

나루는 애써 아픔을 감추고 선미를 돌아봤다.

"선미, 넌? 같이 가고 싶은 사람 있어?"

"어? 아니, 나도 딱히."

"그래? 그럼⋯⋯."

"왜 남자들한테는 안 물어봐?"

재경이 볼멘소리로 물었다. 나루가 씩 웃었다.

"원래 남자는 여자의 선택을 받는 동물이니까."

"어? 너, 그거 남녀 차별이다."

"응, 난 남녀 차별 주의자라서."

나루가 담백하게 대답했다.

"데덴찌로 정해, 그럼. 다들 같이 가고 싶은 사람이 없는 것 같으니까."

명진의 말에 나루가 갑자기 웃음을 터뜨렸다. 다들 의아한 표정으로 나루를 쳐다봤다.

'데덴찌라니.'

정말 오랜만에 듣는 단어다. 옛 시간에서도 누군가 데덴찌로 정하자는 제안을 했었다.

그리고.

"그런데 데덴찌가 뭔데?"

선미가 의아하다는 듯 물었다.

"어? 데덴찌 뭔지 몰라? 편 나눌 때 하는 거."

"아, 혹시 엎어라 뒤집어라?"

"엎어라 뒤집어라가 뭐야? 데덴찌지."

"아냐, 앞쳐라 뒤쳐라야."

'그래, 이런 일이 생겼지.'

편 나누기를 할 때 사용하는 말은 지역마다 달랐다. 그래서 그걸 가지고 한참 이야기를 하고 웃었던 기억이 있었다. 그리고 그 기억은, 흘러갔던 그 사건은 지금 현재 나루의 눈앞에서 다시 벌어지고 있었다.

따스한 광경이었다.

"데덴찌로 하자."

한참 의논을 한 끝에 결정을 내렸다.

"그래, 그럼 데덴찌로 정하자."

"하아. 진이 다 빠진다. 그놈의 데덴찌가 뭐라고."

대단한 문제도 아닌데 큰 문제로 만들어 진지하게 의견을 나누는 일이야말로, 이 나이 때에 만난 친구들과 누릴 수 있는 즐거움 아닐까.

나루는 오랜만에 다른 생각 없이 친구들과 함께하는 시간을 즐길 수 있었다.

세 팀으로 나눠야 하기에 손바닥을 위, 아래, 그리고 주먹을 쥐는 것. 세 개로 나눠 데덴찌를 하기로 했다.

재경의 구호에 맞춰 "데덴찌!" 손을 내밀었다. 세 팀으로 정확히 나눠지지 않아 몇 번을 더 시도한 후에야 짝이 정해졌다.

나루는 주먹, 그리고.

'지후가 짝이네.'

지후도 주먹이었다. 재경과 명진이 손바닥을 위로, 윤영과 선미가 손바닥을 아래로 하고 있었다.

윤영과 선미의 얼굴에 실망의 빛이 노골적으로 떠올랐다.

"자, 그럼 이렇게 정해졌으니까……."

또 말이 나올까 봐 걱정된 재경이 서둘러 상황을 정리하려고 할 때였다.

"난 짝을 바꾸고 싶은데."

지후가 재경의 말을 끊었다. 자신의 손을 응시하고 있던 나루는 고개를 번쩍 들었다. 지후가 나루를 향해 무심한 눈빛을 던지고 있었다.

"뭐라고?"

재경이 잘못 들은 줄 알고 물었다.

"나, 짝을 바꾸고 싶다고."

지후가 다시 한 번 분명한 어조로 말했다.

지끈―

나루는 칼에 찔린 듯 명치가 아팠다.

'괜찮아. 잘된 거야. 그래, 괜찮아. 나도 난처했잖아. 단둘이 시간을 보내는 거, 안 되는 거잖아. 그러니까 괜찮아.'

나루는 아픔을 갈무리하기 위해 애썼다. 표정에 상처를 드러내고 싶지 않았다.

"거참 무례하시네."

명진이 끼어들었다.

"애도 아니고 짝하기 싫다니. 그럼 나랑 바꿔."

명진의 말에 지후가 살짝 인상을 찌푸렸고, 재경이 황급히 말했다.

"아니, 내가. 내가 바꿀게."

"왜 끼어들어? 내가 먼저 말했잖아. 내가 연나루랑 짝하겠다고."

"나도 나루랑!"

거기까지 말한 재경이 입을 다물었다. 필시 '나도 나루랑 짝하고 싶어.'라는 말을 삼킨 것이리라. 하지만 이미 늦었다.

그 자리에 있는 사람들은 모두 재경이 무슨 말을 하려는지 눈치챘다. 두 남자가 나루와 짝을 하는 문제를 두고 싸우는 모습에, 선미와 윤영의 표정이 어두워졌다.

"너도 나루랑 뭐?"

명진이 짓궂게 물었다. 재경의 얼굴이 붉어졌다. 재경은 나루 쪽을 쳐다보지도 않았고, 그런 재경을 나루는 신기한 기분으로 지켜봤다.

'재경이가 의외로 되게 순수하구나. 옛날엔 몰랐는데.'

32살의 눈으로 보는 친구들은 옛 시간에서와는 다른 느낌을 주었다. 나루도 어렸기 때문에 볼 수 없었던 면들을 새롭게 발견하게 되어서인가 보다.

"나루한테 선택하라고 하지 그래?"

윤영이 뾰족한 어투로 말했다. 모두의 시선이 나루에게로 향했다. 나루는 한숨을 삼켰다. 32년의 삶을 살다가 20살로 돌아왔지만, 그래도 주변 사람의 악의와 질투에 기분이 상하는 건 마찬가지다. 윤영의 질투를, 선미의 적대감 가득한 시선을 받아 주는 건 이제 한계다.

'지후 생각만으로도 벅찬데.'

미워하라면 미워하라지.

나루는 오만하게 턱을 치켜들고 검지를 입가에 살며시 올렸다. 그리고 여유로운 미소를 지으며 말했다.

"그래, 그럼. 내가 선택할게. 이래서 인기 많은 여자는 피곤하다니까."

돌변한 나루의 태도에 윤영이 어이가 없다는 표정을 지으며, 동의를 구하듯 선미를 돌아봤다. 선미도 윤영과 마찬가지의 표정을 짓고 있었다.

나루는 그들을 무시하고, 상품을 고르듯 명진과 재경을 찬찬히 돌아봤다. 답은 이미 정해져 있었다.

"난 명진이를 선택할래."

나루가 말했다. 나루의 말에 재경의 표정이 순식간에 변했다. 재경의 다갈색 눈동자에 깊은 상처가 아로새겨지는 것을, 나루는 똑똑히 목격했다.

'어쩔 수 없어, 재경아. 너는 내가 사랑하는 남자의 가장 친한 친구인걸. 그리고 나는.'

명진이 승리의 미소를 짓고 있었다.

'이 애랑 친해져야 돼. 내년 봄, 이 애의 죽음을 막기 위해서.'

*　　　*　　　*

"나루, 걔. 진짜 웃기지 않아?"

동아리방으로 향하며, 선미가 말했다. 선미와 윤영은 같은 댄스 동아리였다.

"그런가?"

사실은 윤영도 '진짜 웃긴다.'고 생각했지만, 뒷담화를 하는 여자가 되고 싶지 않아 두루뭉술하게 대답했다. 하지만 선미는 윤영이 자기와 같은 생각이라고 여긴 듯 계속해서 말했다.

"난 그렇게 남자한테 꼬리 치는 애는 딱 싫어. 그런 애들 있잖아. 4차원인 척하면서 남자애들 관심 끌려고 하는 애들."

"아아, 있지."

하지만 윤영의 생각에 나루는 단지 4차원인 척하면서 눈에 띄고 싶어 하는 사람은 아닌 것 같았다.

나루의 행동이 특이하기는 하지만, 일부러 그러는 것처럼 보이진 않았다. 윤영의 생각에 나루에게는 무언가 다른 게 있는 것 같은데, 그게 무엇인지 알 수 없어서 답답했다.

차라리 그 이유를 알면, 이렇게나 나루가 싫다는 생각은 들지 않을지도 모르는데.

"아까 걔 하는 거 봤지? 턱 치켜들고 인기 많은 여자는 피곤하다고 한 거. 인기는 개뿔. 다들 자기를 어떻게 보는지 몰라서 그러나?"

다들 나루를 어떻게 보고 있을까. 사실 나루를 싫어하는 건 대부분 여학생들이지, 남학생들은 나루를 그리 싫어하지 않았다.

오히려 일부는 예쁘장하면서도 비밀이 있는 것 같은 나루에게 호감을 품고 있었다.

"우리 과에서 누가 제일 낫냐?"

라는 술자리 질문에,

"연나루가 제일 예쁜 것 같지 않아?"

"맞아, 옷도 잘 입고."

"되게 어려 보이는데, 이상하게 좀 성숙한 분위기야."

"섹시해."

그런 대답이 나올 정도였다.

다만 나루를 둘러싼 남자들이 감히 범접하기 힘든 민지후와 성재경이라서, 다들 나루에게 말도 못 붙일 뿐이었다. 이제는 거기에 윤명진이라는 인물까지 끼어들었다.

'걔의 어디가 그렇게 좋은 거지?'

윤영은 짜증이 났다. 물론 나루는 예쁘지만, 외모로 따지자면 자신도 지지 않았다. 어디에 가도 귀엽고 사랑스럽다는 칭찬을 들어왔다. 무리에서 이렇게 들러리로 취급받는 건 처음이었다.

선미와 윤영은 동아리방에 들어갔다. 동아리방에는 지영이 누워서 휴대폰으로 남자 친구와 통화를 하고 있었다.

지영은 고등학교 때부터 사귄 동갑 남자 친구가 있는데, 재수를 하고 있다고 들었다.

"아, 친구들 왔다. 그럼 끊을게, 자기야."

지영이 전화를 끊자마자 선미가 달려들듯 지영의 옆에 앉아 아까 있었던 일을 이야기했다.

"웬일이야, 웬일이야. 걔, 진짜 웃긴다."

"그치? 진짜 재수 없어."

"난 걔 처음 봤을 때부터 별로였어. 재경이랑 딱 붙어 다녔잖아."

"맞아, 그러니까. 재경이랑 지후랑 같은 빌라 산다는 핑계로 허구한 날 같이 다니고, 집에도 같이 가고."

"연약한 척하고 그러는 거, 진짜 왕재수야."

선미와 지영은 쉴 새 없이 나루를 욕했다. 그렇게까지 '왕재수'일까 싶었지만, 윤영도 나루에 대한 마음이 좋지는 않았기에 묵묵히 그들의 뒷담화를 듣기만 했다.

＊　　　＊　　　＊

　재경과 지후는 노천극장의 의자에 나란히 앉아 있었다. 선선한 바람이 불어와 둘의 머리카락을 스치고 지나갔다.

　4월 초 한낮의 공기는 봄볕에 녹아 따스했다. 하지만 재경의 가슴에는 찬바람이 불고 있었다. 나루는 그 새까만 눈동자로 재경을 똑바로 응시하며, 단호하게 말했다.

　─난 명진이를 선택할래.

　약간의 망설임도 없는 어조였다.

　"나는 차였어."

　"I was a car."

　지후의 대꾸에 재경이 오만상을 찌푸리고 지후를 돌아봤다.

　"그게 뭐야?"

　"너는 차였다며? 그걸 영어로 표현한 거야."

　"아아, 나는 차였다고?"

　"그래."

　"너, 이상한 개그를 한다?"

　"그런가?"

　지후의 무심한 얼굴만 봐서는 그의 생각을 파악할 수가 없었다. 전부터 생각하는 거지만, 이 무뚝뚝한 친구는 의외로 엉뚱한 면이 있다.

"아무튼 농담 아냐. 난 차였어."

"그런가?"

"하아. 뭐가 문제인 거지? 나, 그렇게 별로냐?"

"글쎄. 널 그런 눈으로 본 적이 없어서."

"당연히 그래야지! 날 그런 눈으로 보면 큰일 나는 거 아냐?"

"그런데 왜 그걸 나한테 물어?"

"아, 진짜. 난 지금 위로가 필요하다고, 민지후."

재경은 고개를 숙였다. 지후가 재경의 어깨를 툭툭 두드렸다.

"차인 거 아냐. 아까 그건 실험을 위한 짝짓기였을 뿐이잖아. 진짜 짝짓기는 아니었지."

"짝짓기가 문제가 아냐."

"그럼 뭐가 문젠데?"

"나루는, 아마도. 내 마음을 눈치챘겠지?"

"글쎄. 내가 연나루가 아니라서 그것까진 모르겠는데."

"눈치챘을 거야. 그렇게 티를 냈으니까. 그런데도 윤명진을 선택했다는 건, 내 마음을 거절한다는 거지. 나랑 둘이 있기 부담스러우니까 윤명진을 선택한 거잖아."

"어쩌면 다른 이유가 있을 수도 있지."

"다른 이유가 뭐가 있겠어? 아, 그거?"

"그거라니?"

"나루가 윤명진한테 관심이 있다거나, 그런 거."

"흐음. 글쎄."

"뭔가 아는 게 있는 거야, 너?"

재경이 다시 고개를 들고 지후의 팔을 붙잡았다.

"아는 거라면, 글쎄. 윤명진 헤어스타일이 끝내준다는 거?"

"야, 넌 진짜……! 하, 됐다. 너한테 뭘 바라겠냐, 내가."

재경은 지후의 팔을 놔주고 고개를 숙였다. 가슴이 지끈, 지끈 아팠다. 나루를 사랑하게 된 이후로, 늘 이런 통증이 가슴에 자리 잡고 있다.

사랑을 한다는 것이 이렇게 아프고 초조한 일인 줄은 몰랐다. 좀 더 분홍빛이고 달콤하고 반짝반짝 빛날 줄 알았는데.

'아니, 사랑은 그럴 거야. 이건 짝사랑이라서 그래.'

사랑과 짝사랑은 비슷한 이름이지만 완전히 다르다. 사랑은 분홍빛이겠지만 짝사랑은 잿빛이다. 사랑은 달콤하겠지만 짝사랑은 쓰다.

씁쓸한 통증이 가득한 잿빛 거리를, 혼자서 걸어가는 기분이다. 그 잿빛 거리에 안개가 가득해, 어떻게 해야 뚫고 나갈 수 있을지 조금도 모르겠다.

"아프다, 지후야."

쓴 목소리로 중얼거리는 재경을, 지후는 물끄러미 응시했다.

*　　　*　　　*

"공강 시간에 할 게 없네."

점심을 먹고도 한 시간이 남았다. 좋지 않은 분위기에서 모두가 뿔뿔이 흩어졌고, 나루는 명진과 학생 식당에 남아 있었다.

"동아리나 들까?"

명진이 중얼거렸다.

"동아리, 뭐 들게?"

"넌 아직 안 들었냐?"

"응. 아직."

동아리에 가입할 만한 마음의 여유가 없었다. 옛 시간에서는 지후, 재경과 함께 봉사 동아리를 들었다. 맛집을 자주 간다는 홍보에 낚여서였고, 실제로도 맛있는 가게들을 여기저기 찾아다녔다.

"할 만한 동아리가 있으려나?"

"같은 동아리 들자, 우리."

나루의 말에, 명진이 손바닥에 턱을 괴고 나루를 빤히 응시했다.

"그렇게 나랑 같이 다니는 게 좋냐?"

"응."

"난 남을 편하게 해 주는 성격이 아닌데. 너, 나 좋아하냐?"

"응. 아, 이건 이성으로서가 아니라……."

"연나루."

"어?"

"솔직하게 말해 봐. 나한테 이러는 이유가 뭐야?"

"말했잖아. 너한테 호기심이 생겼고, 헤어스타일도 멋지고……."

"그런 이유가 아니잖아."

"왜 그런 이유가 아닐 거라고 생각해? 너 자신에게 자신감을 좀 가지라니까."

"자신감의 문제가 아냐, 이건. 사랑에 빠진 여자는 너처럼 행동하지 않아. 김윤영이랑 김선미를 봐. 걔들은 민지후랑 성재경에게 관심이 있지. 누군가를 좋아하게 됐을 때, 대부분은 그렇게 행동해. 그런데 넌 아냐."

나루는 당황했다. 명진은 의외로 통찰력이 있었다. 윤영과 선미가 지후와 재경에게 관심이 있다는 걸 이렇게 빨리 간파하다니. 그리고 그걸 미루어, 나루의 마음까지도 짐작하다니.

'쉬운 상대가 아니네.'

나루는 속으로 한숨을 삼켰다.

"넌 나한테 뭔가 원하는 게 있어서 나랑 가까워지려고 하는 게 분명해. 그런데 대체 뭘 원하는지 모르겠단 말이지."

"하하하. 원, 농담도."

"그 웃음, 진짜 어색한 거 알아? 넌 연기력이 부족해."

"실례야, 그 말. 난 탤런트가 꿈이었다고."

"정말?"

"아니, 거짓말."

명진이 피식 웃었다.

"너랑 같이 있으면 무슨 생각이 드는 줄 알아?"

"무슨 생각이 드는데?"

"나보다 훨씬 나이 많은 누나가 내 또래처럼 보이려고 노력하는 것처럼 보여."

쿵—!

심장이 내려앉았다.

'얘, 진짜 눈치 빠르네.'

"말하는 것도 그렇고, 상당히 무리하고 있는 느낌이야. 그럴리는 없겠지만, 네 몸 안에 한 40대의 영혼이 들어가 있는 것 같다는 생각이 든다니까."

"야, 40대는 너무했다."

명진의 통찰력도 통찰력이지만, 40대라는 말에 충격을 받았다.

'난 32살이라고!'

"아무튼 연나루. 솔직하게 말해 봐. 나한테 바라는 게 뭐야?"

명진이 웃음기를 거두고 물었다. 갸름한 눈매 안에 담긴 눈동자가 진지하게 빛나고 있었다.

'내가 너한테 바라는 건.'

네가 살아가는 거.

'21살 이후의 삶을, 네가 누리는 거.'

그걸 바란다.

하지만 그 말을 할 수는 없었다. 목구멍까지 튀어나온 말을 꿀꺽 삼켰다.

"나중에."

언젠가는.

"말해 줄게."

말할 날이 올까.

내가 시간을 건너왔노라고.

그리하여 너와 내 사랑하는 남자를 살리려고 발버둥을 쳤노라고.

고독과 싸우며, 외로움을 견디며, 그렇게 힘껏 걸어왔노라고.

말할 날이 올까.

언젠가는.

공강 시간에는 명진과 함께 봉사 동아리에 가서 가입 신청을 하고, 강의를 다 들은 후 저녁까지 함께 먹었다.

나중에 말해 준다는 말을 믿은 건지 어쩐 건지, 명진은 더 이상 나루의 속셈에 대해 묻지 않았다.

나루는 명진과 큰길에서 헤어졌다. 빌라가 있는 골목길을 걸어가다가 우뚝 멈췄다. 빌라 앞에 익숙한 인영이 서 있었다.

재경이었다.

'날 기다린 걸까?'

그럴 거란 생각이 들었다. 돌아서고 싶었다. 재경이 무슨 말을 하려는지 알 것만 같았다. 설령 그 말을 꺼내지 않더라도, 나를 사랑하는 내 소중한 친구와 단둘이 대화를 나누는 것은 불편하다. 하지만 이대로 돌아서면 재경은 나루가 피한다는 것을 눈치챌 것이고, 가슴 아파할 것이다.

재경은 소중한 친구였다. 이 시간의 재경이 어떻게 생각하든, 옛 시간의 재경은 나루의 삶에서 큰 부분을 차지하고 있었다. 재경이 아파하는 것을 원치 않았다.

나루는 다시 걸었다. 빌라 벽에 기대어 고개를 살짝 숙이고 있는 재경의 모습은 한 폭의 그림 같았다. 흰 피부와 흐트러진 연갈색 고수머리, 오똑한 코와 새빨간 입술. 순정 만화 속에서 막 튀어나온 주인공 같은 외모였다.

기척을 느꼈는지 재경이 천천히 고개를 들었다. 그의 연갈색 눈동자가 나루를 향했고, 그의 그림 같은 얼굴에 옅은 미소가 떠올랐다.

두근—

애틋한 미소에 심장이 반응했다. 재경은 옛 시간에서 지후가 나루를 볼 때마다 지어 주었던, 그 미소를 짓고 있었다. 그렇다면 이 두근거림은 지후를 향한 두근거림일까, 재경을 향한 두근거림일까.

지후를 향한 것이리라고, 나루는 생각했다.

그래야만 했다.

'아니, 그러지 말아야 하나?'

혼란을 느끼고 있는데 재경이 나루에게 다가왔다.

"늦었네."

"아아, 웅. 저녁을 먹고 오느라."

"누구랑?"

"명진이랑."

"아, 그래."

재경의 표정이 어두워졌지만 곧 다시 미소를 지으며 말했다.

"명진이랑 물 뜨러 어디로 갈지 정했어?"

"웅, 우린 북한산 계곡에 가기로 했어. 상류, 하류에서 채집하려고. 너넨?"

"우린 그냥 한강이나 갈까 하는데, 우선 윤영이네 얘기 들어봐야 할 것 같아."

"웅, 그래."

나루가 빌라를 향해 걸음을 옮기려는데, 재경이 나루의 손목을 붙잡았다. 나루가 돌아보자, 재경이 자신의 행동에 놀란 듯 손에서 힘을 뺐다. 하지만 완전히 놔주지는 않아서, 나루의 가느다란 손목은 여전히 그의 손 안에 들어 있었다. 긴장을 해서일까. 아니면 오랫동안 밖에 나와 있어서일까. 재경의 손은 차가웠다.

"왜?"

"아, 미안. 얘기 좀 하고 싶어서."

"얘기."

하고 싶지 않았다. 하지만 차라리 서둘러 그의 마음을 듣고 정리하도록 하는 게 나을지도 몰랐다.

거절의 말은 이미 생각해 두었다.

"그래, 얘기. 하자. 어디서?"

"어디서든. 우리 집도 괜찮고, 너희 집도 괜찮고, 아니면 커피숍이나."

"계단에서 얘기하자."

나루가 계단을 가리키며 말하자, 재경이 고개를 끄덕였다.

나루는 재경이 상처받지 않도록 조심스럽게 손을 빼내고, 먼저 건물 안으로 들어갔다. 비상계단은 어두웠지만 사람이 들어가면 불이 켜졌다. 2층 즈음에 멈춰, 나루는 재경을 돌아봤다. 한 계단 아래에 서 있는 재경과 나루는 눈높이가 비슷했다.

약간은 어둑한 불빛이 재경의 긴 속눈썹 위에 내리 앉았다.

"할 얘기가 뭐야?"

"아, 그게."

재경은 곤란한 듯 고개를 숙였다. 나루는 재촉하지 않고 그의 말을 기다렸다.

얼마나 시간이 흘렀을까. 재경이 다시 고개를 들고 나루와 눈을 맞췄다.

"내일 저녁에 영화 보자."

"나, 내일 수업 끝나고 명진이랑 북한산에 가기로 했어."

"아, 그게 내일이야?"

"응."

"그럼 모레는?"

"모레는 동아리 모임 있고."

"동아리, 들었어?"

"응, 명진이랑 같이 봉사 동아리."

일부러 명진의 이름을 더 꺼냈다. 나루가 의도한 대로 재경의 눈동자가 흔들렸다. 연갈색, 예쁜 보석 같은 눈동자가 흔들리는 것을 보는 게 가슴 아팠다.

"명진이를, 좋아해?"

"응, 좋아해."

상관없겠지, 이 정도는. 명진에게 폐가 되지 않겠지.

"얼마나 봤다고."

"얼마나 봤는지가 중요한 게 아니잖아."

"아, 그래. 그렇지."

"할 얘기는 영화 얘기였어?"

"아니. 사실 다른 얘기였어."

"응, 얘기해."

흔들리던 눈동자가 다시 나루에게 고정되었다. 그때, 센서 등이 꺼졌다. 한동안 움직임이 없었던 탓이었다.

어둠 속에서, 재경의 음성이 들려왔다.

"네가 좋아."

나루는 대답하지 않았다. 불이 꺼져서 다행이었다. 재경의 표정을 볼 수 없어서 다행이었다.

"네가 좋아, 나루야."

재경이 다시 한 번 말했다. 얼굴을 볼 수 없음에도 절절한 음성에 가슴이 아렸다.

"응, 그래. 나도 널 좋아해. 하지만."

생각해 둔 말을 꺼내려고 했는데.

"처음이야."

재경이 말을 끊었다.

"누군가를 사랑하는 게 처음이야. 사랑해서 가슴이 아프고, 사랑해서 초조하고, 사랑해서 자신감이 사라져. 너한테 멋지게 보이고 싶은데, 그러지 않은 것 같아서 불안하고 무섭고. 그래서 바보처럼 굴게 돼."

좋아하는 여자에게 밝히기 어려운 진심을, 재경은 천천히 말하고 있었다. 떨리는 말끝에서, 그의 심정을 짐작할 수 있었다.

아아, 이 애는 내가 생각하는 것보다 훨씬 더 많이 나를 좋아하는구나.

내가 지후를 사랑하듯, 이 애도 나를 사랑하고 있구나.

그저 호감이 아니었구나.

내 소중한 친구가, 이렇게나 나를 사랑하고 있구나.

"내 마음을 밀어붙여서 너를 불편하게 하고 싶지 않아. 그런데 그게 내 마음대로 안 돼. 나는 이 모든 게 처음이라서, 어떻게 해야 할지 모르겠어."

'나도 널 좋아해. 하지만 그런 감정은 아니야. 너랑은 좋은 친구로 남고 싶어.'

준비해 둔 말을 꺼내지 못했다. 재경이 이렇게 진심을 보이는데, 상투적인 대사로 대응할 수는 없었다.

"재경아."

나루는 천천히 손을 올렸다. 나루의 움직임을 포착한 센서 등이 켜졌다. 재경은 고개를 들어 나루를 보고 있었다. 예쁜 눈썹 아래에 자리 잡은 커다란 눈이 간절하게 빛나고 있었다. 그의 맑은 눈동자를 보자 마음이 약해졌지만, 나루는 마음을 단단히 먹고 재경의 뺨 위에 손바닥을 얹었다.

"고마워, 그렇게 말해 줘서. 사랑해 줘서 고마워. 그런데."

"나루야, 난."

나루는 검지로 재경의 입술을 살며시 눌러 말을 멈추게 했다.

"재경아. 나는 지금 마음에 여유가 없어. 누군가를 사랑하고 사랑을 받을 여유가 없어."

재경의 눈썹 끝이 내려갔다.

"나는 해야만 하는 일이 있어. 나는 그걸 위해 살아가고 있어. 그 일이 끝날 때까지, 나는 누구도 내 마음에 받아들일 수가 없어."

재경이 나루의 손목을 잡아 옆으로 내렸다.

"기다릴게, 그럼. 네 마음에 여유가 생길 때까지."

"아니. 기다리지 마, 재경아. 이건 아주 길고 긴 시간이 걸릴 일이거든. 그러니까 기다리지 마."

"나루야."

"너의 고백을 회피하기 위해서 이런 말을 하는 게 아니야. 이런 상황을 모면하기 위해서 되는 대로 던지는 말이 아니야. 나는 정말로. 해야만 하는 일이 있어."

한 마디, 한 마디 힘겹게 뱉어 내는 나루를, 재경은 물끄러미 응시했다. 상황을 모면하기 위해 하는 말이 아니라는 것쯤은, 재경도 알 수 있었다.

나루의 작은 얼굴에 떠오른 고통과 고독은 꾸며 낸 것이 아니었다. 연기를 아주 잘하는 배우라도 보는 이의 가슴을 먹먹하게 만드는, 이런 표정은 짓지 못할 것이다.

"무슨 일인데 그래?"

재경은 나루가 대답해 주지 않을 것을 알면서도, 묻고 말았다.

"그런 일이 있어."

"누구에게도 말할 수 없는 일이야?"

"응. 말하고 싶지만 말할 수 없는 일이야. 친구에게도, 가족에게도. 하지만 언젠가…… 아주 오랜 시간이 지난 후에는 너에게 말할 수 있을지도 모르겠어."

"그래? 그럼 기다릴게."

"재경아. 그런 뜻이 아니라."

"너는 내가 처음으로 사랑한 여자야. 내 가슴에 처음으로 들어온 여자야. 시간이 걸린다고 해서 놓아 버릴 생각 없어, 나는."

"재경아."

"10년이 흐르고, 20년이 흘러 봐. 이 마음이 변하나."

그 마음이 변했으면 좋겠다고, 나루는 생각했다. 그러나 그 말을 구태여 입 밖으로 내지는 않았다.

말하지 않아도 재경은 알고 있을 테니까.

"네가 해야만 하는 그 일이 뭔지 모르겠지만, 언젠가 혼자서 하기 너무 외로우면 말해 줘. 그게 무슨 일이든, 내가 함께해 줄게."

재경이 덧붙인 말에 가슴이 벅찼다. 울컥, 눈물이 나올 것만 같아 나루는 고개를 숙였다.

'아, 이런.'

눈물을 참는 데 실패했다.

툭— 투둑—

순식간에 차오른 눈물이 무게를 이기지 못하고 계단으로 떨어졌다. 한 방울, 두 방울. 나루가 떨어뜨린 눈물방울이 계단을 적셨다.

"고마워, 재경아."

이 가슴에 품은 것들을 말할 날이 오지는 않겠지만, 그런 말을 들은 것만으로도 큰 위로가 되었다.

아아, 내 친구 성재경은 아직 곁에 있구나. 나는 내가 생각하는 것처럼 그렇게 고독한 게 아니구나.

재경이 망설이다가 나루의 머리를 쓰다듬었다. 나루는 그의 손을 뿌리치지 않았다. 전해지는 온기가, 나루는 좋았다. 혼자서 해내야 하는 고독한 싸움 속에서, 자그마한 빛을 발견한 기분이었다.

"앞으로 날 피하거나 어색하게 대하지 않을 거지?"

재경이 물었다.

"응. 그러지 않을게."

"영화, 보러 가 줄 거야?"

나루가 작게 웃었다.

"응, 그래. 영화, 보러 가자."

                    *   *   *

계단에서 들려오는 작은 대화 소리를 듣다가, 천천히 걸음을 옮기는 인물이 있었다.

지후였다.

지후는 그들에게 들키지 않도록 발소리를 죽이고, 복도를 걸어가 자신의 집 앞에 섰다. 문손잡이를 한동안 내려다보던 지후는 열쇠를 꺼내 문을 열고 안으로 들어가 문을 잠갔다. 한 번도 집 밖으로 나온 적 없다는 듯이.

재경이 집에 들어왔을 때, 지후는 거실에 대자로 팔을 벌리고 누워 있었다. 재경은 지후의 옆에 앉았다.

"나, 나루한테 고백했어."

"아아, 그래. 잘했다."

"정말? 정말로 잘했다고 생각하냐?"

"응, 정말로 잘했다고 생각해."

"성급했던 거 아닐까? 나루가 부담스럽지는 않았을까?"

"성급했을 수도 있고, 나루가 부담스러워할 수도 있지. 하지만 잘했다고 생각한다, 나는."

"정말로?"

"응, 정말로."

지후가 희미한 미소를 지었다.

"나는 네가 행복한 게 좋으니까."

지후가 덧붙인 말에 재경이 눈을 크게 떴다.

"뭐야? 왜 그렇게 달콤하게 말을 해? 반할 뻔했잖아."

"반하지 마라. 남자 취향 아니니까."

"아니, 방금 좀 반했어. 너에게라면 안길 수 있을 것 같아."

"아니, 싫어."

재경은 오만상을 찌푸리고 몸을 피하려는 지후보다 빠르게 그의 품에 뛰어들었다. 지후가 팔을 빼내려고 했지만, 재경은 그 단단하고 굵은 팔을 베고 누워 지후를 끌어안았다.

"이러지 마. 남자는 싫다."

"난 좋아. 정말 좋아."

재경이 지후의 가슴에 얼굴을 묻었다. 지후는 '정말 좋아.'라는 말 뒤에, '나루가.'라는 이름이 생략되었다는 것을 알고 있었다. 그래서 뿌리치는 것을 관두고 재경의 등을 토닥토닥 두드렸다.

"정말 좋아서, 아주 많이 좋아서."

재경은 지후의 가슴에 얼굴을 묻고 웅얼웅얼 말했다.

"가슴이 아프다, 정말."

*　　*　　*

꿈을 꾸었다.

커다란 손을 잡고 해변을 걷는 꿈이었다. 새파란 바다와 넓은 백사장을, 나루는 기억하고 있었다. 언젠가 지후와 함께 갔던 바다였다. 나누었던 대화 또한 기억하기에, 나루는 이것이 꿈이라는 것을 알 수 있었다.

뜨거운 햇살에 얼굴이 탈까 걱정되었지만, 그와 함께하는 시간을 놓치고 싶지 않아서 계속 걸었던 기억이 났다.

걷다가 저도 모르게 흥얼거렸는데, 고개를 돌려 보니 지후가 나루를 내려다보고 있었다. 그의 눈에는 애정이 담뿍 담겨 있어서, 가슴이 설레었다.

슬픈 꿈이었다. 잠에서 깨어났을 때, 나루는 눈물을 흘리고 있었다. 언제부터 눈물을 흘린 걸까. 베갯잇이 흠뻑 젖어 있었다.

손등으로 눈물을 스윽 닦고 일어났다. 이제는 이런 일에 하나하나 오열할 만큼 마음이 무르지 않다.

'아, 학교 가기 싫다.'

이런 생각을 다시 하게 될 줄은 몰랐다. 대학을 졸업한 후에는 늘 '회사 가기 싫다.'는 생각을 하면서 살았는데.

습관적으로 씻고 나와 옷을 갈아입고 학교로 향했다. 강의실이 있는 건물로 걸어가다가 학생회관 앞에 멈췄다.

'1교시는 땡땡이칠까? 어차피 이 교수님은 2교시에 출석 부르는데.'

시간을 다시 걷게 되니, 알고 있는 사실들이 많아서 좋았다.

나루는 학생회관으로 들어가 동아리방이 있는 층으로 올라갔다. 1교시라 그런지 동아리방 앞에는 학생들이 아무도 없었다. 조용한 복도를 걸어가 봉사 동아리방의 문을 열었다.

아무도 없을 줄 알았던 동아리방에 사람이 있었다. 유독 다리가 길고, 유독 어깨가 넓은 남자가 동아리방에 누워 한 팔을 이마 위에 올리고 있었다. 팔에 얼굴이 가려져 볼 수 없었지만, 그래도 그가 누군지 나루는 단번에 알았다.

'지후가 왜 여기 있지?'

지후였다.

문 열리는 소리에 지후가 팔을 내렸다. 나루를 발견한 지후가 살짝 인상을 찌푸렸다.

"땡땡이냐?"

"어? 아, 응. 땡땡이."

"팔자가 늘어졌군."

"너야말로."

나루는 안으로 들어가 동아리방의 문을 닫았다.

심장이 콩닥콩닥 뛰었다.

"왜 수업 안 들어가?"

신발을 벗고 들어가 지후의 옆에 앉으며 물었다.

"그러는 넌?"

지후는 다시 팔을 들어 올려 눈가를 가렸다.

"나는 그냥."

수업 내용을 다 알고 있으니까. 대학에 다닐 때에 전부 A+를 받았으니까. 잘 아는 내용을 또 한 번 듣는 건 지루하니까.

그런 말을 할 수 없기에 나루는 말끝을 흐렸다.

지후도 더 이상 묻지 않았다.

"재경이는?"

"궁금하면 네가 문자를 보내 보든가."

"그냥 좀 알려 주면 안 되니?"

"······."

"너랑 재경이는 표본 채집하러 어디로 가기로 했어? 나랑 명진이는 북한산 계곡에 가기로 했는데."

"안 보이냐? 난 잘 거다."

그의 목소리를 조금 더 듣고 싶었다.

이 정도는 욕심을 부려도 괜찮지 않을까 싶어서 질문을 했지만, 지후는 귀찮다는 분위기를 팍팍 드러냈다.

한 달 전이었다면 지후의 이런 태도가 칼날이 되어 심장에 박혔을 것이다. 하지만 이제는 괜찮다. 찔리고 긁혀 해진 심장은, 이제 이런 일로 반응하지 않는다.

다행이다.

"밤에 잘 못 잔 거야?"

"조용히 좀 해."

지후가 성가시다는 듯 말했다.

"치사하긴."

나루는 입술을 비쭉거리며 벽에 등을 기댔다.

지후가 한 팔로 눈가를 가리고 있어서 다행이었다. 마음껏 그를 지켜볼 수 있으니까. 그에게서 떨어지지 않는 시선을 들키지 않을 수 있으니까.

아무런 대화 없이 그가 자는 모습을 지켜볼 뿐인데도, 시간은 빠르게 흘러갔다.

이만큼이나 그를 사랑했다. 그와 함께하는 시간 1분, 1초가 아쉽게 느껴질 만큼. 흘러가는 시간을 붙들고 싶어질 만큼.

한때는 마음껏 잡을 수 있었던 그의 손을, 마음껏 만질 수 있었던 그의 팔을, 마음껏 안길 수 있었던 그의 품을, 마음껏 기댈 수 있었던 그의 어깨를.

나루는 꼼꼼히 눈으로 훑었다. 모두 내 것이었다. 옛 시간에서는. 내 모든 것이 그의 것이었던 것처럼, 그의 모든 것이 나의 것이었다. 옛 시간에서는.

그의 붉은 입술이 눈에 들어왔다. 키스를 하고 싶었다. 그의 부드럽고 따스한 입술 위에 내 입술을 포개고 싶었다.

'안 돼, 연나루. 안 돼.'

자꾸만 뻗어 나가는 손의 방향을 틀었다. 부드러워 보이는 그의 검은 머리카락 위에서, 나루의 손이 멈췄다.

'이 정도는 괜찮지 않을까?'

그의 머리카락 한 올 살며시 건드리는 정도는, 그가 눈치채지 못하도록 아주 잠깐 만지는 정도는.

'괜찮지 않을까?'

나루의 손가락이 지후의 머리카락을 스치는 순간.

덥석ㅡ!

지후가 나루의 손목을 거세게 낚아챘다.

"꺅!"

생각지 못한 일에 나루는 작게 비명을 질렀다. 그의 눈동자가 나루를 똑바로 응시하고 있었다.

"뭐 하는 거야?"

그가 낮게 가라앉은 음성으로 물었다.

"아, 아니. 나는……."

"잔다고 했잖아, 내가."

"아, 미안해. 깰 줄 몰랐어."

"깨지 않으면 마음대로 건드려도 된다는 말인가, 그건?"

"아니, 그런 게 아니라."

지후가 나루의 손목을 잡은 채로 몸을 일으켰다. 꽉 잡힌 손목이 아팠지만, 그래도 그가 놔주지 않기를 바랐다. 그 접촉이, 사실은 좋았다.

"아니면 너."

지후의 눈동자가 전에 없이 차갑게 빛났다.

"나랑 하고 싶냐?"

"어?"

"나랑 하고 싶어서."

지후가 그대로 나루의 어깨를 밀어 눕혔다. 나루를 덮치는 듯한 자세로 지후는 나루를 내려다보며 말했다.

"계속 자극하는 거냐고."

"하고 싶냐니."

뒤늦게 그 말의 의미를 깨달았다.

심장이 철렁했다.

'얘가 왜 이러지?'

지후의 이런 면은 기억 속에 없다. 그는 결코 감정을 크게 드러내지 않았다. 자신이 아는 민지후는 온화한 봄 햇살 같은 남자였다. 그 어떤 상황에서도 벌컥 화를 내거나 짜증 내는 일이 없는, 죽어 가는 순간에도 "쉿." 한마디에 모든 것을 담아내는.

그런 남자였다.

그런데 어째서 그저 머리카락 좀 건드렸다고 이렇게까지 화를 내는 거지?

"밀폐된 공간에 남자랑 여자랑 단둘이, 할 만한 일이 뭐가 있겠어?"

지후가 차갑게 말하며 상체를 굽혔다. 그의 얼굴이 가까워졌다. 콧등에 지후의 숨결이 닿았다.

"하고 싶냐, 나랑?"

나루는 당황스러워 목소리가 나오지 않았다. 지후 본인보다 지후를 더 잘 안다고 생각했다. 12년이라는 긴 시간 동안 보아 온 지후의 모습 중에, 이러한 모습은 없었다.

감정적이고 거칠고, 그리고.

'하고 싶냐니.'

양아치 같은 언행. 이건 정말이지 지후답지 않았다.

'내가 모르는 모습이 있었던 걸까?'

어쩌면 그럴지도 모른다. 가족들조차도 내 모든 것을 아는 건 아니니까.

지후에게도 나루가 미처 발견하지 못한 모습이 감춰져 있었을지도 모른다. 하지만 이건 갭이 너무 크다.

그럼에도.

'이런 순간까지도 얘가 박력 터진다는 생각이나 하고 있다니. 나는 진짜 못 쓰겠네.'

지후의 새로운 모습이 멋있게만 보였다. 콩깍지도 이런 콩깍지가 없다.

"응."

이윽고 정신을 차린 나루가 대답했다.

"응, 하고 싶어."

이번에는 지후가 당황할 차례였다. 이런 대답이 돌아올 줄은 몰랐는지, 차갑게 굳어 있던 지후의 눈동자가 흔들렸다.

"너랑 하고 싶어. 그럼 이제 해 줄 거야?"

"너…… 내가 뭘 하고 싶다고 한 줄이나 알아?"

"응, 알아. 밀폐된 공간에서 남녀가 단둘이 할 만한 일이 뭐가 있겠어?"

지후가 했던 말을 똑같이 되돌려 주었다. 당황하는 그의 모습을 보자, 나루는 여유를 되찾았다. 지후가 왜 이렇게 그답지 않은 행동을 하는지 깨달았기 때문이다.

'재경이 때문이겠지.'

지후는 재경의 가장 친한 친구였다. 재경은 나루를 향한 마음을 지후에게 터놓았을 것이다. 어쩌면 어제의 고백에 대해서도 알렸을 가능성이 있다. 그래서 이 올곧은 남자는, 이 우직한 남자는 나루와 필요 이상으로 가까워지지 않으려고 노력하는 것이리라.

'이렇게까지 극단적인 방법을 사용하지 않아도 됐는데. 여자를 밀어내는 방법이 이런 것밖에 없는 것도 아니고.'

20살의 지후가 귀여웠다.

내가 사랑했던 남자는, 그리고 지금도 사랑하는 남자는 참으로 귀엽다.

'결국 내가 이런 식으로 나오면 당황할 거면서.'

지후가 이렇게 나온다니, 차라리 잘된 일이었다. 재경이 나루를 사랑한다는 것을 알았으니, 지후는 나루가 어떤 행동을 하든 나루를 사랑하는 일이 없을 것이다.

그는 결코 나를 사랑하지 않으리라.

지끈—

가슴이 아팠다.

'아파도 괜찮아. 그러기 위한 시간이잖아, 이건. 사랑을 받았던 기억을 내가 전부 가지고 있으니까, 괜찮아.'

나루는 고통을 갈무리해 안으로 꾹꾹 밀어 넣고 입을 열었다.

"왜 말이 없어? 너랑 하고 싶다니까? 안 할 거야?"

나루는 옅은 미소를 지으며, 지후의 볼에 살며시 손을 올렸다. 지후가 인상을 찌푸리더니, 볼에 닿은 나루의 손을 잡아 옆으로 내렸다.

"너, 내가 우습냐?"

"우스워하는 것처럼 보이니?"

"너…….."

"아, 조금 우스울 수도 있겠다. 하지도 못할 거면서 강한 척은."

"……."

"친구끼리 머리카락 좀 만진 거 가지고 너무 예민하게 구는 거 아냐? 만지는 거 싫어한다고, 좋게 말해도 알아들어. 이런 연기까지 할 필요 없어."

"아, 그래?"

지후가 나루를 잡고 있던 손에서 힘을 뺐다.

아쉬웠다.

아프지만 그래도 좀 더 잡혀 있고 싶었는데.

'나는 참 미련한 여자구나.'

쓴웃음을 삼키는 나루에게, 지후가 말했다.

"좋게 말해도 알아듣는다니, 좋게 말해 주지. 너, 여기저기 끼부리고 다니지 마. 이 남자, 저 남자한테 잘해 주고 이 남자, 저 남자 몸에 멋대로 손을 대는, 그런 짓 그만둬. 여자애들이 너에 대해서 뭐라고 떠들어 대는지 알아?"

"알아, 그 정도쯤. 하지만 그건 내 잘못은 아닌데."

"잘못이 없더라도 남자들하고만 어울리면 친구 사귀기 힘들어. 여자들이랑도 좀 어울리고, 친구 좀 만들어."

역시 이 남자는.

"나, 걱정해 주는 거니?"

사랑스럽다.

"시끄러. 난 잘 거니까 건드리지 마."

지후가 다시 누워서 팔을 이마 위에 올렸다.

"건드리지 않고 떠드는 건 괜찮아?"

"시끄럽다고 했다."

"동방이 너 혼자 쓰는 곳도 아니잖아."

"내가 먼저 왔어."

"뭐야, 그 초딩 같은 발언은? 동방에 침 발라 놓은 것도 아니고."

"시끄러."

"그러고 보니, 넌 언제 봉사 동아리 가입한 거야? 재경이도 봉사 동아리야?"

"재경이한테 물어보든가."

"비싼 척은. 네가 대답해 주면 큰일 나? 막 하늘이 무너지고 그래?"

"너야말로 입 좀 다물면 하늘이 무너지고 그러냐?"

"응."

"그렇다면 나도 응."

"애 같긴."

"그 말, 그대로 돌려주지."

나루는 눈을 감았다. 그의 옆에 누워 있는 이 순간이 좋았다. 비록 그의 마음이 나를 향하지 않더라도, 이렇게 아주 가끔 그와 단둘이 공유하는 시간이 행복했다.

'그래, 이거면 돼.'

이조차 언젠가는 할 수 없게 되겠지만.

'지금은 이거면 되는 거야.'

5장
네가 있는 시간으로

동아리방 문을 열려던 명진은, 문에 붙은 작은 창문 안으로 보이는 모습에 손을 멈췄다. 아무도 없을 줄 알았던 동아리방에 두 사람이 있었다.

나루와 지후였다. 나루는 바닥에 똑바로 누워서 자고 있고, 지후는 벽에 기대어 앉아 그런 나루를 지켜보고 있었다. 눈을 뗄 수 없다는 듯 나루를 응시하는 지후의 모습에, 숨이 턱 막혀 왔다.

'뭐야, 저건?'

무례한 놈이라고 생각했다. 사람을 앞에 두고 '같은 조 하기 싫어.'라고 말하는, 생각이 짧은 놈이라고 생각했다.

나루에 대한 감정이 좋지 않은 줄 알았는데 아니었나 보다.

보는 사람조차도 당혹스러울 정도로 묵직한 애정이, 지후의 눈동자에 담겨 있었다. 지후의 손이 나루를 향해 뻗어 가다가, 그녀의 머리칼에 닿기 전에 멈췄다. 머뭇거리던 지후는, 그녀의 머리에 손을 대지 않았지만 마치 쓰다듬듯 손을 움직였다.

'뭐 하는 거야, 저게?'

한동안 그렇게 쓰다듬는 척을 하던 지후가 다시 손을 거뒀다.

그리고.

'눈이.'

마주쳤다.

지후가 작은 창문 너머에 있는 명진을 똑바로 응시하고 있었다. 명진은 꼼짝도 할 수 없었다. 시간의 흐름조차 잊은 채, 지후의 눈동자에 사로잡혀 가만히 서 있었다. 이윽고 지후가 천천히 손을 들어 올렸다.

지후는 검지를 입술에 댔고, 명진은 고개를 끄덕였다. 그제야 안심한 듯 지후는 옅은 미소를 짓고, 그 눈동자를 나루에게 고정시켰다. 아주 잠깐 눈을 뗀 시간조차 아깝다는 듯이.

명진은 문손잡이를 놔두고 돌아섰다.

'저 녀석, 나루를 좋아하는 건가? 그럼 어제 그 행동은…….'

　　―나도 나루랑!

재경의 행동이 떠올랐다.

'아, 그런 건가?'

지후와 재경은 친구였다.

'성재경이 나루를 좋아해서 마음을 감추고 있나 보네. 정작 나루는 성재경한테 관심이 없어 보이던데.'

관심은커녕, 나루는 연애나 우정 따위에 신경을 쓸 겨를이 없는 것처럼 보였다.

다른 세상에 사는 사람.

나루는 그런 사람으로 보였다.

어째서인지 나루가 먼저 친근하게 다가오는데도 멀찌감치 떨어져 있는 것처럼 느껴졌다.

'뭐, 나랑은 상관없지. 연나루도 죄 많은 여자로구먼.'

*   *   *

나루는 눈을 떴다.

'여기…… 어디지?'

때가 얼룩진, 낯선 천장이 눈에 들어왔다. 주위를 한 번 둘러본 후에야 동아리방이라는 걸 깨달았다.

'아아, 동방이구나.'

동아리방 구석에는 명진이 벽에 기대어 앉아 만화를 보고 있었다.

'난 얼마나 잔 거지? 그나저나 언제 잠든 거야?'

지후와 대화를 하다가 눈을 감았던 기억은 있는데, 잠이 든 기억이 없었다.

'요새 잘 못 잤었는데.'

이불도, 베개도 없는 동아리방에서 피곤이 싹 가실 정도로 잘 잤다. 그 이유를, 나루는 알고 있었다.

지후 덕분이었다. 그는 늘 나루의 수면제였다. 신경이 예민하고 생각이 많아 잘 자지 못하는 나루이지만, 옆에 지후가 있을 때는 달랐다.

지후와 함께 누우면 눈을 감는 순간 잠이 들곤 했다. 그가 옆에서 부스럭거려도, 기침을 해도 깨지 않았다. 간혹 그가 있어도 잠이 오지 않을 만큼 생각이 많은 날도 있기는 했다. 그럴 때면 지후는 나루의 머리를 쓰다듬으며 작게 노래를 불러 주었다. 유행하는 아이돌의 노래일 때도 있고, 자장가일 때도 있었다.

나루는 그의 나직한 흥얼거림을 듣다 보면, 헝클어진 머릿속이 차분해지며 스르륵 잠이 들곤 했다.

"깼냐?"

명진이 만화책에서 눈을 떼지 않고 물었다.

"응, 깼어."

"넌 동방에서 참 잘도 잔다. 머리만 대면 잠드는 타입인가?"

"그러게. 넌 언제 온 거야?"

"30분쯤 전에."

"나, 많이 잤나?"

"나도 모르지. 수업 땡땡이치고, 잘하는 짓이다."

"너도 치고 있잖아."

"1교시는 들었어."

"그 교수님은 2교시에 출석 부르는데."

"잘 아네."

"응, 난 그동안 수업을 나왔었으니까."

나루는 몸을 일으켰다.

"무슨 만화를 그렇게 봐?"

"SF야. 여자들은 별로 안 좋아할걸. 3교시 시작하겠다. 수업 들을 거?"

"응, 들어야지. 이 교수님은 출석에 예민하거든."

"진짜 잘 아네. 이 학교 한 번 다녀 본 것처럼."

"아하하하. 그럴 리가."

명진은 역시 예리했다.

'말조심해야지.'

그러다가 문득 생각했다.

'굳이 감춰야 할 필요가 있을까? 오히려 내가 과거로 건너왔다는 걸 알리는 게, 윤명진을 살리는 데 도움이 되지 않을까?'

지후를 사랑하지 말아야 했다. 내 사랑을 그에게 알려, 그도 나를 사랑하게 되면, 나와 엮이게 되면, 또다시 죽음이 반복될지도 모르니까.

나를 지키다가 죽은 지후가 또다시 나 때문에 죽게 될지도 모르니까.

　　—너 때문이야! 너만 아니었어도! 네가 우리 지후를 죽인 거
야! 네가 내 동생을 죽였다고!

　지후의 누나인 지연의 절규가 아직도 귀에 생생했다. 맞다. 지
후의 죽음은 나루, 그녀 때문이었다. 그러므로 그녀는 지후의 인
생에 너무 깊이 관여해서는 안 된다. 하지만 명진은 지후와 입장
이 달랐다. 명진의 죽음의 비행기는 나루가 아니었다.

　'오토바이 사고로 죽었지.'

　지후가 나루 때문에 죽은 것처럼, 명진은 오토바이 때문에 죽
었다.

　'내가 이 애의 삶에 끼어든다고 변하는 건 없을 거야. 오히려
가까워져서 오토바이를 멀리하게 만드는 편이 낫지 않을까. 게
다가 명진이는.'

　영혼이 바뀐 것 같다거나, 40대의 영혼이 들어가 있는 것 같다
거나 하는 말을 자주 했다. 그런 걸 보면, 그런 말도 안 되는 상
황을 받아들일 수 있을지도 모르겠다.

　"사실은."

　만화책을 가방에 넣는 명진을 보며 말했다.

　"사실은 그래. 한 번 다녀 본 적이 있어."

　"응? 뭘?"

"이 학교 한 번 다녀 본 것 같다면서. 사실은 한 번 다녀 본 적이 있어. 예전에."

명진이 나루를 응시했다.

"예전에 다녀 본 적이 있다고? 언제?"

"아주 오래전. 12년 전에."

명진이 미간을 좁혔다.

"뭔 소리야, 그게?"

"나 사실, 시간을 돌아왔거든."

"응?"

"32살까지 살았어. 32살에 큰 사건이 벌어졌는데, 정신을 차렸더니 12년 전인 지금으로 돌아와 있는 거야."

"……"

"명진아. 난 시간을 돌아서 이곳으로 왔어."

침묵이 흘렀다.

명진은 인상을 찌푸린 채 나루의 얼굴을 빤히 보고 있었다. 심장이 두근두근 뛰었다.

믿어 줄까? 내 말을?

이윽고 명진의 미간이 부드럽게 풀어지고.

"푸핫!"

명진이 웃음을 터뜨렸다.

"별 이상한 농담을 다하네. 얼른 강의실이나 가자. 수업 늦겠다."

동아리방을 나가는 명진의 뒤를 따라 나가며, 나루는 쓴웃음을 흘렸다.

'그래, 믿어 줄 리가 없지. 이런 허무맹랑한 일을.'

*　　　*　　　*

방에 누워 있던 윤영은 휴대폰의 문자를 몇 번이나 확인했다.

[내일 오전 9시에 버스 터미널에서 만나자.]

한 시간 전에 지후에게서 온 문자였다. 내일 조원들끼리 가평에 가기로 해서 지후가 보낸 문자이지만, 데이트 신청을 받은 것만 같은 기분이 들어 심장이 두근거렸다.

'아, 진짜 싫다.'

이런 기분을 또다시 느끼게 되는 것이 싫었다. 고등학교 1학년 때 처음으로 사귀었던 남자 친구도, 윤영의 짝사랑으로 시작된 관계였다.

그때는 어렸기에, 마음을 감추는 법을 몰랐다. 좋아하는 것을 티 냈고, 먼저 사귀자고 말했고, 그래서 사귀게 되었다. 그놈도 나를 좋아해 주었으면 하는 마음에 헌신적으로 잘했다. 그놈이 잘못을 해도 용서해 줬고, 막 대해도 받아들였고, 다른 여자를 만나다가 걸려도 괜찮다며 웃어 주었다.

—내가 뭘 해도 갠 날 못 떠나. 나한테 푹 빠졌잖아.

어느 날, 그놈이 친구들에게 하는 말을 들었을 때. 가슴 안의
무언가가 뚝 끊겼다. 그래서 이별을 고했는데, 그놈은 잡는 시
늉도 하지 않았다. 산산이 무너진 자존감과 갈기갈기 찢긴 자존
심.

두 번 다시는 남자를 만나지 않으리라, 남자를 좋아하지 않으
리라 결심했다. 특히 잘생겨서 얼굴값 하는 남자는 딱 질색이었
다.

'그런데 난 또 짝사랑을 하고 있네.'

인정하고 싶지 않지만 인정할 수밖에 없었다. 지후를 좋아할
지도 모르겠다고 생각한 이후로, 윤영의 시선은 늘 지후에게 고
정되었다. 그래서 알 수 있었다. 지후의 시선이 어디를 향하고
있는지. 그의 검고 깊은 눈동자는 늘 나루를 향해 있었다.

'아마 그걸 아는 사람은 나밖에 없을 거야. 재경이한테도 말
못 했겠지. 재경이는 지후랑 친한 친구고, 나루 좋아하는 티를
엄청 내니까.'

지후는 친구가 좋아하는 여자를 빼앗고 싶지 않아, 그 마음을
감추고 있는 게 분명했다.

'아, 진짜 짜증 난다.'

나루가 싫었다.

'걔가 뭐가 좋다고.'

두 남자의 마음을, 아니, 이제는 명진까지 더해서 세 남자의
마음을 가지고 노는 나루가 못마땅했다.

'행동을 좀 똑바로 할 것이지. 그렇게 미적지근하게 행동하니
까 다들 마음을 정리하지 못하고 나루한테 매달리는 거잖아.'

정말 싫다, 연나루.

그런 생각을 하고 있을 때 휴대폰이 울렸다. 지후일까 싶어 황
급히 전화를 받았다.

"여보세요?"

[우와, 전화 진짜 빨리 받네.]

선미였다.

"응, 휴대폰으로 뭣 좀 하고 있었거든."

[나 지금 학교 앞 주점인데, 술이나 한잔하자.]

나가고 싶지 않았지만, 친구들과의 관계가 나빠지는 건 싫었
다. 지금 나가지 않으면 뒤에서 엄청 욕을 해댈 것이다.

"알겠어, 어딘데?"

선미와 늘 붙어 다니는 지영이 함께 있을 줄 알았는데, 선미는
혼자서 윤영을 기다리고 있었다.

테이블에 메뉴판만 덩그러니 있는 걸 보니, 선미도 온 지 얼마
안 된 것 같았다.

"뭐 먹을래? 너 먹고 싶은 거로 시키려고, 안 시키고 기다리고

있었어."

선미가 싹싹하게 말했다.

'애가 왜 이러지?'

윤영은 이상하게 생각하면서도 메뉴판을 들여다봤다.

"간단하게 오뎅탕이랑 소주 먹자. 너도 소주지?"

"응, 소주 좋아."

점원에게 주문을 하자마자 선미가 몸을 앞으로 기울였다.

"내일 가평 갈 준비 다 했어?"

"아니, 아직."

"기대된다. 이렇게 적은 인원으로 놀러 가는 건 처음이잖아."

"그래?"

사실은 윤영도 기대가 되었지만 심드렁한 척 대답했다.

"그러고 보니, 지영이는? 같이 있을 줄 알았는데."

"아, 지영이. 걔는 오늘 남친 만난다더라고."

"아아. 꽤 오래 사귀었다고 들었는데."

"응, 그렇다더라. 그런데……."

선미가 윤영의 눈치를 보다가 말을 이었다.

"지영이 걔 좀 웃기지 않아?"

"응? 뭐가?"

"걔, 남친 있는데도 재경이 좋아하잖아."

"아, 그거."

지영도 재경을 좋아하는 무리 중 한 명이었다. 남자 친구가 있어서 대놓고 티를 내지는 못하는 것 같지만, 알 만한 사람은 다들 알고 있었다.

"재경이가 좋으면 남친이랑 정리를 하든가 해야지. 보험처럼 남친은 옆에 놔두고 재경이한테는 추파 던지고. 진짜 좀 그래."

"으응, 그러게."

'그럼 그런 이야기를 지영이한테 해 보든가.'

라는 말을 할 수는 없었다.

그런 말을 했다가는, 지금 지영에 대해 뒷말을 하는 것처럼 윤영에 대한 뒷말도 하게 될 테니까.

아직은 대학 생활에 익숙해지지도 않았고, 견고한 무리를 형성하지도 못했는데, 뒷담화의 소재가 되고 싶지는 않았다. 옳은 말을 하는 건, 어느 정도 나의 위치를 다져 둔 후가 좋았다.

선미가 지영에 대한 험담을 하는 동안, 안주와 소주가 나왔다. 윤영은 소주를 따서 선미의 잔에 따라 주고, 자신의 잔에도 따랐다.

"자, 우선 짠이나 하자."

대화의 주제를 바꾸고 싶었다. 소주를 입에 털어 넣자마자 윤영이 말했다.

"이제 곧 중간고사라서 도서관에 사람 많은 것 같더라. 도서관 가 본 적 있어?"

"아직. 다음 주부터는 나도 중간 준비해야지. 아, 그런데 있잖아. 이번에 가평 가면 하루 자고 오잖아."

"응."

"나 좀 도와주라."

"응?"

"나, 이번에 재경이랑 잘해 보고 싶거든."

'이 말 하려고 부른 거구나.'

이제야 선미가 따로 불러낸 이유를 깨달았다.

"도와 달라니. 뭘 어떻게?"

"그걸 나도 모르겠어. 어떻게 해야 재경이가 날 봐 줄까? 나 같은 여자애들, 주위에 진짜 많겠지?"

"그렇겠지. 선배들도 재경이 보려고 강의실 근처에 올 정도니까."

"하아. 게다가 재경이, 나루를 좋아하는 것 같던데."

"응, 그렇더라."

"나루는 어떤 것 같아? 걔도 재경이한테 마음이 있을까?"

"글쎄. 그런 것 같지는 않던데. 재경이가 같이 하자고 했는데도 싫다고 했잖아."

"아, 맞다. 그랬지. 그런데 재경이는 대체 왜 나루 같은 애를 좋아하는 거지? 나루, 좀 이상하지 않아?"

선미가 손가락으로 관자놀이를 톡톡 두드리며 말했다.

"그런가?"

"걔, 되게 4차원인 척하잖아. 저번엔 선글라스 쓰고 강의 들으러 오고. 난 그런 식으로 눈에 띄고 싶어 하는 애는 진짜 싫은데 남자애들은 그렇지도 않은가 봐."

"뭐, 예쁘게 생기기는 했으니까."

"예쁜 걸로 따지면 네가 더 예쁘지. 넌 딱 남자들이 좋아할 타입이잖아. 작고 예쁘고. 하아. 나도 너처럼 생겼으면 좋겠다."

"뭐야, 갑자기. 지금 칭찬 타임이야?"

"아니, 진짜로. 오티 때부터 예쁘다고 생각했었어. 나도 작고 귀엽게 생기고 싶었는데."

진심이 담긴 선미의 말에, 윤영은 우쭐해졌다.

"아냐, 너도 예뻐. 그리고 난 그냥 키가 작아서 그렇게 보이는 거야. 난 키 큰 사람이 부럽던데."

윤영은 마음에도 없는 소리를 진심처럼 늘어놓았다.

"키 큰 사람이 뭐가 부러워. 조금만 살쪄도 뚱뚱해 보이고, 떡 대 있어 보인다는 소리를 듣는데."

"그래도 선미 너는 늘씬하잖아. 옷발 잘 받고. 그래서 부러운 데."

주고받는 칭찬 속에 우정이 싹텄다.

윤영은 슬슬 대화를 마무리 지어야겠다고 생각했다. 내일 좋은 상태로 여행을 가고 싶었다. 지후와 단둘이 가는 건 아니지만, 함께 가는 첫 여행이니까.

"아무튼 나루는 윤명진인가? 걔랑 친한 것 같으니까, 아마 걔랑 붙어 다닐 것 같은데. 내가 지후랑 어떻게든 같이 다녀 보도록 할게."

"정말? 도와줄 거야?"

"응, 친구 좋다는 게 뭐야. 힘닿는 데까지 해 볼게."

기뻐하는 선미를 보며 윤영은 생각했다.

'이건 내가 지후랑 어떻게 해 보려고 하는 게 아니야. 선미를 도와주기 위해서인 거지.'

하지만 내일 지후와 함께할 시간을 떠올리자 가슴이 설레는 것까지는 막을 수 없었다.

내일의 가평행이 기다려졌다.

*   *   *

지후를 잃은 후 늘 그랬듯 오늘도 악몽을 꾸었다. 내용은 잘 기억나지 않지만 악몽을 꾸고 나면 온몸이 찌뿌드드하고 기분이 가라앉았다.

나루는 침대에서 내려와 창문을 열었다. 기다렸다는 듯 불어오는 봄바람이 선선하고 신선했다.

'날씨 좋구나.'

오늘은 가평에 가는 날이다. 어떤 사건이 벌어질지 짐작조차 할 수 없었다. 옛 시간으로 돌아왔지만 기억나는 것도 별로 없고, 나루의 기억과 다르게 흘러가는 일들이 너무 많았다.

전에는 가평 표본 채집 여행 때 물에 젖은 나루를 보고 지후가 반했을지도 모른다고 추측했었다. 하지만 이제 와서 생각해 보면 바보 같은 추측이었다. 현재 지후는 나루를 성가셔하고 있고, 그런 상황에서 물에 빠진 나루를 본다고 갑자기 좋은 감정을 품을 리 없었다. 사람 귀찮게 만드는, 덜떨어진 여자라고 생각하지나 않으면 다행이다.

'어차피 상황은 내가 원하는 대로 돌아가고 있어. 지후는 나를 귀찮아하잖아. 이대로만 행동하면 되겠지. 우선은 가평 여행을 즐기자. 흘러가는 대로 내버려 뒀다가 중요한 순간에만 잘 대처하면 될 거야.'

매일 아침 눈을 뜰 때마다 하는 각오를 다지고, 욕실로 들어갔다. 씻고 나와서 대충 짐을 챙기고 있는데 초인종이 울렸다.

재경이었다.

"같이 가자, 터미널까지."

"응, 잠깐만 들어와. 나 아직 짐을 다 못 챙겨서."

"아, 그래도 돼?"

"응, 왜?"

"아니, 그래도 여자 혼자 사는 집인데."

"저번에는 막 밀고 들어오더니."

나루가 몸을 돌려 안으로 들어가며 말했다.

"아니, 그때는 뭐 그냥."

재경은 우물쭈물하며 대답했고, 안으로 들어오지는 않았다. 현관문 근처를 서성이며 기다리는 재경이 귀여웠다.

'내 친구들은 어릴 때 귀여웠구나.'

그때는 몰랐는데, 이렇게 나이가 들고 보니 행동 하나하나에 어린 티가 묻어 나온다. 20살은 아이와 어른의 중간에 서 있는 나이. 이 시기에 즐거움과 아픔과 사랑과 이별을 경험하며 조금씩 성장하는 것이리라.

나루는 이런저런 생각을 하며 짐을 다 챙기고 나왔다. 빌라를 벗어나 전철역을 향해 걸어가는 중에, 재경이 입을 열었다.

"왜 안 물어봐?"

"응? 뭘?"

"지후, 왜 같이 안 가냐고."

재경이 이런 걸 물어볼 줄은 몰랐다. 나루는 재경을 돌아봤다. 언제부터였을까. 재경은 나루를 보고 있었다. 재경의 연갈색 눈동자가 심각한 빛을 띠고 있었다.

"그런 걸 물어봐야 하는 거였어?"

"꼭 그런 건 아니지만."

"너, 나 좋아하잖아."

"응."

"지후한테도 말했을 거 아냐."

"응."

"그럼 지후는 널 위해서 자리를 비켜 줬겠지. 나랑 둘이 가라고."

나루의 대답에 재경이 얼굴을 붉히며 슬그머니 시선을 돌렸다.

"응."

"내가 지후한테 관심이 있는 것처럼 보이니?"

"응."

재경의 대답에 나루는 가슴이 철렁했다. 드러내지 않았다고 생각했는데 아니었나 보다. 그를 향한 사랑이 깊고 커서, 전부 감추지 못한 모양이다.

"왜 그렇게 보일까?"

나루는 당혹감을 감추고 말했다.

"그러게. 왜 그렇게 보일까."

재경의 음성에 쓴맛이 묻어 나왔다.

전철역을 향해 걸어가는 내내, 두 사람 사이에는 침묵이 흘렀다.

"재경아, 나루야."

전철역 근처에서 윤영을 마주치지 않았더라면, 전철에서 계속 어색한 분위기가 흐를 뻔했다.

나루는 걸음을 멈추고 뒤를 돌아봤다. 윤영은 커다란 가방을 등에 메고 나루와 재경을 향해 손을 흔들었다. 자그마한 체구의 윤영이 커다란 가방을 멘 모습은, 소풍을 가는 유치원생처럼 귀여웠다.

이 시간의 윤영이 나를 싫어하더라도, 나루는 여전히 윤영이 좋았다.

"아, 혼자 가기 심심했었는데 마침 잘 만났다."

윤영이 웃으며 다가왔다. 며칠 전, 날 선 말투로 나루를 꼬집었던 적이 없다는 듯한 태도였다. 나루도 굳이 그 일을 끄집어내고 싶지 않았기에, 웃으며 대답했다.

"그러게. 혼자 갔어야 했던 거면 진작 연락하지."

"괜히 내가 너네 셋 사이에 끼어드는 것 같아서. 자취 멤버들, 셋만 뭉쳐 다니기로 유명하잖아."

"에이, 그렇지도 않아."

"여기서 터미널까지 40분 정도면 가겠지? 늦으면 안 되는데."

전철역 계단을 내려가면서 대화를 나누는 동안, 윤영은 지후에 대한 이야기를 꺼내지 않았다. 그제야 나루는 자신이 지후에 대해 언급하지 않는 게 오히려 의식하는 것처럼 보일 수 있다는 것을 깨달았다.

재경과 늘 붙어 다니는 지후에 대해 묻지 않는 건, 오히려 자연스럽지가 않았다. 의식하는 듯이 보였다.

'윤영이는 지후한테 관심이 있으니까…… 아마 아까의 나도 그렇게 보였겠지.'

재경이 왜 지후에 대해 묻지 않느냐고 했을 때, 적절한 대답을 할 수 있어서 다행이었다.

이런저런 대화를 하다 보니 어느새 터미널에 도착했다. 터미널 앞에는 먼저 도착한 지후와 선미가 캔 커피를 마시며 기다리고 있었다.

"이제 명진이만 오면 되나?"

"걔는 학교도 잘 안 나오더니 오늘도 늦네."

"아직 약속 시간은 안 됐으니까. 곧 오겠지."

그 말을 기다렸다는 듯.

부아아앙—!

시끄러운 오토바이 엔진음이 들려왔다. 몇 대의 차를 추월한 오토바이가 일행들의 앞에 멈췄다. 꽁무니가 올라간, 멋스러운 오토바이었다. 파란색 불꽃무늬가 들어간 헬멧을 벗자 명진의 얼굴이 드러났다.

나루가 이 시간에서 오토바이를 탄 명진을 실제로 보는 건 처음이었다. 심장이 덜컥 내려앉았다.

애가, 애가. 위험하게.

"여어. 다들 일찍 왔네. 내가 제일 빨리 도착할 줄 알았는데."

남의 속도 모르고 명진은 유쾌하게 인사했다. 나루는 눈을 크게 뜨고 명진을 노려보고 있었다. 나루의 시선을 느낀 듯 명진이 물었다.

"왜 그렇게 봐? 오토바이, 타 보고 싶냐?"

"윤명진, 너. 나중에 나랑 얘기 좀 하자."

"뭐야, 갑자기? 엄마가 이따 집에 가서 보자고 말하는 줄 알았네."

"집에 갈 것도 없어. 이따 버스에서 얘기 좀 해."

"뭐야. 나, 너랑 앉아야 돼? 지후랑 앉지그래?"

명진의 말에 윤영이 움찔했다.

"내가 왜 지후랑 앉아? 너랑 짝인데."

"그 짝짝꿍, 아직도 유효한 거였냐? 표본 채집 끝났으니까 이제 안 해도 되는 거잖아."

"나랑 앉는 게 그렇게 싫어?"

"아니, 싫다는 말이 아니라. 무서우니까 그렇지. 좀 전에 진짜 우리 엄마 같았단 말이야."

"아무튼 이따 얘기 좀 해."

"무서워 죽겠네, 진짜."

명진이 툴툴거리며 다시 헬멧을 썼다.

"이것 좀 세워 두고 올게. 안에들 들어가서 기다려."

부와아아아앙―!

오토바이가 떠난 후, 나루 일행은 터미널 안으로 들어갔다. 재경과 지후가 버스표를 사기 위해 줄을 서는 동안, 선미는 윤영에게 팔짱을 끼었다.

"우리, 화장실 가자."

바로 옆에 나루가 있는데도, 선미는 나루에게는 제안하지 않았다. 오히려 윤영이 나루를 돌아봤다.

"나루야, 넌 화장실 안 가?"

"응, 난 괜찮아. 다녀들 와."

선미에게 이끌려 화장실로 향하며, 윤영은 뒤를 돌아봤다. 나루는 사람 많은 터미널 한복판에 우두커니 서 있었다.

지후에게도, 재경에게도 관심을 받는 나루가 얄밉고 싫었다.

윤영은 나루를 질투하면서도 그냥 내버려 둘 수 없다는 마음이
드는 게 이상했다.

나루는 분명 이곳에 있는데, 어째서인지 다른 공간에 있는 것
처럼 보였다. 자칫 잘못하면 사라락 흩어져 사라질, 아주 위태로
운 공간.

"나루는 명진이랑 앉을 것 같지?"

선미의 목소리에 정신을 차렸다.

"아, 응. 그렇더라."

"아까 나루 쟤가 하는 말 들었어? 명진이한테 나중에 얘기 좀
하자고 막 그랬잖아. 진짜 꼴 보기 싫어."

애는 왜 이렇게 나루를 꼴 보기 싫어하는 걸까? 그 정도는 아
니었는데.

나루가 혼자 서 있는 모습을 봐서일까. 지금 윤영은 나루의
뒷담화를 듣고 싶지 않았다.

"갈 때 재경이랑 같이 앉아서 가고 싶은 거지?"

윤영은 대화의 주제를 바꿨다.

"응. 안 그래도 그 얘기 하려고 했는데. 재경이랑 지후랑 너무
딱 붙어서 다녀. 끼어들 틈이 없네. 넌 오늘 재경이랑 같이 와서
좋겠다. 나도 거기서 출발할걸."

"그러게. 어쩌다 보니 재경이랑 마주쳤어."

재경이 나루와 함께였다는 말은 하지 않았다. 그 얘기를 하면
선미는 또다시 나루를 욕할 것이다.

"아무튼 내가 어떻게든 지후랑 재경이 떨어뜨려 놓을게. 버스 타기 직전에 지후 잠깐 부르면 되겠지. 그때 네가 재경이 옆자리에 앉아."

윤영의 말이 끝나기가 무섭게, 선미가 윤영의 손을 덥석 잡았다.

"윤영아, 넌 진짜 좋은 애야. 얼굴도 예쁘고 성격도 좋고. 최고야, 정말. 우리 친하게 지내자."

"응응, 그래."

이야기를 끝내고 화장실에서 나오던 선미와 윤영은, 마침 오토바이를 주차하고 걸어오던 명진과 마주쳤다. 명진은 예의 그 날카로운 눈으로 선미와 윤영을 빤히 응시하다가 입술 끝을 비틀어 올렸다.

"나쁜 짓을 꾸미는 표정들인데."

윤영은 철렁했지만 곧 표정을 갈무리했다.

"나쁜 짓이라니. 시원하게 볼일 보고 나오는 사람한테."

"너네 너무 티 나게 나루를 따돌리는 거 아니냐? 어린애도 아니고."

"따돌리는 거 아니거든. 우리가 가자고 했는데 나루가 싫다고 했어."

이번에는 선미가 대답했다.

'우리'가 아니라 '내가'지.

윤영은 선미의 말을 고쳐 주고 싶었지만 참았다. 그때 저 멀리에 있던 나루가 명진을 발견했다.

"야, 윤명진! 너, 이리로 와."

나루가 손을 번쩍 들고 말했다.

"하아. 연나루, 진짜 무서워 죽겠네."

명진은 볼멘소리를 내며 나루를 향해 빠른 걸음으로 걸어갔다. 투덜거리는 말과는 달리 행동을 보면 명진은 나루가 싫지 않은 것 같았다.

윤영은 나루가 신기했다. 바보가 아닌 이상, 여자들이 자기를 싫어한다는 것쯤은 눈치챘을 것이다. 싫어하는 이유가 남자들과 어울리기 때문이라는 것도. 보통 그런 걸 알게 되면 눈치를 볼 법도 한데, 나루는 그런 기미가 전혀 없었다. 남들이 자신을 뭐라고 욕하든, 조금도 신경 쓰지 않는 것 같았다.

'나였다면 저런 식으로 행동 못 할 텐데.'

잘 모르는 사람들은 윤영이 화끈한 성격이라고들 생각하지만, 사실은 그렇지 않았다. 윤영은 내성적이고 소심했다. 단지 그런 자신의 모습이 싫어서 그렇게 보이지 않으려고 무리하고 있을 뿐이었다.

버스가 출발하는 시간이 될 때까지, 재경과 지후는 계속 붙어 있었다.

나루와 명진이 먼저 버스를 타고, 그 다음에 재경이 버스에 올랐다. 그 뒤를 따라 타려는 지후를, 윤영이 불렀다.

"지후야."

심장이 쿵쿵 뛰었다.

"어?"

지후가 걸음을 멈추고 윤영을 돌아봤다. 햇빛이 지후의 검은 머리카락 위에서 부서지는 것을, 윤영은 아찔한 기분으로 응시했다. 심장이 더 격하게 뛰어서, 지후에게 들리지 않을까 걱정이었다.

"너 혹시."

입을 열며 선미의 옆구리를 슬쩍 찔렀다. 선미가 황급히 지후를 지나쳐 버스를 탔다.

"어, 그러니까. 그…… 물티슈 있어?"

"없는데."

"아, 그래? 아까 편의점 가서 하나 사 올걸."

"재경이 있을 거야."

"아, 그렇구나. 다행이다. 우리도 타자."

"어. 먼저 타라."

다행히 지후는 이상하게 생각하지 않는 것 같았다. 버스에 올라 보니, 선미가 의도한 대로 재경의 옆자리를 차지해서 앉아 있었다.

나루와 명진은 앞쪽 좌석이었다.

"지후, 이리로 와."

선미가 옆에 앉아 있는데도, 재경은 손을 들어 지후를 불렀다. 선미의 표정이 일그러졌다.

"그냥 그렇게 앉아. 우린 여기 앉자."

지후가 옆을 가리키며, 윤영에게 말했다. 그의 목소리가 만들어 낸 '우리'라는 단어가 몹시도 듣기 좋았다.

윤영은 한결 기분이 좋아진 것을 느끼며 지후가 가리킨 자리에 앉았다. 재경도 더 이상 말했다가는 선미가 기분이 상할 거라고 생각한 듯, 지후에게 오라는 말을 하지 않았다.

"아, 네가 창가에 앉을래?"

윤영이 물었다. 지후는 이미 옆자리에 앉아 좌석에 머리를 기대고 눈을 감고 있었다.

"아니. 잔다."

차가운 대답에, 좋았던 기분이 순식간에 식었다. 팔짱을 끼고 눈을 감은 지후는, 온몸으로 거부를 표현하고 있었다.

나한테 말 걸지 마. 여기에 앉기는 했지만 너와 대화하고 싶은 건 아니니까.

지후의 커다란 몸은 그렇게 말하고 있었다.

'만약 나루가 옆에 앉았더라도 지후가 이렇게 행동했을까?'

불현듯 며칠 전 밤거리에서 보았던 영상이 떠올랐다. 걸어가는 나루와 그 뒤를 따라 걷는 지후. 단둘만의 세계에 있는 듯한, 영화의 한 장면 같은 그 모습이 생생했다.

'절대 이렇게 행동하지 않았겠지.'

*   *   *

명진이 인상을 찌푸렸다.

"뭐라고?"

"오토바이, 그거 타지 말라고."

"하? 대체 왜?"

"위험하잖아."

"위험할 수 있지. 그런데 그걸 왜 네가 신경 쓰는데?"

"그거야."

순간, 나루의 눈동자가 일렁 흔들렸다. 명진은 누군가 자신의 삶을 터치하는 걸 무척 싫어했다. 헤어스타일도, 오토바이도 지적받고 싶지 않았다. 그래서 나루의 지적에 날카롭게 반응했는데, 일렁이는 그녀의 눈동자를 보자마자 후회했다.

"네가 다치는 거 싫어."

나루가 명진과 눈을 똑바로 맞추고 말했다. 그 선명하고 커다란 눈동자가 확 덮쳐오는 것만 같아서, 명진은 저도 모르게 몸을 뒤로 뺐다.

"다치긴. 나, 꽤 조심해서 타거든."

"아까 보니까 조심하는 것 같지도 않더라. 다른 차들 막 추월하고."

"그러려고 오토바이를 타는 건데."

"위험하잖아. 작은 사고가 나도 크게 다치는 게 오토바이야."

"알아, 알아. 그래서 보험도 잘 들어 놨어. 나 죽으면 우리 가족 부자 될걸."

"윤명진."

나루가 명진의 팔뚝을 꽉 잡아 눌렀다.

"너, 그런 소리 하지 마. 그렇게 해서 보험금이 나온다고, 네 가족들이 좋아할 것 같아?"

"아니, 웃자고 한 소리에 왜 그렇게 진지해?"

"안 웃겨, 그런 말. 하나도 안 웃겨."

나루의 음성은 절박했고, 명진은 그걸 이해할 수가 없었다. 아직 사고가 난 것도 아닌데, 그 비슷한 일이 벌어진 것도 아닌데. 이 여자는 왜 이렇게 예민하게 반응하는 걸까?

"너, 혹시 주위에 누가 오토바이 사고라도 난 적 있냐?"

혹시나 싶어 물었더니, 나루의 표정이 어두워졌다.

"응, 있어. 아는 사람이, 오토바이 사고로 죽었어."

"아아, 그래서 이러는 거야?"

나루는 대답하지 않고 명진을 빤히 응시했다. 조금도 흔들리지 않는 그녀의 눈동자를 가까이에서 보고 있노라니 기분이 이상해졌다.

"저기, 그런 식으로 보지 좀 말아 줄래?"

"명진아. 부탁이야. 오토바이, 앞으로는 타지 마."

이렇게 몰아붙인다고 될 일이 아니라는 것을, 나루는 알고 있었다. 죽음이라는 것을 이렇게 쉬운 방법으로 물릴 수는 없을 것이다.

아니나 다를까. 난처한 표정으로 나루의 시선을 받던 명진이 말했다.

"걱정해 주는 건 고마운데, 오토바이 타는 건 내 취미야. 앞으로 더 조심해서 탈게. 그걸로 합의 보자."

여기서 더 말해 봐야 명진은 들어주지 않을 것이다.

"그래, 알겠어. 정말로 조심해서 타야 돼. 차들 추월하지 말고."

"그래, 그래."

건성으로 대꾸하는 명진을 가만히 응시하다가, 창밖으로 시선을 옮겼다. 가평행 고속버스는 빠르게 달려가고 있었다. 차창으로 넘어가는 길이 눈에 익었다.

'옛날에 가평에 참 자주 갔었는데.'

MT도 가평으로, 친구들과 1박 여행도 가평으로, 그리고 지후와 사귄 후에도 종종 가평으로 여행을 갔었다.

—이러고 있으니까 대학 때로 돌아온 것 같다.

대학 시절 친구들과 갔었던 펜션을 빌려 하루를 보내며, 그런 이야기를 도란도란 나눴다. 그의 팔을 베고 이야기했던 시간이, 그러다가 문득 생각났다는 듯 입맞춤을 했던 시간이 그리웠다. 계속 그런 생각을 하면 눈물이 날 것 같아서, 나루는 눈을 감았다.

'잠이나 자자. 지후가 근처에 있으니까 잘 수 있겠지.'

생각대로, 나루는 곧바로 잠이 들었다. 흔들흔들, 버스의 흔들림에 따라 움직이는 나루를, 명진은 흘끗 돌아봤다. 둥그스름한 이마 아래로 그림처럼 이어지는 콧날, 긴 속눈썹과 붉은 입술이 무척이나 예뻤다.

'얘는 입만 다물고 있으면 진짜 예쁜데.'

동그란 눈 안에서 빛나던 검은 눈동자가 선명하게 떠올랐다.

'오토바이를 타지 말라고?'

오토바이 위험해, 라고 말하는 사람들은 종종 있지만, 이렇게 직접적으로 단호하게 오토바이를 타지 말라고 말하는 사람은 처음이었다. 명진의 성격을 아는 명진의 가족들도 그런 말을 하지 않았다.

'진짜 엄마 같네.'

나루의 걱정을 받는 것이 싫지는 않았다.

다만.

'좀 이상해.'

과하다.

주위에 오토바이 사고로 죽은 사람이 있다고 해도, 나루의 행동은 과했다.

'나랑 그렇게 친한 사이도 아닌데.'

명진을 응시하는 나루의 눈동자에는 짙은 걱정이 담겨 있었다. 그저 아는 사람을 향한 우려의 마음 정도가 아니었다.

'진짜 특이하다니까, 애는.'

뭐가 특이하냐고 물으면 콕 집어 말하기는 어렵지만, 나루 같은 여자는 처음이었다.

'아니, 여자뿐 아니라 남자들까지 포함해서도. 이런 애는 진짜 처음 보네. 세상은 넓고 기이한 사람은 많구나.'

*   *   *

버스에서 내려 찌뿌드드한 몸을 풀고 있는데, 어깨에 메고 있던 가방이 가벼워졌다.

돌아보니 재경이 나루의 가방 손잡이를 들고 있었다.

"내가 들어 줄게."

"아냐, 다들 짐도 많은데."

"들어 줄게."

더 거절하면 재경이 민망할 것 같아서 나루는 고개를 끄덕였다. 따가운 시선이 느껴져서 돌아보니, 선미가 나루를 노려보고 있었다. 노골적으로 감정을 드러내는 모습에 웃음이 나왔다.

'순진들 하구나.'

나루는 오히려 환하게 웃으며 선미를 향해 손을 흔들었다. 선미는 당황한 듯 눈을 크게 떴다가 인상을 찌푸리고는 고개를 옆으로 돌렸다.

펜션에서 차를 끌고 마중을 나와 있었다. 그 봉고차를 타고 펜션으로 향했다. 차는 큰길을 가다가 좁고 울퉁불퉁한 길로 들어섰다.

'눈에 익네.'

흔들리는 차 안에서 차창밖의 풍경을 구경할 때만 해도 나루는 깨닫지 못했다. 곧 도착할 펜션이, 옛 시간에서 지후와 함께 종종 놀러가곤 했던 펜션이라는 것을.

차에서 내려 펜션 앞에 섰을 때에야, 나루는 그 사실을 깨달았다. 파란 지붕에 하얀 벽면, 넓은 마당과 구석에 있는 낡은 개집, 그 앞에서 꼬리를 흔드는 백구. 기억 속의 광경 그대로였다.

나루는 얼어붙은 듯 꼼짝도 하지 못하고 서서 펜션을 응시했다.

"재경아, 펜션 진짜 좋다. 예약하느라 고생했어."

선미가 재경에게 건네는 애교스러운 목소리도, 나루의 귀에는 들려오지 않았다.

나루는 그저 멍하니, 추억 어린 그 정경을 눈에 담았다.

―여기 욕조 있을까? 욕조 있는 곳이 좋은데.

―있을걸.

―밤에 물 받아 놓고 반신욕 해야지. 아, 목욕 소금 챙겨올걸.

―여자들은 여행 갈 때마다 뭘 그렇게 많이 챙기는 거야? 우리 누나도 엄청 챙기던데. 남들이 보면 이민 가는 줄 알겠

다.

—여자들은 준비할 것도, 챙길 것도 많답니다.

바로 이곳, 이 자리에 지후와 나란히 서서 그런 대화를 나눴었다. 낯선 사람의 모습에 백구는 짖어댔다. 바로 지금처럼.

왈왈왈—!

개 짖는 소리에, 나루의 생각은 과거에서 벗어나 현재로 돌아왔다. 옆에서 명진이 놀란 눈으로 나루를 보고 있었다.

"왜?"

"너, 왜 울어?"

"어?"

"왜 갑자기 울고 그래?"

그제야 눈물을 흘렸다는 걸 자각했다.

나루는 손등으로 볼을 쓱 닦아 냈다.

언제부터 눈물을 흘린 걸까? 혹시 지후가 이 모습을 봤을까?

표정을 갈무리하고 나루는 지후를 찾아 고개를 돌렸다. 지후는 윤영과 마주 보고 서서 대화를 나누고 있었다. 그 모습을 봐도 이제는 가슴이 아프지 않았다. 그저 내가 우는 모습을 들키지 않아서 다행이라는 생각뿐이었다.

"옛날 생각이 나서."

"옛날 생각? 뭐, 안 좋은 일이라도 있었냐?"

"그냥 좀. 괜찮아."

나루는 걱정스러운 눈으로 쳐다보는 명진을 향해 애써 미소를 지어 보였다.

재경과 선미가 펜션 안으로 들어가고 있었다. 지후와 윤영도 그 뒤를 따라 들어갔지만, 나루와 명진은 그대로 펜션 앞에 남아 있었다.

"들어가 봐."

나루는 혼자서 감정을 갈무리할 시간이 필요했다.

"우는 애를 어떻게 두고 들어가?"

"아하하하. 나, 애 아니거든."

"뭐가 됐든."

나루는 왈왈 짖고 있는 백구 앞으로 향했다. 사람이 가까이 오자 백구가 짖는 걸 관두고 벌러덩 드러누웠다.

나루는 그 옆에 쭈그리고 앉아 백구의 배를 쓰다듬었다.

"옛날에 여기에 좋아하는 사람이랑 같이 왔었어."

"흐응."

명진이 나루의 옆에 앉았다.

"이제는 같이 올 수가 없게 돼서 눈물이 났나 봐."

"헤어진 거야?"

"헤어졌다고 해야 할까?"

헤어진 거라면 차라리 나았다. 적어도 그의 기억 속에 나와의 추억은 남아 있을 테니까. 사랑하는 이가 나와의 추억을 조금도 기억하지 못하는 건, 이별보다 슬픈 일이었다.

"아무튼 대단한 일 때문에 운 건 아냐. 괜찮아, 나는."

나루는 자신을 위로하듯 말했다. 명진이 나루를 가만히 응시하다가 입을 열었다.

"소리 내서 절규하는 것보다 소리 없는 눈물이 더 슬픈 법이야. 괜찮을 리가 없잖아. 우는 걸 자각하지도 못하고 울게 되는 상황이."

"너는 의외로 섬세하구나."

"왜? 머리를 이러고 다니니까 한없이 가벼워 보이냐?"

명진이 자신의 레게 머리를 가리키며 말했다.

"응. 그래 보여, 솔직히."

"너무 솔직하게 대답하니까 화가 나지도 않네."

"고마워, 명진아."

"뭐가?"

"옆에 있어 줘서."

"……"

"네가 그냥 들어가 버렸으면 조금 더 울었을지도 모르겠어. 그런데 지금은 진짜로 괜찮아."

새로운 사람과 새로운 추억들이 하나, 하나 쌓이고 있었다. 옛 시간에 집착하기에 이 시간이 고독한 것이다. 옛 시간을 지우고 이 시간에 집중하면, 내 곁에 아무도 없는 것이 아니라는 걸 알게 된다. 바로 지금처럼.

진심으로 걱정을 해 주는 친구가 생겼다. 옛 시간에서는 없었던 친구였다.

나루는 일어나며 말했다.

"우리도 들어가자. 배고파."

*　　*　　*

펜션 안으로 들어갔더니, 짐 정리가 다 끝났고 지후는 점심을 준비하고 있었다.

나루가 주방에 서서 요리를 하는 그의 뒷모습을 눈부시다는 듯 지켜보다가 들어가려는데, 윤영이 말했다.

"이야, 민지후. 요리도 할 줄 알아? 멋지다."

"우리 지후, 멋지지. 지후는 최고의 신붓감이야."

재경이 우쭐해 하며 말했다.

"그래, 최고의 신붓감이지."

지후가 적당히 대꾸했다.

"그럼 나한테 시집와. 내가 잘해 줄게. 몸만 와."

윤영의 말에 지후가 피식 웃었다.

"나 먹여 살리기 힘들 텐데."

"걱정 마. 너 하나 먹여 살릴 능력은 될 테니까."

"그럼 고려해 보지."

"뭐야, 두 사람. 이러다가 진짜로 결혼하는 거 아냐?"

선미의 말에 윤영이 아하하 웃었다.

"그럴 리가. 장난이지, 장난."

나루는 그저 장난이 아니라는 걸 알고 있었다. 평소보다 한 톤 높은 윤영의 목소리에, 농담인 척 넘기려 한다는 걸 알 수 있었다. 아마도 속으로는 상당히 긴장하고 있을 것이다.

'괜찮아. 괜찮아.'

윤영은 좋은 친구였다.

'지후의 상대가 윤영이라면 그보다 더 좋을 수는 없지. 윤영이는 의리도 있고, 착하고, 남을 잘 배려하니까. 아예 모르는 여자보다는 윤영이가 지후 옆에 있는 편이 더 나을지도 몰라.'

그러나 술렁이는 가슴은 쉬이 가라앉지 않았다.

나루가 도망치듯 방으로 들어가려는데, 선미가 말했다.

"나루야, 여자 방 그쪽 아냐. 저쪽이야."

"아, 응. 고마워."

선미가 가리킨 방으로 들어가니, 재경이 가져다 놓은 나루의 가방이 있었다. 나루는 하릴없이 가방을 열어 안을 들여다보다가 끌어안고, 천천히 심호흡했다.

'괜찮아. 이 상황을 즐기자. 자연스럽게 대화에 끼어들고 재미있게 놀다가 돌아가자. 괜찮아.'

사실은 괜찮지 않았다. 그래서 나루는 가방을 끌어안은 채로 고개를 숙이고 눈을 감았다. 차마 밖에 나가서 내 사랑하는 남자가 내 소중한 친구와 알콩달콩 대화를 하는 모습을 지켜볼 용기가 나지 않았다.

얼마나 그러고 있었을까.

달칵—

방문이 열리는 소리가 들리고.

"나루, 자?"

재경의 목소리가 들려왔다.

나루는 고개를 들었다.

"아, 깜빡 잠이 들었어."

"어제 잘 못 잔 거야?"

"응. 여행할 생각에 들떴나 봐. 밥 다 된 거야?"

"응, 점심 먹고 나가기로 했어."

거실에는 커다란 상이 펼쳐져 있고, 그 위에 지후가 만든 라면과 볶음밥이 놓여 있었다.

"엄청 많네. 이걸 다 어떻게 먹어?"

"나루, 너는 꼭 그렇게 지적질을 해야 하니? 지후가 열심히 만든 건데."

나루가 자리에 앉으며 말하자, 선미가 톡 쏘아붙였다.

"특별히 지적을 한 건 아닌데. 기분 나빴으면 미안해, 지후야."

"괜찮아."

지후가 대답했다.

"괜찮긴. 여행 오면 꼭 이런 애들 있더라. 아무것도 안 하다가 지적하는 애들."

선미가 입을 비쭉거리며 말했다. 나루는 선미를 물끄러미 응시하다가 물었다.

"선미야, 너. 나랑 싸우고 싶니?"

"뭐?"

"나랑 싸우고 싶어서 시비 거는 거야?"

"아니, 시비라니. 시비가 아니라 네 말투에 대해서 얘기를 해 주는 거지. 지후가 지금까지 여기서 음식 만들었는데, 넌 방에서 쉬다가 나오자마자 하는 말이 그거잖아. 양 많다고."

"그냥 추임새처럼 내뱉은 말이었고, 지후한테 사과도 했잖아. 지후는 괜찮다고 했고. 그런데도 네가 계속 나한테 그렇게 대하는 건, 나랑 싸우고 싶다는 거 아냐?"

"넌 자기 잘못을 인정 안 하는구나?"

"그래 보여? 그럼 지금 이 시점에서 내 잘못이 뭔데?"

"또 말해 줘야 돼?"

"양 많다는 말에 대해서는 지후한테 사과했잖아."

"사과했다고 끝이 아니지."

"그럼? 일어나서 지후 앞에서 석고대죄라도 할까?"

"왜 말을 그런 식으로 해? 내가 틀린 말을 한 것도 아니고."

"틀리지 않았다고 생각해서 지후한테 사과한 거야. 그런데도 네가 그런 식으로 말을 하면, 내가 어떻게 행동해야 할지 모르겠 다."

"아니, 넌……."

"먹자."

선미의 말을 끊으며, 재경이 말했다.

"라면 붇겠다. 얼른 먹자."

나루에게 공격받았다는 생각에 재경이 있다는 걸 깜빡한 선미는 입을 꾹 다물었다.

재경은 그릇에 라면을 덜어 선미의 앞에 놔 주었다.

"선미야, 많이 먹어."

"어, 응. 그럴게. 고마워."

"볶음밥도 덜어 줄까?"

"응, 덜어 줘."

"그래."

재경이 빈 그릇에 볶음밥을 덜었다. 선미는 황홀한 듯 재경의 손을 지켜보고 있었다. 나루와 싸운 걸 새까맣게 잊은 듯한 모습이었다.

"너도 퍼 주랴?"

명진의 질문에 나루는 피식 웃었다.

"됐네요."

입맛이 없지만 이런 상황에서 먹지 않으면 분위기가 더 안 좋아질 것 같았다.

나루는 라면을 덜어 와 억지로 입에 넣었다. 역시나 아무 맛도 느낄 수가 없었다.

"그런데 우리 다 먹고 어디 갈까?"

윤영이 분위기를 바꾸기 위해 화제를 전환했다.

"근처에 강 있잖아. 거기서 물놀이하는 건 어때?"

선미는 이제 기분이 완전히 풀린 것 같았다.

"펜션 아저씨가 그러는데, 여기서 차 타고 조금 올라가면 용추
계곡이라는 데가 있다더라. 물 깨끗하고 근처에 폭포도 있대. 거
기 가 볼래? 아저씨가 태워다 주신대."

재경이 제안을 받아들였다.

'여기까지는 비슷하네.'

분위기가 다르기는 하지만, 옛 시간에서도 용추계곡에 갔었
다. 사람 좋은 펜션 주인은 귀찮은 기색 없이 일행을 용추계곡으
로 데려다주었다.

펜션 주인은 펜션으로 돌아오기 10분 전에 연락을 하면 태우
러 와 주겠다는 말을 남기고 돌아갔다.

4월의 계곡은 사람이 없고 조금 추웠다. 하지만 경치가 좋고
물이 깨끗했다.

"으아, 물 엄청 차가워."

계곡에 발을 담근 윤영이 말했다.

나루는 물에서 멀찌감치 떨어진 곳에 앉아서 그 모습을 지켜
봤다.

'물에 가까이 가지 않을 거야.'

여기서 놀다가 넘어졌고, 젖었고, 지후가 일으켜 세워 줬었다.

"물고기도 있는데? 저것 봐 봐."

"송사리인가?"

"그런데 물 진짜 맑다. 여름에 오면 더 좋을 것 같아."

"우리 여름에 또 올까?"

춥다고 하면서도 찰방찰방 물놀이하는 친구들의 모습을 지켜보는 게 싫지 않았다. 물에 들어가지 않을 줄 알았던 지후도 계곡에 발을 담그고 있었다. 물에 들어가지 않은 사람은 나루와 명진뿐이었다.

명진이 나루의 옆에 앉아서 물었다.

"왜 안 들어가?"

"추워. 물놀이 별로 안 좋아하기도 하고. 넌?"

"이 머리 젖으면 수습 불가야."

명진이 자기 머리를 가리키며 말했다.

"그건 대체 어떻게 감는 거래?"

"일주일에 한두 번 미용실에 가서 감아."

"손 많이 가네. 너, 돈 많나 보다?"

"어. 돈 많은 남자 좋아하냐?"

"좋아한다고 하면? 사귀어 주게?"

장난스럽게 내뱉은 대답에 명진의 눈이 가늘어졌다.

"그래도 좋고."

"아하하. 난 살짝 정신이 이상한 여자인데도 괜찮은 거야?"

"응, 예쁘잖아. 여자는 예쁘면 장땡이야."

"이런 외모지상주의."

그런 대화를 나눌 때였다.

"아! 지후야!"

윤영의 비명이 들려온 것은.

나루는 벌떡 일어났다.

무슨 일이 벌어진 거지?

지후가 보이지 않았다. 윤영은 물가에 서서 계곡 저편 어딘가를 보고 있었다. 심장이 쿵 내려앉았다.

나루는 달려가 윤영의 팔을 거세게 잡아 돌렸다.

"지후, 지후 어디 있어? 지후한테 무슨 일이 생긴 거야? 지후, 물에 빠진 거야?"

나루는 자신이 무슨 행동을 하는지 자각하지 못했다. 얼굴에 핏기가 빠져나가 손발이 덜덜 떨렸다.

"응, 저기. 저기에. 분명 저기 있었는데 갑자기 없어졌어."

윤영이 손가락으로 어딘가를 가리키며 말했다. 나루는 더 생각할 것도 없이 물에 뛰어들었다. 오직 지후를 구해야 한다는 생각뿐이었다.

―쉿.

그의 마지막 목소리가 떠올랐다.

그를 적신 붉은 선혈도.

차게 식어 가던 체온도.

전부 생생하게 나루의 머릿속에 떠올랐다. 단 한순간도 잊지 못한 그 광경이, 지독히도 강렬하게 눈앞에 펼쳐졌다.

철퍽—

철퍽—

"나루야, 위험해!"

"일단 나와! 그런 식으로 들어가면 안 돼!"

뒤에서 친구들이 외쳤지만 들리지 않았다. 그저 그를 찾아내야만 한다는 생각뿐이었다.

그때.

첨벙—!

윤영이 가리킨 곳보다 조금 더 아래쪽에서 물보라가 일었다.

'저기구나!'

나루는 달렸다. 발에 물이 채여 움직임이 어려웠다. 하지만 달렸다. 달리고 달리다가 물이 갑자기 확 깊어졌다. 하지만 당황하지 않고 팔을 움직였다.

'지후야.'

그를 구할 생각뿐이었다. 옛 시간에서는 그를 구할 수 없었다. 아니, 그가 나를 구하고 죽었다. 그러니까 지금은 내 목숨이 다하더라도 그를 구해야만 했다.

수영을 배우기는 했지만 잘하는 편은 아니었다. 숨이 턱까지 차올랐다. 차가운 물에 심장이 멎을 것 같았지만 상관없었다.

이 심장이 멎더라도.

이 숨이 멈추더라도.

지후는 구해야만 한다.

첨벙―!

또다시 물보라가 일었다.

근처였다.

나루는 더 빠르게 팔과 다리를 움직였고, 간신히 물보라가 일어난 곳에 도달했다. 얼굴을 물속에 넣자마자 지후가 보였다.

지후도 힘이 다했는지 서서히 가라앉고 있었다. 나루는 손을 뻗어 지후의 팔을 낚아챘다. 순간 나루의 몸이 훅 밑으로 끌려 내려갔다. 숨이 턱 막혔다.

나루는 이를 악물고 팔에 힘을 줬다. 물에 빠진 사람에게 말려 들어가면 안 된다. 어떻게든 끌어 올려야 한다. 하지만 물살이 거세서 쉽지 않았다.

폐에 통증이 일었다. 그때, 누군가 나루의 다리를 잡아 끌어당겼고, 나루는 물살에서 벗어날 수 있었다. 누가 도움을 줬는지 확인할 정신이 없었다.

나루는 지후의 목에 팔을 걸고 그대로 뭍을 향해 헤엄쳤다. 재경이 달려와 지후를 받아 들어 평지에 눕혔다.

"지후야. 지후야!"

지후의 뺨을 흔드는 재경을 밀치고, 나루는 지후의 옆에 섰다. 퍼렇게 질린 지후의 입술을 보자 심장이 내려앉았다.

옛 시간에서 그가 죽을 때도 입술색이 이렇게 변했다.

"지후야, 안 돼."

나루는 그의 가슴 위로 올라가 두 손으로 그의 흉부를 압박했다. 옛 시간에 회사에 다니며 인공호흡을 배운 적이 있는데, 제대로 듣지 않은 게 후회되었다.

이런 일이 생길 줄 누가 알았겠는가.

기억을 더듬어 비슷하게나마 인공호흡을 시도했다. 하는 와중에도 눈물이 줄줄 흘렀다.

"지후야, 안 돼. 빨리 눈 떠. 죽으면 안 돼."

주위에 누군가 있다는 것조차 잊었다. 나루는 옛 시간, 그가 죽었던 그 순간으로 돌아가 있었다. 그와 나, 단둘만이 남은 그 끔찍하고 처절한 시간.

"콜록!"

얼마나 그의 가슴을 두드리며 인공호흡을 했을까…….

지후가 물을 뱉어 냈다.

"콜록. 콜록."

하얗게 질렸던 그의 얼굴에 핏기가 돌아오기 시작했다.

"지후야!"

나루는 상체를 기울여 그의 목덜미에 얼굴을 파묻었다.

"아아, 지후야. 아아…… 아아, 죽는 줄 알았어. 아, 정말로…… 정말로 죽는 줄 알았어. 정말…… 아아."

나루는 그의 목에 얼굴을 묻고 끅끅 소리를 내며 울었다. 무서웠다. 또다시 그를 잃을까 봐, 그가 죽어 가는 모습을 다시 한 번 보게 될까 봐 무서웠다. 그가 다시 숨을 쉬게 되었는데도 두려워서 견딜 수가 없었다.

지후가 물에 빠져 죽다가 살아난 심각한 상황인데, 아무도 끼어들 수가 없었다.

지후야, 괜찮아?

너 죽을 뻔했어.

갑자기 왜 물에 빠진 거야?

그런 말을 묻지도 못할 만큼, 나루의 반응이 격하기 때문이었다. 다들 말을 붙이지 못한 채, 나루와 지후를 지켜보고 있었다. 벌벌 떨며 우는 나루의 등에, 지후가 손을 올렸다. 커다란 손을 천천히 움직여 토닥토닥 두드렸다.

괜찮아.

난 죽지 않았어.

안심해도 돼.

그리 말하는 듯, 그의 손이 느릿하게 움직였다. 그제야 나루는 지후의 목에 묻고 있던 얼굴을 들고 그를 내려다봤다. 지후의 검은 눈동자가 나루를 향해 있었다.

지후는 살아 있다. 죽지 않았다.

"나는 괜찮아."

나루의 눈에서는 눈물이 끊임없이 흐르고 있었다. 눈물인지 물인지 모를 것이 지후의 얼굴 위로 뚝, 뚝, 떨어졌다. 지후는 엄지로 나루의 눈가를 쓸어 냈다.

"안 죽어, 난."

"죽을 뻔했어, 너."

"응, 그런데 안 죽었잖아. 안 죽어."

"윽…… 우욱."

나루의 얼굴이 일그러졌다. 흐느낌을 삼키는 나루를, 지후는 안타깝다는 듯 응시하다가 말했다.

"구해 줘서 고마워, 나루야."

"응. 응. 응."

몇 번이든. 얼마든지.

나는 널 구할 거야. 내가 죽더라도 너만큼은 구할 거야.

네가 나를 구했듯이, 이번 시간에서는 내가 너를 구할 거야.

미처 하지 못한 말을 꿀꺽 삼키며, 나루는 고개를 끄덕였다.

펜션으로 돌아왔다.

지후는 머리가 아프다고 방에 가서 누웠고, 재경이 지후의 옆을 지켰다. 나루가 말없이 밖으로 나가서, 펜션 거실에는 선미와 윤영, 명진만 있었다.

명진은 벽에 기대어 눈을 감고 있었다. 명진이 잔다고 생각했는지, 선미가 입을 열었다.

"나루, 걔. 완전 웃기지 않아? 아까 그거 뭐였어?"

"많이 놀란 것 같더라."

"아니, 놀란 건 우리도 마찬가지지. 그런데 왜 그렇게 야단법석이었던 거야?"

"그럴 만하지. 지후, 진짜로 죽을 뻔한 거잖아."

"그래도 좀 그렇잖아. 지후 구한 건 대단하지만, 그렇다고 그렇게까지 울고불고 난리 칠 일이야? 남들이 보면 지후랑 나루랑 무슨 사이인 줄 알겠더라."

윤영은 선미의 까칠한 반응에, 거짓으로라도 고개를 끄덕여 줄 수가 없었다. 아까 나루의 반응은 확실히 이상했다. 하지만 거짓으로 꾸며 낸 것 같지는 않았다. 나루에게는 뭔가 있었다.

'주변에 누가 물에 빠져 죽은 적이 있나?'

그럴지도 모르겠다. 그래서 지후가 물에 빠졌을 때 그렇게 격하게 반응한 것이리라.

스륵—

잠든 줄 알았던 명진이 일어났다.

"나루는 사람을 구했어. 걔 반응이 격하든 격하지 않든, 죽을 뻔한 지후를 구했는데 니들은 꼭 그런 식으로 말을 해야겠냐?"

명진의 지적에 선미가 얼굴을 붉혔다. 윤영은 괜히 선미랑 같이 있다가 자기까지 같은 취급을 받은 것 같아서 불쾌했지만, 명진과 싸우고 싶지 않아서 입을 다물었다.

"야, 솔직히 나루 걔. 이상하긴 했잖아."

"이상한 건 니들이야. 사람을 구한 사람이 뭐가 못마땅해서 뒤에서 이러고 있는 건지. 짜증 나네, 진짜."

명진이 투덜거리며 펜션 밖으로 나갔다.

"아, 진짜 뭐야? 쟤, 지가 뭔데 우리한테 뭐라고 하는 거야?"

"선미야. 나, 화장실 좀."

윤영은 선미의 말을 끊으며 일어났다. 지금 이 순간에는 나루를 욕하는 말을 듣고 싶지 않았다.

*　　*　　*

재경은 지후의 이마 위에 손을 얹었다.

"머리, 많이 아프냐?"

"어."

"진짜 놀랐다. 너, 왜 그 깊은 데 들어간 거야? 수영도 못 하면서."

"걸어가는데 갑자기 물이 확 깊어졌어. 물살이 빨라서 중심을 못 잡았고. 거기에 다리에 쥐까지 나더라."

"너, 진짜 죽을 뻔했어."

"그러게."

"나루가 많이 놀란 것 같더라."

"응."

"꼭 고맙다고 말해. 나루 아니었으면 너, 죽었어."

"응. 말해야지."

재경은 지후의 머리를 쓰다듬었다.

"조심 좀 해. 너 없으면 나도 못 살아."

"넌 나루 있잖아."

"지후야. 난 아직 나루보다는 너야."

"그거 참 고마운데, 관둬라. 남자 사랑받는 거 그냥 그래."

"넌 꼭 그렇게 말을 해야겠냐? 난 너랑 나루랑 위험에 처하면 널 구할 거야, 아직은. 나중엔 어떨지 모르겠지만."

"걱정 마."

지후가 눈을 뜨고 재경을 똑바로 응시했다.

"나랑 나루랑 위험에 처하면, 내가 나루를 구하고 죽을 테니까. 넌 나루랑 행복하게 잘 살아."

묵직한 말에 재경이 인상을 찌푸렸다.

"야, 뭘 그렇게 심각하게 말해? 너 죽었는데 나랑 나루가 행복하겠냐?"

"행복해야지. 죽은 사람은 죽은 거고, 산 사람은 살아야 하는 거니까."

"됐다, 그런 소리 하지 마. 진짜로 그런 일 벌어질까 봐 무섭다."

재경은 지후의 옆에 드러누워, 아까의 일을 떠올렸다. 아직 지후가 물에 빠졌다는 게 확인된 것도 아닌데, 나루는 거침없이 뛰어들었다. 아무리 아는 사람이 빠졌다고 해도 이것저것 재보지 않고 뛰어들 수 있는 사람은 많지 않을 것이다.

나루의 행동에 모두가 어안이 벙벙해져 지켜보고 있을 때, 나루도 사라졌다.

'어떡하지?'

눈을 휘둥그레 뜨고 수면을 응시하다가, 도우러 가야 한다는
데에 생각이 미쳤을 때.

명진이 달려가는 모습이 보였다. 명진이 나루를 끌어당겼고,
나루는 지후를 붙들고 있었다. 축 늘어진 지후를 받아 들 때까지
만 해도 아무 생각이 없었다. 순식간에 벌어진 일이라 머릿속이
하얗게 비어 있었다. 그러나 나루가 재경을 밀치고 지후에게 인
공호흡을 시작하는 그 순간.

질투했다.

'친구가 죽어 가는데…… 나란 놈은 정말…….'

가장 소중한 사람을 잃은 것처럼 당황하고 두려워하는 나루
의 모습을 보며, 지후를 질투했다.

물에 빠진 사람이 나였으면. 나루가 저토록 살리고 싶어 하는
사람이 나였으면.

그런 생각을 했다. 뒤늦게 자신이 무슨 생각을 하는지 깨달았
고, 경멸했다.

'난 진짜 쓰레기야. 말도 안 되는 쓰레기.'

지후는 소중한 친구였다. 방금 지후가 말했듯, 지후는 재경을
위해서라면 무슨 짓이든 할 것이다. 어쩌면 목숨을 바칠지도 모
르겠다.

'그런데 나란 놈은…… 진짜로 지후가 죽을 뻔했는데 질투나
하고 있고.'

사랑을 하는 모든 사람이 이렇듯 이기적이고 질투에 사로잡혀 있지는 않을 것이다. 친구가 죽을지도 모르는 상황에서 질투나 하는 건, 내가 몹쓸 놈이기 때문이다.

'난 진짜 최악이야.'

＊　　＊　　＊

'최악이야.'

나루는 아직도 덜덜 떨리는 손바닥을 내려다봤다.

'지후가 죽을 뻔했어.'

그 일이 벌어졌다.

'어째서? 원래 오늘 내가 물에 빠졌어야 했어. 게다가 죽을 뻔하지도 않았었고. 그런데 왜? 왜 지후한테 그런 일이 벌어진 거지?'

이해할 수가 없었다. 지후의 33살은커녕 21살도 보지 못할 뻔했다.

'내가 뭔가 잘못하고 있는 걸까? 내 존재 자체가 지후를 죽음으로 몰아넣는 걸까?'

계곡에서는 흔히 일어나는 사고일지도 모르겠다. 하지만 나루는 그렇게 생각할 수가 없었다.

옛 시간에서 지후는 죽었다. 지후를 삼킨 죽음이 그의 곁을 따라다니는 것일까 봐 두려웠다. 언제든 지후를 삼키려고 입을 벌리고 따라오다가, 나루가 무언가를 바꾸려 하니 덥석 물어뜯은 것일까 봐 무서웠다.

차라리 그 죽음이 나를 따라다니는 거라면 좋겠다. 그 죽음의 송곳니가 내 목을 물어뜯는 것이 낫겠다.

지후가 나를 사랑하지 않을 때, 내가 죽어 사라져도 슬픔이 깊지 않을 이때에. 내가 죽는 것으로 끝이 난다면, 차라리 그랬으면 좋겠다.

그러면 지금 그냥 죽어, 그가 살아가도록 할 텐데.

아까 물에 거의 빠지다시피 한 터라 머리가 깨질 듯이 아팠다.

나루는 고개를 들어 하늘을 응시했다. 해가 서서히 기울어 가고 있었다.

옛 시간과 다름없는 하늘을, 나루는 눈에 담았다.

시간이 변해도 변하지 않는 것이 있다. 지금 눈에 보이는 이 광경. 그리고 그를 향한 나의 마음. 그를 사랑하지 않고 싶은데, 그것은 불가능한 일이었다. 지구가 돌듯, 하늘이 파랗듯, 물이 흐르듯, 나루의 마음 또한 변치 않으리라는 것을 나루는 알고 있었다. 그저 그가 나를 사랑하거나, 나를 신경 쓰는 일이 없도록 발버둥 칠 따름이었다.

내가 그의 인생에서 소중한 존재가 되지 않도록, 눈에 띄는 존재가 되지 않도록 이 마음을 감추고 눌러야만 했다.

'만약 내가 죽어야만 지후가 살 수 있다는 걸 확인하면, 난 곧바로 죽을 거야.'

그러니까 지후는 나를 사랑해서는 안 된다. 내가 지후를 사랑하는 마음이 흘러가 그의 시선을 잡아끌어서는 안 된다.

'그나저나 아까 나는 정말 이상해 보였겠지.'

이제야 아까의 행동에 대해 돌아볼 여유가 생겼다.

'지후가 그 행동을 이상하게 받아들이진 않겠지? 아니, 뭐. 이상하게 받아들인다고 해도 내가 시간을 돌아왔다고는 생각하지 못하겠지. 그냥 특이한 애라고만 여길 거야.'

그 일에 대해 언급한다면, 주변에 물에 빠져 죽은 사람이 있어서 놀랐을 뿐이라고 대답하면 된다.

"혼자 뭐 하냐?"

바로 옆에서 명진의 목소리가 들려왔다. 나루는 천천히 고개를 돌려 목소리가 들려온 방향을 응시했다. 명진은 뻐딱하게 서서 나루를 내려다보고 있었다.

"언제 왔어?"

"방금."

"그냥 물 흘러가는 걸 구경하고 있었어."

나루는 펜션 근처에 있는 강변에 앉아 있었다.

"고개를 바짝 쳐들고 물 구경을 했다고?"

"잠깐 고개 좀 들고 있었던 거야."

"그런 것치고는 한참 그러고 있던데."

"방금 왔다며?"

"한참 하늘을 본다고 생각될 정도로는 오래됐어."

"그래."

나루는 다시 흐르는 강물을 향해 시선을 보냈다. 저물어 가는
해가 금빛 노을을 남겼다. 노을에 잠긴 강물이 시리도록 예쁘게
빛나고 있었다.

출렁이는 강물에 이 마음도 실어 보내고 싶었다. 그를 향한 미
련, 슬픔, 외로움, 고통, 그리고 사랑.

옛 시간에 가졌던 모든 것을 흘려보내고, 딱 하나만 간직하고
싶었다. 민지후를 살려야만 한다는 소망.

"연나루."

명진이 나루의 옆에 앉았다.

"응."

"나랑 잠깐 얘기할 시간 좀 있냐?"

"없어. 지금 바쁜 거 안 보이니?"

"……."

"농담이야. 무슨 얘기인데?"

나루는 옅은 미소를 지으며 명진을 돌아봤다. 심각한 표정으
로 나루를 물끄러미 응시하던 명진은, 나루가 예상치 못한 이야
기를 꺼냈다.

"너, 저번에 동방에서 말했던 거 있지? 시간을 돌아왔다는 말.
그 얘기, 다시 좀 해 보자."

나루의 눈이 커졌다.

"어?"

"저번에 동방에서 했던 얘기, 기억나지? 네가 그랬잖아. 학교 한 번 더 다니는 중이라고. 그 얘기, 다시 좀 해 보자고."

"아…… 그건 갑자기 왜?"

"듣고 싶어서."

"아니, 그 얘기는 그냥 장난삼아서 한 거였잖아. 네가 그 얘기를 마음에 담고 있을 줄은 몰랐는데."

"마음에 안 담고 있어, 보통은. 그런데 지금은 보통 상황이 아닌 것 같아서."

"아니, 음. 갑자기 이러니까 당황스럽다."

나루가 웃었다. 눈치 없는 사람이 보기에도 어색한 웃음이었다. 명진은 웃음기 없는 얼굴로 나루를 응시하다가 입을 열었다.

"나는 원래 SF라든가, 초능력이라든가, 영혼이라든가, 그런 거 안 믿어. 그렇다고 해서 그걸 완전히 부정하지 않아. 눈앞에서 벌어지면 믿겠지."

"……."

"넌 이상해. 날 처음 봤을 때부터 넌 이상했어. 날 잘 안다는 듯이 굴었고, 대학 생활에 대해 너무 잘 알아. 교수가 출석을 2교시 때만 부른다는 거, 보통 몇 달은 지나 봐야 알잖아. 그런데 넌 그 사실을 확신하고 있었어."

"……."

"말투도 그렇고 행동도 그렇고, 가끔 이상할 정도로 달라. 가끔은 어른스러운데, 또 가끔은 어린애 같아. 그냥 20살의 어린애가 아니라 완전히 어린애. 나이가 좀 있는 사람이 20대인 척하고 싶은데, 그 선을 몰라서 더 어리게 행동하는 듯한 느낌이야. 그리고 오늘 아침에 나한테 오토바이 타지 말라고 한 거."

나루는 마른침을 삼켰다.

"너, 주위에 오토바이 사고로 죽은 사람이 있는 거 아니지?"

"있어."

"아니, 없어. 없을 거야. 설령 있다고 해도, 오늘 아침에 나한테 오토바이 타지 말라고 말하는 모습은 너무 절박했어. 보통은 친하지도 않은 사람한테 그렇게 절박하게 말하지 않아."

"내가 오지랖이……."

"그리고 아까 계곡에서."

명진이 나루의 변명을 끊었다.

"지후한테 하는 네 행동, 진짜 이상했어."

"그건 아는 사람 중에 물에 빠져 죽은 사람이 있어서……."

"아, 그래? 오토바이 사고로도 죽고, 물에 빠져서도 죽고. 네 주위에는 죽는 사람이 참 많기도 하다."

덜컥—

심장이 내려앉았다.

역시 그런 걸까?

내가 죽음을 몰고 다니는 걸까?

그래서 내 주변의 사람들이 그렇게 죽어 가는 걸까?

명진이 사정없이 몰아붙인 통에, 나루는 정상적으로 사고할 여유가 없었다. 명진을 똑바로 보고 싶은데, 흔들리는 동공을 바로잡기 힘들었다.

"네가 수상쩍게 구는 이유, 나중에 얘기해 주겠다고 했지. 지금이 바로 그 나중이라고 생각해. 지금 난 네 얘기를 듣고 믿을 준비가 되어 있어. 네가 그 어떤 허무맹랑한 말을 해도 믿을 거야. 왜냐하면."

명진이 손가락으로 자기 관자놀이를 툭툭 두드렸다.

"내 머릿속에 허무맹랑한 생각이 가득 차 있거든. 나중에 내가 정신을 차리고 그럴 리 없다고 이성적으로 생각하게 되면 늦어. 그러니까 연나루. 지금 말해. 너, 대체 뭐야?"

*　　*　　*

너는 대체 무어냐고 묻는 명진을, 나루는 눈을 크게 뜨고 응시했다.

나는 대체 뭘까.

옛 시간이었다면 단번에 대답할 수 있었을 것이다.

나는 연나루. XX년 6월 5일생. 쌍둥이자리. B형.

하지만 이 시간의 연나루는, 모르겠다.

나는 뭘까. 왜 이 시간을 다시 걷게 된 걸까. 이 시간은, 내가 걸었던 그 시간이 맞기는 한 걸까.

한참 동안 깜빡이지 않은 눈이 시렸다.

나루는 눈을 감았다.

—네 얘기를 듣고 믿을 준비가 되어 있어.

한 단어, 한 단어를 곱씹는 듯한 명진의 음성이 나루의 귀를 울렸다. 어쩌면 누군가 이렇게 말해 주기를 기다렸는지도 모르겠다.

난 널 믿을 거야. 그 어떤 소리를 해도 다 믿을 테니까 말해봐.

이 고독한 시간에서 그런 말을 들으면, 엉엉 울며 모든 것을 털어놓게 될 것이라고, 나루는 막연히 생각했었다.

하지만 아니었다.

'괜찮은 걸까? 이 시간의 사람에게 모든 걸 말해도 괜찮은 걸까?'

오늘 지후가 죽을 뻔했다. 원래는 32살에 죽어야 하는데, 20살인 지금 죽을 뻔했다. 죽음이 그렇게 빠르게 지후를 삼키려 한 것이, 이 시간으로 돌아온 나루의 존재 때문일지도 모른다는 생각이 들었다.

만약 이런 이야기들을 했다가 또다시 죽음을 자극하게 되면, 그때도 과연 오늘처럼 막아 낼 수 있을까?

명진은 차마 말하지 못하고 입을 꾹 다문 나루를 재촉하지 않왔다. 그저 묵묵히 그녀의 옆에 앉아, 그녀가 입을 열기를 기다리고만 있었다.

이윽고 나루가 다시 눈을 떴다. 그녀의 새까만 눈동자는 결심을 굳힌 듯 단호히 명진을 향했다.

"32살까지 살았어. 명진아. 나는 32살까지 살다가 이 시간으로 돌아왔어."

괜찮을 거라고 생각하기로 마음먹었다.

어차피 나루는 돌아가는 상황을 확신할 수 없었다. 말했을 때에 죽음이 닥쳐올 수도, 그렇지 않을 수도 있었다. 그렇다면 차라리 누군가에게 털어놓고 도움을 받는 편이 나았다.

무엇보다 지금 눈앞의 남자가, 눈치 빠른 한 남자가 '전부 믿어 주겠다.'라고 말하고 있다. 이것은 이 시간에서 조력자를 얻을 수 있는 유일한 기회일지도 모른다. 그렇다면 이 기회를 놓쳐서는 안 된다.

"나는 평범하게 자라서 이 대학을 졸업하고, 어느 기업에 입사를 하게 돼. 거기서 연구를 하다가 뭔가를 발견했는데, 그게 상당히 돈이 되는 거였어. 그래서 위험에 처했고, 그런 나를 구하다가…… 지후가 죽었어."

명진은 말이 없었다. 명진이 이 말들을 믿는지, 믿지 않는지는 나루는 이제 중요하지 않았다. 한 번 시작한 말을 멈출 수 없었다.

"지후의 몸에서 피가 흘렀어. 지후의 몸이 식어 갔던 것도 생생해. 정신을 차렸더니, 나는 지후의 장례식장에 있었어. 지후의 가족들이 내게 화를 냈고, 나는 아무 말도 할 수 없었지. 지후는 나를 구하다가 죽었으니까. 나 때문에 죽은 거니까."

이상한 일이었다. 누군가에게 속사정을 이야기하게 되면 울음이 터질 줄 알았는데, 그러지 않았다. 오히려 타인의 이야기라도 된다는 듯 단조롭게 이야기하게 되었다. 어쩌면 이것이 너무나 말도 안 되는 소리이기 때문일지도 모른다.

말을 하는 나는 이것이 거짓이 아니라는 것을 알고 있다. 하지만 입 밖으로 흘러나오는 이야기들이 너무 거짓말 같아서, 오히려 담담해지는 것이리라.

"나는 도망치듯이 장례식장을 나와서 집으로 돌아왔어. 울었지. 울다가 잠이 들었던 것 같아. 그리고 눈을 떴더니, 여기였어. 이 시간으로 돌아와 있었어. 나의 20살 때로. 지후의 20살 때로. 그리고 네가 있는 시간으로."

더는 할 말이 없었다. 이 시간으로 돌아왔다는 것을 깨닫고 했던 다짐은, 명진이 이 모든 것을 받아들인 후에 이야기해도 늦지 않았다.

한참 침묵이 흘렀다. 무겁고 신중한 침묵 속에서, 나루는 명진이 어떤 결론을 내리든 좋은 마음으로 받아들이자고 결심했다.

명진이 이 거짓말 같은 말들을 믿지 않는다고 해도 실망하지 말자고, 허물어지지 말자고, 마음을 다졌다.

"그럼."

이윽고 명진이 입을 열었다.

"로또 당첨 번호 기억나는 것 좀 있어?"

"어?"

나루가 눈을 크게 뜨는 모습을 보고, 명진이 쓴웃음을 지었다.

"농담이야. 분위기가 너무 무거워져서."

"아아."

"뭐, 기억나는 게 있으면 알려 주면 고맙고."

"내 말을 믿는 거야?"

"하아."

명진은 고개를 숙이고 두 손으로 머리를 거머쥐었다.

"사실 그렇지 않을까 하는 생각을 계속했었어. 바보 같을 정도로 터무니없는 생각인데, 자꾸 그런 생각이 드는 걸 멈출 수가 없더라. 그런데 생각만 하는 거랑 그 말을 실제로 듣는 건 좀 다른 것 같아. 믿어. 거짓말은 아니라고 생각해. 그런데 한편으로는."

"너무 거짓말 같지."

"그래, 너무 거짓말 같은 얘기야."

"이해해. 나도 아직 이 현실이 믿어지지 않으니까. 가끔은 지금 꿈을 꾸고 있는 게 아닐까 싶거든. 아주 긴 꿈. 그러다가도 가끔은 그런 생각을 해. 어쩌면 내가 옛 시간이라고 생각하는 그것들이 꿈이었을지도 모른다는 생각."

"호접몽이라는 건가?"

"응. 내가 나비인지, 나비가 나인지."

"하아."

명진이 깊은 한숨을 내쉬고 머리에서 손을 내렸다.

"너랑 지후는 연인이었던 거냐?"

"응."

"그럼 나는?"

"너는 대학 동기였어."

사실은 별로 친하지 않았어. 이 시간으로 돌아오기 전까지는 너를 잊고 있었어.

그런 말은 당연히 할 수 없었다.

"대학 동기라. 나는 언제 죽었는데?"

명진이 중얼거린 말에, 나루가 눈을 크게 떴다.

"뭘 그렇게 놀라? 나, 오토바이 사고로 죽은 거 아냐?"

"……맞아."

"그래, 그러니까 나한테 오토바이 타지 말라고 그렇게 절박하게 말한 거겠지. 언제 죽었어?"

자신의 죽음을 이야기하면서도, 명진은 두려운 기색이 없었다.

"내년 이맘때."

"그렇게 빨리?"

"응."

"그렇군. 그럼 네가 32살 때쯤엔 날 기억하는 사람도 별로 없었겠네."

"왜 그렇게 생각해?"

"널 만나지 않았더라면, 나는 대학 애들이랑 어울릴 일 별로 없었을 거야. 오늘 같은 날, 이 바보 같은 여행에 참가하지도 않았을 거고, MT는 물론 과 모임이나 동아리도 가지 않았을걸. 그게 내 성격이니까."

"……."

"부딪치는 일이 없는 사람을 기억하는 사람은 많지 않지. 넌 용케 내 죽음을 기억했네."

"사실은 나도……."

"아, 됐어. 32살에 날 잊고 있었더라도, 지금은 기억하는 거잖아. 그걸로 됐어."

"미안."

"원래 인간은 남의 일에 크게 관심이 없는 법이니까."

염세적으로 말하는 명진에게 무슨 대답을 해 줘야 좋을지 알 수 없었다.

명진은 생각에 잠겨 손가락으로 무릎을 톡톡 두드렸다. 생각을 정리하던 명진이 나루에게 나지막이 물었다.

"왜 시간을 되돌아왔는지 짐작 가는 건 전혀 없어?"

"없어. 아니, 하나 있나?"

"뭔데?"

"옛 시간에서 잠들기 전에, 딱 한 가지 생각을 했었어. 다시 한 번 처음으로 돌아갈 수 있다면, 절대로 지후를 사랑하지 않겠다고. 그래서 지후가 32살 이후의 삶을 살아가도록 해 주겠다고. 정말로 간절히 바랐어."

"간절히 바란다고 시간을 돌릴 수 있으면, 다들 몇 번쯤은 돌렸을걸."

"응. 하지만 그것 이외에는 떠오르는 게 없어."

"그래, 뭐. 지금 이 시점에서 그건 중요한 게 아니지. 만약 네 기억들이 꿈이 아니라고 가정하고, 진짜 이 시간으로 돌아온 거라면, 넌 뭘 하고 싶은 거야? 지후를 살리려는 거야?"

"그래. 지후를, 그리고 너를."

"방법은 생각해 봤고?"

"너는 오토바이 때문에 죽었어. 그러니까 오토바이를 타지 못하게 하려고 했어. 그리고 지후는, 나 때문에 죽었으니까 내가 그 애의 인생에서 사라지면 돼. 내가 그 애를 사랑하지 않고, 그 애가 나를 사랑하지 않으면 되는 거야."

"너는 이미 지후를 사랑하잖아."

"응, 하지만 들키지 않으면 되니까."

"지후는……."

거기까지 말하고 명진은 입을 다물었다. 며칠 전, 동아리방 창문 너머로 봤던 광경이 떠올랐다.

나루를 향한 지후의 애틋한 시선. 그 간절한 손길.

"지후는 과연 널 사랑하지 않을까?"

그 일에 대해 말하는 대신, 명진은 물었다.

"사랑하지 않을 거야. 실제로 지금 지후는 나를 귀찮아하고 있거든. 게다가 재경이가 날 좋아하기도 하고. 그러니까 날 사랑하는 일은 없을 거야. 지후, 의리파거든."

"그래 보이기는 한다만, 글쎄다. 사람 마음이라는 게, 네가 생각하는 것처럼 쉽지 않을걸."

"쉽지 않겠지. 하지만 나는 지후가 나를 사랑하지 못하게 할 거야. 지후는, 32살 이후의 삶을 살아가야 돼."

"견딜 수 있을까?"

"어차피 지후는 나와의 추억이 전혀 없으니까……."

"아니, 지후 말고. 너 말이야."

명진이 나루를 돌아봤다.

"지후는 멋진 녀석이지. 언젠가 여자를 만나게 될 거야. 네가 있던 그 자리를 네가 아닌 다른 여자가 차지하겠지. 너와 나누던 사랑을 다른 여자와 나누게 될 거야. 그 손을 잡는 것도, 그 품에 안기는 것도, 네가 아닌 다른 여자일 거야."

명진의 말이 나루의 폐부를 찔렀다. 나루는 통증을 드러내지 않기 위해 숨을 멈췄다.

"네가 과연 그걸 견딜 수 있을까?"

"나는."

나루의 눈가에 눈물이 차올랐다. 하지만 그 눈물이 떨어지기 직전에, 나루는 꿀꺽 눈물을 삼켰다.

"지후만 살아간다면, 그래도 괜찮아."

"가슴이 새까맣게 탈 거야."

"응."

"매일 울고 싶을걸."

"응."

"하루, 하루가 지옥 같을 거야."

"응. 하지만. 명진아, 나는."

나루는 아랫입술을 잘근 깨물었다가 내뱉듯이 말했다.

"나는 지금도 그래."

*　　*　　*

강변에 혼자 남겨진 나루는 흐르는 강물에 시선을 던졌다.

　—생각할 시간이 필요해.

명진은 그렇게 말했다.

　—네 말을 안 믿는 건 아냐. 하지만 생각을 정리할 시간이
필요해.

그것으로 충분했다. 누군가에게 이 마음을 털어놓았다는 사실만으로도 속이 후련했다. 항상 나루를 둘러싸고 있던 고독의 색이 조금은 옅어졌다.

'대나무 숲에 대고 임금님 귀는 당나귀 귀를 외친 기분이야.'

문제가 해결된 것은 아니지만, 확실히 마음이 편해졌다.

하늘은 완전히 어두워지고 강물은 검게 물들었다. 이제 슬슬 들어가야겠다 싶어서 일어났다. 펜션이 있는 쪽으로 걸어가는데, 이쪽으로 걸어오는 커다란 인영이 보였다. 어두워서 얼굴을 볼 수는 없지만, 그게 누구인지 알 수 있었다.

지후였다. 그의 걸음걸이, 작은 몸짓 하나까지도 나루는 전부 다 알고 있었다. 나 자신보다 그를 더 잘 알고 있다. 그리고 지후 역시 그랬었다. 옛 시간에서는.

나루를 발견한 지후가 걸음을 멈췄다가 다시 걸어와 나루의 앞에 섰다.

"몸은 좀 괜찮아?"

나루가 물었다.

"응, 덕분에."

"다행이다."

"너는?"

"나도 괜찮아. 어디 가는 길이야?"

"편의점에. 술 부족할 것 같다고 해서."

"아, 벌써 술자리가 벌어진 거야?"

"응. 명진이가 너 잠깐 뭐 하고 있다고 그러더라."

"응, 뭣 좀 하고 있었어."

나루를 혼자 있게 해 주기 위한 명진의 배려가 고마웠다.

"다했어?"

"응, 다했어."

사실은 하나도 못 했어. 앞으로 어떻게 해야 할지, 아직도 모르겠어. 내가 세운 계획이 옳은지, 그른지, 짐작도 못 하겠어. 어떻게 해야 널 살릴 수 있을지, 감도 잡히지가 않아.

나루는 목에서 맴도는 말을 삼켰다.

"그래, 잘됐네."

"응."

이제 그만 들어갈게, 라는 말을 해야 하는데 그 말도 나오지 않았다. 미련하게도 이 육체는 여전히 지후를 원하고 있었다. 그와 함께하면 안 되는 것을 아는데도, 육체는 항상 생각을 배반했다.

머뭇거리는 나루를 물끄러미 응시하던 지후가 말했다.

"편의점, 같이 갈래?"

6장
과거에도, 현재에도,
그리고 미래에도

지후의 제안을 받은 후에야 퍼뜩 정신을 차렸다.

'이래서는 안 돼.'

미련을 드러내서는 안 된다.

"아니, 난 그냥 들어갈래. 다녀와."

"그래, 그럼."

다행히 지후는 두 번 제안하지 않았다. 펜션으로 들어갔더니 술자리가 한창이었다. 어울리지 못할 줄 알았던 명진까지도 얼굴이 빨개져서 대화를 나누고 있었다.

나루는 슬그머니 윤영의 옆에 앉았다.

"어, 나루 왔어?"

윤영이 반갑게 맞으며 소주잔을 내밀었다.

"술, 잘 마셔? 그러고 보니 너랑 같이 술 마신 적이 없네."

"술은 그냥 적당히 마셔. 신입생 환영회 때 가긴 했었는데."

"아, 그때 재경이가."

거기까지 말한 윤영이 입을 다물었다. 이 자리에 재경을 좋아하는 선미가 있었기 때문이었다.

"그 누구더라. 하지민. 그 오빠, 진짜 진상이었지."

윤영의 말에 다들 고개를 끄덕였다.

"그 형, 나쁜 형은 아닌데 술만 마시면 그러더라."

"예쁜 여자, 진짜 좋아하더라고. 뭐, 나루는 예쁘니까. 좀 특이하긴 하지만."

"내가 그렇게 특이한가?"

"특이하지, 그럼. 그걸 여태 몰랐단 말이야?"

다들 술을 마셔서 그런지, 나루를 대하는 데에 거침이 없었다. 나루도 오랜만에 편안함을 느꼈다.

술을 사러 갔던 지후가 돌아왔고, 술자리는 점점 무르익어 갔다. 나루는 술 마시는 속도를 조절했다. 술에 취하면 이성이 약해진다. 지후를 향한 마음을 고스란히 드러내는 상황이 와서는 안 됐다.

친구들이 웃고 떠드는 동안, 나루는 조용히 일어나 펜션을 빠져나왔다. 오랜만에 술을 마셨더니, 속도를 조절했는데도 벌써 술기운이 올라왔다. 잠깐 바람 좀 쐬면 괜찮아질 것이다.

펜션 주위를 걷고 있을 때였다.

"연나루. 어디 있어?"

어둠 속에서 명진의 목소리가 들려왔다.

"나, 여기."

나루는 걸음을 멈추고 명진이 오기를 기다렸다. 나루의 앞에 멈춘 명진이 주위를 한 번 둘러보고는 말했다.

"난 생각 정리 끝났어."

"벌써? 술 마셨잖아."

"나, 술 세."

"얼굴은 빨간데?"

"원래 얼굴만 빨개져. 체질이거든. 저쪽으로 가자."

명진이 가리킨 곳은, 펜션에서 어느 정도 떨어져 있지만 둘의 대화가 들리지 않을 만한 곳이었다. 그곳이라면 펜션에서 누가 나오는 것도 확인할 수 있을 것이다.

평평한 바닥에 책상다리를 하고 나란히 앉았다.

"지후를 살리기 위해, 걔를 사랑하지 않을 거라고 했지?"

명진은 곧바로 본론으로 들어갔다.

"응. 여기로 돌아왔다는 걸 알게 되고 나서, 어떻게 해야 지후를 살릴 수 있을지 고민했어. 지후랑 멀어지려면 휴학을 하거나 자퇴를 하는 것도 좋겠다고 생각했는데."

"그건 안 돼."

명진이 고개를 저었다. 확신에 찬 어조였다.

"사람이 시간을 돌아왔어. 보통은 꿈에서나 있을 불가능한 일인데 실제로 벌어진 거야. 그렇다는 건, 세상에는 불가능하다고 알려진 일들이 실재하는 경우가 있는 거겠지. 그중 하나가 인연이야."

"인연……."

"지후 때문에 네가 시간을 돌아올 정도라면, 너와 지후의 인연은 깊은 거겠지. 네가 휴학이나 자퇴를 해도, 너와 지후는 연결될 거야. 그건 오히려 위험해. 어떤 돌발 상황이 생길지 모르니까."

나루도 막연히 그런 생각은 했었다. 그와 대학 생활을 함께하면서 그를 사랑하지 않기는 힘든 일일 것이다. 그럼에도 휴학을 할 수 없었던 것은, 나중에 나루가 예상치 못한 순간에 지후를 다시 만나게 될지도 모른다는 걱정 때문이었다.

"나도 그런 생각 때문에 휴학을 하지는 않았어. 하지만 너처럼 딱 정의 내리지는 못했는데. 너, 생각보다 훨씬 머리가 좋구나."

"과 수석만 하겠어?"

"하아. 그놈의 과 수석. 과 수석이면 뭐해? 지후를 어떻게 살려야 할지 감도 못 잡겠는데."

"보통 그런 건 감을 못 잡지. 누가 그런 걸 생각하면서 살겠어?"

"그러게."

이런 일 따위, 평생 모르고 살았으면 좋았을 텐데.

"네가 지후를 사랑하지 않기로 한 이유는, 지후가 널 지키다가 죽었기 때문인 거지?"

"응. 지후가 날 사랑하지 않으면, 나를 지키려고 하지도 않을 거야. 그러면 지후는 계속 살아갈 수 있을 거고."

"하지만 그 부분 말이야. 난 그 부분이 미심쩍어."

"어떤 부분이?"

"너 때문이 아닐 수도 있는 거잖아."

"나 때문이 아니라고?"

"그래. 너 때문인 게 아니라, 그저 지후가 사랑하는 여자를 지키다가 죽는 운명을 타고난 것일지도 모르잖아."

나루는 눈을 크게 떴다. 그런 식으로 생각해 본 적은 없었다.

"그럴 리가…… 없어."

"아니, 없지 않아. 생각해 봐. 네가 시간을 되돌아왔어. 그렇다는 건, 어쩌면 타고난 운명이라는 것도 존재한다는 거야. 지후의 운명이 '연나루 때문에 죽는다.'가 아니라, '사랑하는 여자를 지키다가 죽는다.'가 될 수도 있다는 거지."

틀린 말은 아니었다. 나루가 과거로 돌아온 이 시점에서 '말도 안 되는 일'는 없었다. 모든 상황을 '있을 수 있는 일'로 가정해야 했다.

"네가 세운 계획을 정확하게 말해 봐 봐. 어떤 식으로 가려고 했어?"

"지후를 사랑하지 않으려고 했어. 이 대학에 다니는 동안, 지후와 어느 정도 거리를 두고 지내려고 했어. 그러면 내가 먼저 졸업을 할 거고, 동문회 같은 데 나가지 않을 거고. 친구들에게 간혹 지후의 소식을 들을 거고, 그러면 나는 지후와 마주칠 만한 곳을 가지 않을 거고. 그렇게 32살이 되었을 때, 내가 했던 연구를 완성시키지 않을 거고. 그럼 나도 위험에 처하지 않을 거고, 지후도 죽지 않겠지."

"연구, 대체 어떤 연구기에 그래?"

"그건…… 말할 수 없어. 다만 그 연구의 결과를 원하는 사람들이 생각보다 많았어. 그걸 위해 아무렇지도 않게 살인을 저지를 만한 사람들도. 모두가 원하는 연구를 완성시킨다는 게 그렇게 위험한 일인지, 그때는 몰랐어. 그래서 그걸 완성시키지 않을 생각이야. 어차피 그 연구 과정은 내 머릿속에만 있으니까."

"그럼 지후는 살아남을 것이다?"

"응."

"아냐, 그렇게 쉬울 거라고는 생각하지 않아. 나는 아무래도 지후가 '사랑하는 여자를 지키기 위해 죽는 운명'을 타고났다는 가정을 버릴 수가 없어."

"하지만……."

"물론 연구를 완성한 연나루를 지키다가 죽는다, 일지도 모르지. 하지만 지금 이 상황에서 확신할 수는 없잖아."

"그렇지."

명진은 손가락으로 무릎을 톡톡 두드렸다.

나루가 말을 이었다.

"예전에 어떤 영화를 본 적이 있어. 비행기 사고가 나는데, 어떤 애가 꿈으로 그 광경을 본 거야. 그래서 그 아이는 소란을 피우고, 그에 휘말려서 몇 사람이 비행기에서 내리지. 원래는 다 죽기로 되어 있었던 사람들이었어."

"결국 예정된 죽음은 피할 수 없다, 뭐 이런 홍보를 했던 것 같은데…… 그 영화 맞지?"

"아, 너도 봤어?"

"어, 봤어. 그렇다면 나도 죽겠군. 오토바이를 타든, 타지 않든."

"……."

"만약 오토바이를 타지 않고 내가 좀 조심해서 내년에 죽지 않는다면, 지후도 구할 수 있다는 뜻이겠지. 예정된 죽음은 없다, 혹은 운명도 바꿀 수 있다, 쯤이 되려나?"

"응."

명진과 이런 대화를 나눌 수 있어서 좋았다. 항상 혼자서 생각하고, 혼자서 결론을 내려야만 했다. 그리고 그 결론에 확신을 가질 수 없어서 불안했다. 의견을 나눌 상대가 있다는 것은 무척이나 안심이 되는 일이었다.

"일단 우리가 생각한 모든 것을 진실이라고 가정하자. 그러면 지후를 살릴 방법이 하나 있어."

명진이 말했다.

나루는 눈을 크게 뜨고 명진을 응시했다.

"네가 지후의 연인이 되는 거야."

명진이 덧붙인 말에, 나루는 힘이 빠졌다.

"그건 안 된다니까. 나는 지후에게 있어서 죽음의 비행기야."

"아니. 지금 난 모든 가정을 진실로 두자고 했어. 그렇다는 건, 지후의 운명을 '연나루 때문에 죽는다.'와 '사랑하는 이를 지키다가 죽는다.' 두 개 전부로 보자는 말이야."

"그럼 더더욱 내가 지후를 사랑하면 안 되는 거잖아."

"생각해 봐, 연나루. 네가 지후를 사랑하지 않고 지후에게 너 아닌 다른 연인이 생길 경우를. 만약 그 연인을 지키려다가 지후가 죽게 되면, 넌 손을 쓸 수가 없어."

"······."

"사랑도 하지 않고, 졸업 후에 잘 만나지도 않던 동창이 찾아와서 '너 죽을지도 몰라.'라고 말해 봐야, 미쳤다는 소리만 들을 뿐이야. 하지만 네가 지후의 사랑하는 사람이 된다면? 그때는 달라져."

심장이 쿵, 쿵 뛰기 시작했다.

"지후가 연나루를 지키다가 죽든, 사랑하는 이를 지키다가 죽든, 넌 지후 곁에 있을 거고 대처할 방법이 생긴다는 거야. 만약 내가 죽지 않으면, 나도 널 도울 거고."

"아······."

"만화나 영화 같은 걸 봐 봐. 과거로 돌아간 사람이 많은 걸 바꾸려고 하면 더 엉망이 되고, 더 안 좋은 결과만 나타나는 경우가 많아. 어쩌면 오늘 지후가 죽을 뻔했던 것도, 네가 지후를 사랑하지 않으려고 노력한 결과일지도 몰라. 잘 생각해 봐. 너의 옛 시간에서도 여길 왔었어? 이런 일이 있었어?"

"응. 왔었어."

"오늘 지후가 물에 빠진 그 시간에, 옛 시간에서는 뭘 하고 있었어?"

나루는 기억을 더듬었다.

"내가."

나루는 눈을 감았다.

"내가 채집용 용기를 안 가지고 와서 다시 펜션으로 돌아갔었어. 지후가 같이 가 줬고."

"그래, 바로 그거야. 오늘은 그 일이 없었어. 그래서 지후는 물가에 있었고, 물에 빠져서 죽을 뻔한 거야."

나루는 두 손으로 얼굴을 가렸다.

"정말 그럴까?"

"난 그렇다고 봐. 설령 그렇지 않더라도, 네가 지후를 사랑하지 않는 건 답이 아냐. 너는 지후를 사랑하고, 다시 한 번 그 연구를 완성시켜야 돼. 그리고 또다시 위험이 닥쳐서 지후가 죽을 뻔한 그 상황이 되었을 때."

"그때, 지후를 구한다."

"응. 바로 그 시점이, 지후를 구할 수 있는 순간이라고 봐."

나루의 눈에서 눈물이 흘러내렸다. 흐른 눈물이 얼굴을 덮은 손가락을 타고 흘러내렸다.

"그럼 나, 지후를 사랑해도 되는 거야?"

명진이 쓰게 웃었다.

"이미 사랑하고 있잖아."

"하지만…… 잘못되면 어쩌지?"

"이미 잘못되고 있잖아. 오늘 지후는 죽을 뻔했어."

"그래, 그렇지."

이 시간으로 돌아와 지후를 사랑하지 않겠다고, 그의 사랑을 받지 않겠다고 결심했다. 아프고 고독한 시간이겠지만 견뎌내겠다고, 세뇌시키듯 다짐했다. 그런데 지금 지후를 마음껏 사랑해도 된다는 말을 들었다. 그것이 오히려 지후를 구할 수 있는 방법이란다.

"나는 걱정이 돼. 내가 나 좋은 쪽으로 받아들이려는 걸까 봐."

"이게 왜 네가 좋은 쪽이야? 이건 네가 좋은 쪽 아냐."

명진이 단호하게 말했다.

"지후를 사랑하고, 네가 그 연구를 완성시키면, 네게는 위험이 닥쳐와. 너는 지후를 구하려고 할 거고, 그 과정에서 네가 죽을 수도 있어. 이건 네게 좋은 방법이 아냐. 그래서 말할까 말까 망설였고."

"아니."

나루는 고개를 저었다.

"좋은 방법이야. 나는 지후가 살아가기를 바라니까. 지후만 구할 수 있다면 내 삶은 어찌 되든 상관없으니까."

갈라진 목소리로 말하는 나루를, 명진은 물끄러미 응시했다.

'말도 안 되는 소리 하지 마. 네가 죽으면 지후는 지후가 죽었을 때 네가 느낀 그 감정을 똑같이 느끼게 될 거야.'

그런 상투적인 말을 할 수가 없었다.

나루는 시간을 돌아왔고, 가야 할 길을 모르는 상태로 혼자서 고군분투해 왔다. 그녀는 자신이 걷는 길이 옳은지, 그른지에 대한 확신이 없지만, 사랑하는 이를 지켜야만 한다는 일념 하나로 버텨 왔다. 이 시점에서 '너도 죽으면 안 돼.'라는 말을 해 봐야, 그녀의 귀에는 들리지 않을 것이다.

'중요한 건 나루가 이 방법을 받아들이는 거야.'

명진이 생각하기에, 다른 방법은 없었다. 나루가 휴학을 하거나 해외로 떠난다고 해서, 지후가 무사하리라는 법은 없었다. 지후의 운명이 '사랑하는 이를 지키다가 죽는 것'이라면, 그 사랑하는 이가 연나루가 되는 편이 나았다. 그래야 나루와 명진이 지후를 곁에서 지켜보며, 적절하게 대처할 수가 있다.

'뭐, 그것도 내가 내년 봄 이후로 살아 있어야 가능한 일이겠지만.'

*　　　*　　　*

어떻게 집으로 돌아왔는지 모르겠다. 정신을 차려 보니 침대 옆에 우두커니 서 있었다.

 — *너는 지후를 사랑하고, 다시 한 번 그 연구를 완성시켜야 돼.*

그렇게 말하는 명진의 음성은 단호했다. 그는 자신의 생각에 확신을 가지고 있는 것 같았다. 나루가 생각해도, 그것 이외의 방법은 없었다.

'그래, 사랑하는 사람을 구하다가 죽는 운명이라면, 내가 그 사랑하는 사람이 되는 거야. 그리고 이번에는 내가 지후를 구하는 거지.'

뿌옇기만 했던 앞길에서 안개가 걷혀 가는 느낌이었다.

'그럼 앞으로 내가 해야 할 일은.'

민지후가 나를 사랑하게 만드는 것.

나루는 손을 뻗어, 지후가 뽑아 준 토끼 인형을 집어 들었다. 품에 안기에는 조금 작은 그 인형을 끌어안았다.

"큰일이야. 재경이가 나를 사랑하는 지금, 지후가 날 사랑하게 만들기는 더 어려울 텐데."

＊　　　＊　　　＊

짐정리를 하고 있는데, 거실에 누워 있던 지후가 물었다.

"어젯밤에 왜 나루랑 같이 안 나갔어?"

"어?"

"술 마시다가 나루 나갔잖아. 왜 안 따라 나갔어?"

"아아, 그거. 그냥."

네가 죽을 뻔한 순간에도 널 질투하고 있었으니까. 여자 때문에 친구를 등한시했으니까. 이제는 그러고 싶지 않으니까.

그런 말은 할 수 없었다. 누구에게도 말할 수 없는 창피한 감정이었다.

"나루는 어차피 나한테 관심도 없는 것 같고, 윤명진이랑 어울리는 걸 보면 걔한테 마음이 있는 것 같더라고. 포기하려고."

"포기라니."

지후가 몸을 일으켰다.

"너, 나루 많이 좋아하잖아."

"그랬나?"

"고작 그 정도 감정이었냐?"

"그런가 보지."

건성으로 대꾸하는 재경을, 지후는 가만히 노려보다가 말했다.

"무슨 일이 있었던 거야? 나루랑 무슨 일 있었어?"

"왜 그래, 너? 남의 연애사에 그렇게 관심 많은 놈이었냐?"

"친구 연애사에는 관심이 많아."

"나루한테 고백했었는데 차였어. 나랑 사귀기 싫대. 그럼 끝난 거지, 뭐."

"그 정도로 포기할 감정이었어?"

"그 정도라니. 한 번 고백했다가 까였으면 말 다 한 거 아냐? 이 이상 들러붙으면 집착이야, 집착."

"성재경."

"그러니까 난 됐어."

"아니, 안 됐어."

지후가 다가와 재경의 손목을 잡았다.

"나는 네가 나루랑 연애하는 걸 보고 싶다."

"뭐래. 됐다니까 그러네. 그렇게 연애하는 걸 보고 싶으면 네가 나루랑 연애하든가."

"난 연나루 안 좋아하잖아."

"그럼 앞으로 좋아하도록 해 봐. 나루, 괜찮잖아. 예쁘고 똑똑하고."

"내 취향 아냐."

"뭐, 이젠 내 취향도 아냐."

재경은 지후에게 잡힌 손을 슬며시 빼냈다.

"나는 이제 관둘 거야. 짝사랑하는 거, 나랑 안 어울리잖아."

"재경아."

"나 좋다는 여자나 실컷 만나야지."

그 편이 나았다. 여자에게 미쳐서 친구를 질투하고 싶지 않으니까.

'이 마음은 아마 계속되겠지만.'

그래도 힘껏 노력하리라. 연나루를 사랑하지 않도록.

*   *   *

민지후를 마음껏 사랑해도 된다. 그 말을 들은 것만으로도 삶이 변했다. 매 순간 느껴지던 가슴의 통증이 사라졌다. 숨을 쉴 때마다 찾아오던 고통이 없어졌다. 비록 그가 나를 사랑하지 않을지라도, 그를 사랑해도 된다는 사실은 마음가짐을 변화시켰다. 이 시간이 더는 고독하지 않았다.

곧 중간고사라서 다들 시험 준비를 하느라 바빴다. 새벽부터 일어나 도서관에 자리를 잡고 공부를 하다가 수업에 들어오는 학생들도 있고, 이제야 시험 범위를 체크하는 학생들도 있었다.

대학에 들어와 처음으로 경험하게 될 시험이었다. 고등학교 때와는 다를 것 같아서 다들 긴장한 상태였지만, 나루만은 초연했다. 대학 때 배운 내용은 전부 나루의 머릿속에 있었다.

'그러고 보니 예전엔 나도 진짜 열심히 공부했었는데.'

중간고사 기간은 늘 벚꽃이 피는 기간과 겹쳤다. 날이 좋은 봄, 교정에 흐드러진 벚꽃. 하지만 다들 시험공부를 하느라 벚꽃을 즐길 여유가 없었다. 옛 시간에서는 나루도 마찬가지였다. 곳

곳에 핀 벚꽃을 올려다볼 생각도 하지 못한 채, 도서관으로 가는
걸음을 재촉하곤 했다.

　—꽃, 예쁘네.

　하지만 지후는 달랐다. 나루와 함께 도서관으로 걸어가면서
도 고개를 들어 벚꽃을 구경했다. 무심해 보이는 인상과 달리,
꽃이나 나무를 좋아하는 그의 모습을 '숲 속의 곰 아저씨' 같다
고 생각하기도 했었다.

　—꽃 볼 틈이 어디 있어? 너, 시험공부는 다 한 거야?
　—아직. 하지만 지금이 지나면 꽃구경 못 할 것 같은데.
　—그런 거야 졸업하고 나서 하면 되지.
　—지금 보는 꽃과 졸업하고 나서 보는 꽃은 다를걸. 자, 고
개를 들어라, 연나루.

　지후는 고집스럽게 말하며 나루의 양 볼을 잡아 하늘을 보게
만들었다. 새파란 하늘에서 쏟아져 내린 듯한 분홍빛 꽃잎이, 시
야를 아찔하게 채웠던 기억이 났다. 그때 나루의 양 볼을 감쌌던
그의 따뜻한 손바닥이 기억났다. 지금 이 순간, 그가 그때처럼
내 볼을 만져 준다면 얼마나 좋을까.
　"여기 서서 혼자 뭐하냐? 영화 찍냐?"

뒤에서 명진의 목소리가 들려왔다. 나루는 퍼뜩 정신을 차리고 고개를 돌렸다.

"꽃구경."

나루는 검지로 하늘을 가리켰다. 나루의 손가락을 따라 명진이 고개를 들어 흐드러지게 핀 벚꽃을 확인했다.

"아아, 벚꽃이 폈네."

"응, 이 시기에는 벚꽃이 피지."

"꽃 폈다는 것도 몰랐다, 야."

"응, 나도 그랬어. 옛 시간에서는."

나루와 명진은 나란히 걸었다.

"이 시기에는 시험공부를 하느라 정신이 없었지. 시험 끝나면 벚꽃 놀이 가야지, 하고 결심을 하는데, 웃기게도 우리 학교는 시험이 끝나면 꼭 봄비가 와. 봄비는 벚꽃을 다 떨어뜨리고, 우리는 바닥에 깔린 벚꽃을 볼 수밖에 없었어."

바닥에 깔린 분홍빛 융단 같은 벚꽃을 보며 아쉬워했던 기억이 났다. 내년 봄에는 미리 공부를 해 두고 벚꽃 구경해야지, 하면서도 그 결심을 지키지 못했다.

"지금은 봐도 되겠네. 넌 공부 안 해도 되니까."

"응. 그래서 보고 있었지."

나루의 입가에 우아한 미소가 떠올랐다. 명진은 잠시 숨을 멈추고 미소 짓는 나루를 응시했다. 과거로 돌아왔다는 것을 명진에게 알린 후, 나루는 명진의 앞에서 더 이상 어린애처럼 행동하지 않았다.

'32살의 연나루는 정말 매력적이었을 거야.'

라고, 명진은 생각했다.

"너는 도서관?"

나루가 물었다.

"아, 그러려고 했는데. 도서관에 자리 다 찼더라. 그냥 집에 가서 공부하려고."

"의외네."

"뭐가?"

"넌 공부 안 할 줄 알았는데."

"공부 안 하면 이 대학을 어떻게 들어왔겠냐? 이래 봬도 꽤 성실한 편이야."

"그래서 한 달이나 땡땡이를 쳤니?"

"말했잖아. 해외에서 문제가 생겨서 못 돌아왔었다고. 나도 얼마나 초조했는데. 그런데 너, 어디 가는 거야?"

"한강. 벚꽃 구경하러."

"팔자가 늘어졌네."

"응, 난 과 수석이었고, 늘 장학금만 받았고, 졸업 후에도 관련 직종에서 일을 했으니까."

"그래, 참 좋으시겠다."

"같이 갈래?"

"난 너랑 다르게 과 수석도 아니고, 장학금도 못 받았을 것 같고, 졸업은 해 본 적도 없어서."

나루가 웃었다. 명진은 청량하게 울리는 그녀의 웃음소리가 듣기 좋았다.

'이런 식으로 웃는 애였구나.'

늘 죽상을 하고 있던 나루였는데, 지난번 가평에서 '민지후를 사랑해도 돼.'라는 말을 들은 후에 변했다. 단지 그것만으로도 이렇게 분위기가 변하다니.

사랑을 해 본 적 없는 명진이기에, 사랑으로 웃고 우는 나루가 신기했다.

"내가 시험에 뭐 나올지 대충 알려 줄게. 전부는 알려 주기 힘들지만."

"정말? 시험 내용이 다 기억나?"

"전부는 아니지만 대략적으로는 기억나지."

"너, 진짜 머리 좋구나."

"응, 그러니까 KOB 수석 연구원으로 있었지."

명진이 걸음을 멈췄다.

"너, KOB였어?"

"응, 말 안 했던가?"

"어, 연구소라고만 했지. 와, 대단하네."

KOB 미래 생명 연구소는 여러 나라들과 공동으로 운영하는 연구소로, 세계 각지에 그 지점이 있었다. 입사하기가 바늘구멍에 들어가는 것만큼 어렵기로 유명했다.

"응, 나는 대단하지."

"본인 입으로 대단하다고 하는 건 좀 재수 없다, 야."

"응, 나는 재수 없기도 해. 그래서 갈 거야, 말 거야?"

"가자, 가. 시험 문제 알려 준다는데 안 갈 이유가 없지."

나루와 명진은 함께 선유도 공원행 버스를 탔다. 흔들리는 버스에 서서 창밖을 내다보던 명진이 중얼거렸다.

"아, 오토바이로 가면 금방인데."

나루가 도끼눈을 하고 명진을 노려봤다.

"오토바이라니. 너, 설마 아직도 그거 타?"

"아냐, 아냐. 지금은 안 타. 팔려고 내놨어."

"정말?"

"그래, 정말."

나루의 표정이 누그러졌다.

"타지 마, 절대로. 남의 오토바이도 타지 마. 오토바이 근처에도 가지 마."

"알겠어요, 엄마. 잔소리 좀 그만해요."

나루는 콧등을 찡그리고 명진의 볼을 꼬집었다.

"까불지 말고."

"생긴 건 십 대인데 행동은 엄마 같단 말이야."

"내가 너보다 오래 살다가 오긴 했지만, 엄마 나이만큼 오래 살진 않았거든?"

"옛날에 애늙은이 같다는 말은 안 들어봤냐?"

"아주 상큼하다는 말만 자주 들어봤어."

"거짓말하네."

"예리하네."

명진과 이런 대화를 주고받을 만큼, 나루는 마음이 편해졌다. 이윽고 선유도 공원 근처의 정류장에 내렸다. 긴 다리를 건너가 선유도 공원에 들어섰다.

벚꽃 놀이 철이라 그런지 선유도 공원에는 생각보다 사람이 많았다. 주홍빛으로 저물어 가는 해와 선선한 봄바람이 그리움을 자아냈다.

"졸업을 한 후에 여기에 자주 왔어. 특히 이 무렵에."

나루가 말했다.

"항상 많이 바빴거든. 그래도 벚꽃 철이 되면 지후 손에 이끌려서 여기에 왔어. 그리고 저기."

벤치를 가리키던 나루가 말을 멈췄다. 명진은 무슨 일인가 싶어 나루의 손가락 끝이 가리키는 방향을 응시했다. 그곳에 지후가 있었다. 그를 둘러싼 많은 사람들은 배경에 불과했다. 벤치에 구부정하게 앉아 있는 지후만이 또렷하게 나루와 명진의 눈에 각인되었다.

"지후가 왜…… 저기에……?"

나루가 중얼거렸다.

"지후가 저기에 있으면 안 돼?"

"아니, 안 되는 건 아닌데……."

나루가 인상을 찌푸렸다.

"여기서 데이트를 했어. 나도, 지후도 졸업한 후에. 그때 지후가 그랬거든. 처음 와 본다고."

"그래?"

"응. 그런데 왜 지금 저기에 있는 거지?"

"……."

"나한테 거짓말한 건가?"

"글쎄. 가서 물어보지 그래?"

"그건 안 돼."

나루가 휙 돌아섰다.

"나, 아직 지후를 어떻게 대해야 할지 모르겠단 말이야."

명진이 어이없단 표정으로 나루를 내려다봤다.

"왜 몰라? 네 남자친구였잖아."

"그랬지. 그랬기는 한데…… 지후가 먼저 나한테 고백을 한 거였고. 걔가 왜 나를 좋아하게 됐는지도 안 물어봤었고. 괜히 내가 행동 잘못해서, 지후가 날 더 싫어하게 되면 어떻게 해."

나루가 빠른 걸음으로 왔던 길을 되돌아가기 시작했다. 명진이 붙잡을 틈도 없었다. 명진은 황급히 나루의 뒤를 따라갔다.

'더 싫어하게 되다니. 민지후는 이미 나루한테 푹 빠진 것 같은데.'

명진은 그 일을 말해도 될지, 안 될지 망설였다. 현재의 모든 행동이 미래에 영향을 미칠지도 모른다는 생각 때문에, 말과 행동을 하는 것이 조심스러웠다.

나루와 명진이 서둘러 선유도 공원을 빠져나가고 있을 때, 지후는 멀어지는 둘의 뒷모습을 지켜보고 있었다.

*　　*　　*

당산역 근처에 있는 카페에 들어갔다. 저렴한 가격이라서 중고생들이 많이 이용하는 카페였다.

나루는 눈꽃빙수를 시켰다. 빙수가 나오자마자 와구와구 먹는 나루를, 명진은 가만히 지켜봤다.

"아, 너도 먹을래?"

빙수가 바닥을 드러냈을 때에야 나루가 명진의 존재를 깨달은 듯 물었다.

"국물밖에 안 남았네."

"원래 이게 제일 맛있어."

"됐다, 너나 먹어."

나루는 더 이상 권하지 않고, 그릇을 들어 녹은 빙수를 후루룩 마셨다.

"너, 원래 그런 캐릭터였냐?"

"그런 캐릭터라니?"

"고상할 것 같은 느낌이었는데."

"이런 모습도 있고, 저런 모습도 있고 그런 거지, 뭐. 사람이 어떻게 한 모습으로만 살아가? 너도 양아치인 것 같은데 의외로 그렇지 않은 부분이 있잖아."

"그건 그러네."

그래도 그릇을 두 손으로 들고 빙수 녹은 물을 후루룩 마시는 나루는 신기하다고, 명진은 생각했다. 불과 며칠 전까지만 해도 흩어져 사라질 것처럼 불안하고도 신비로운 분위기를 풍겼었는데. 지금 눈앞에 앉아 있는 나루는 쾌활하고 평범한 여고생 같았다.

"어떻게 해야 지후가 날 사랑할까?"

"그건 나도 모르지. 내가 남자의 사랑을 얻으려고 애써 본 적이 있는 것도 아니고."

명진이 심드렁하게 대꾸했다.

"하지만 넌 두뇌 회전이 빠르잖아. 남자가 여자를 사랑하게 되는 이유 같은 거, 아는 거 없어?"

"너야말로 지후한테 그런 것도 안 물어본 거야?"

"응."

나루의 어깨가 축 늘어졌다.

"보통 물어보지 않아? 내 어디가 좋아, 이런 거."

"아, 그건 물어봤었지."

"뭐래?"

"멍청해서 좋대."

"……그래. 그럴 수 있겠다. 충분히 가능한 일이야."

"충분히 가능한 일이라니. 나는 수석으로 졸업했어. 최고의 연구소에 다니고 있었고. 그래서 농담이라고 생각했다고."

"공부하는 머리랑 다른 머리가 있어. 넌 공부 머리는 뛰어날지 몰라도, 다른 쪽 머리는 멍청해."

"너무 단호하게 말하는 거 아냐? 그렇게 말하니까 진짜 내가 멍청한 것 같잖아."

"나, 지금 농담하는 거 아니거든? 지금 이 눈빛에 장난기가 조금이라도 섞였냐?"

명진이 자신의 갸름한 눈을 가리키며 물었다. 나루가 입술을 비쭉거렸다.

"난 안 멍청하다고."

끝까지 고집스럽게 중얼거리는 나루의 모습에 명진이 피식 웃었다. 나루는 가끔 깨물어 주고 싶을 만큼 귀여웠다.

'저 안에 들어 있는 영혼은 나보다 12살이나 더 많을 텐데.'

"설령 지후가 정말로 나를 멍청해서 좋아했다고 해도, 지후 앞에서 계속 멍청하게 굴 수는 없잖아. 나는 멍청한 게 뭔지 몰라."

나루가 말했다.

"평범하게 행동하면 될 것 같은데. 옛 시간에서 네가 굳이 어떤 행동을 해서 지후가 널 좋아하게 된 건 아니잖아. 자연스러운 너의 모습을 보고 반한 거 아니겠어?"

"자연스러움."

나루는 머리를 거머쥐었다.

"난 20살의 자연스러움이 어떤 건지 기억도 안 나. 지금 내가 자연스럽게 행동하면 정말로 애늙은이처럼 보일걸."

"글쎄."

그것도 나쁘지 않을 것 같다는 생각이 들었다. 어려 보이는 외모인데도 어딘지 모르게 성숙한 분위기를 풍기는 나루는 매혹적이었기 때문이다. 하지만 그 말을 입으로 하기에는 민망해서, 명진은 미지근하게 대답했다.

'게다가 지후는 이미 너한테 푹 빠졌다고.'

동아리방에서 봤던 광경이 아직도 생생하다. 그 절절하고 애틋한 지후의 눈빛은 '사랑'이 아닌 다른 단어로는 표현할 수가 없었다.

"32살의 나는 정말 완벽주의자야. 꼼꼼하고 세심하거든. 20살 때도 비슷하긴 했지만 32살 때만큼은 아니었을 거야."

나루가 느닷없이 본인 자랑을 시작했다. 무슨 소리를 하려나 싶어 명진이 가만히 듣고 있노라니, 나루가 눈썹 끝을 내리고 물었다.

"남자들은 너무 완벽한 여자를 싫어하지 않아?"

생각지도 못한 질문에 명진은 웃음을 터뜨렸다.

"왜? 왜 웃는데?"

"아니, 아니. 그건 네가 전혀 걱정할 필요가 없는 부분인 것 같아서."

"걱정 좀 하게 내버려 둘래?"

"아냐, 진짜 무의미한 걱정이야. 괜한 에너지 소비하지 말고, 좀 더 있을 법한 일을 걱정하도록 해."

"있을 법한 일이 뭔데?"

"지후가 너를 사랑하더라도 그 마음을 감추는 경우."

"그럴 만한 일이…… 아."

나루는 재경을 떠올리고 입을 다물었다.

"그래, 성재경. 재경이가 널 좋아한다는 걸, 과 애들이 다 알 정도야. 민지후가 널 사랑하더라도, 과연 그 마음을 표현할까?"

＊　　　＊　　　＊

결국 답을 얻지 못한 채 집으로 돌아왔다.

명진은,

"네가 알아서 해. 그 부분은 못 도와줘."

라고 말했다.

옳은 말씀이다. 내 사랑이니 내가 알아서 해야 한다는 것쯤은 알고 있었다. 다만 이런 대화를 나눌 수 있는 상대가 있다는 것이 기뻐서 떠들어 댔을 뿐이었다.

씻고 나와서 잠옷으로 갈아입고, 책상 앞에 앉았다. 명진에게 시험에 나올 부분을 알려 주기로 했다. 그 부분을 체크해 둘 생각이었다.

'습관은 무섭구나.'

할 일이 있으면 뒤로 미루지 않는다. 나루는 늘 그렇게 살아왔다. 해야 할 일을 끝내고 편하게 다른 일을 하는 게 편했다. 두꺼운 전공 서적을 펼치고 기억을 더듬어 시험에 나올 부분을 체크했다. 오래전, 밤을 지새우며 시험공부를 할 때가 떠올랐다.

'힘들지만 즐거웠어.'

그 당시에는 힘들다는 생각뿐이었지만, 시간이 지나 돌이켜 보면 분명 그 안에 즐거움도 존재했다.

'내일부터는 나도 도서관에 가서 공부나 좀 해 볼까? 꼭 공부를 하는 건 아니더라도, 다시 한 번 그 분위기나 느껴 보게.'

한 과목을 다 체크하고 나서 기지개를 켜며 시간을 확인했다. 어느새 밤 10시가 다 되어 가고 있었다.

'산책이나 좀 하고 올까?'

늦은 밤의 산책은 이제 취미가 되었다. 뺨을 스치는 공기를 느끼며 천천히 걷다 보면, 헝클어진 머릿속이 정리되었다.

신발을 신고 나와 계단을 타닥, 타닥 뛰어 내려갔다. 1층에 도착한 나루는 걸음을 멈췄다. 빌라 입구로 지후가 들어오고 있었다.

나루를 발견한 지후가 우뚝 멈춰 섰다. 지후는 나루의 등장에 놀라 눈을 크게 뜨고 있었다. 하지만 곧 표정을 갈무리하고는 입을 열었다.

"어디 가?"

"아, 산책을 좀. 넌 어디 다녀오는 길이야?"

"산책."

"음, 그래?"

"응."

아까 널 선유도 공원에서 봤어.

나루는 그 말을 할까 하다가 관두고 다른 걸 물었다.

"저녁은 먹었어?"

"응, 간단하게. 넌?"

"나도."

"그래. 잘했네."

나루는 고개를 숙였다. 지후와는 12년을 알고 지냈다. 그중 9년은 연인으로 지냈다. 그런데 왜일까. 다시 한 번 그와 사랑을 해야 한다고 생각하자 심장이 두근거렸다.

나루는 지후를 똑바로 보기가 힘들었다. 마치 첫사랑을 하는 여자아이처럼.

"그럼 난 들어가 볼게."

지후가 말했다.

"아, 저기. 같이 가지 않을래?"

"어디를?"

"산책."

"아니. 나는 하고 돌아오는 길이라서."

지후가 단호하게 거절했다. 이런 일을 예상하고 있었지만 그래도 실제로 거절을 당하니 가슴이 아팠다.

옛 시간의 지후는 항상 나루에게 상냥했었다.

'그래, 그럼. 그만 들어가 봐. 내일 보자.'

옛 시간의 나루는 이런 상황에서 이렇게 말했을 것이다. 하지만 지금의 나루는 옛 시간과는 달랐다.

어째서일까. 산 기간이 더 긴데도 더 소심해졌다.

'하긴. 원래 나이가 들면 겁이 많아지는 법이지. 나만 해도, 원래 무서운 놀이기구 잘 탔었는데 서른 살 넘어가면서는 잘 못 타게 됐잖아.'

아는 게 많아지는 만큼 많은 경우의 수를 따지다 보니, 오히려 겁이 많아진다. 지금의 나루는 인간관계와 사랑에 대해 잘 모르던 20살의 어린애가 아니었다. 그래서 어렵고 무서웠다.

문득 구겨 신은 그의 운동화가 눈에 들어왔다.

"그렇게 신으면 운동화 빨리 상해."

"아아."

지후가 황급히 운동화를 바로 신었다. 가벼운 지적을 받아서 하는 행동치고는 무척 당황해하는 것처럼 보여서 의아했다.

나루는 그를 물끄러미 응시했다.

"왜 그렇게 봐?"

지후가 시선을 옆으로 피하며 물었다.

"아니, 그냥. 좀……."

이상하다. 하지만 뭐가 이상한지 모르겠네.

뭔가 마음에 걸리는 게 있는데, 그걸 정확하게 집어낼 수가 없었다.

"내가 너무 오래 붙잡아 뒀네. 들어가 봐."

나루는 뒤늦게 마음을 정리하고 지후에게 산뜻하게 말할 수 있었다.

"그래."

지후는 대답과 달리 움직이지 않았다.

"왜 안 들어가?"

"너 먼저 가."

"뭐야, 그게? 너 먼저 들어가."

"아니, 너 먼저 가."

나루의 입가에 애잔한 미소가 떠올랐다.

―먼저 들어가.

―아냐, 우리 집 앞이잖아. 너 먼저 가. 보고 들어갈게.

―아니, 너 들어가는 거 보고 갈래.

사귄 지 얼마 되지 않았을 때, 지후와 나루는 데이트를 끝내고 늘 이런 실랑이를 했었다. 그렇게 10분, 20분 실랑이를 하다가 생각났다는 듯 다른 주제의 대화를 하고, 또다시 먼저 들어가, 너 먼저 가, 그런 말을 하다가 또 다른 주제로 대화를 하고. 하루 종일 데이트를 했는데도 헤어지고 싶지 않아, 집 앞에서 그렇게 한참 동안 옥신각신하곤 했다.

"그러고 보니, 너 요새 윤명진이랑 잘 어울려 다니는 것 같더라."

지후가 주제를 바꿨다. 마치 옛 시간 때처럼.

"아, 응. 명진이랑 많이 친해졌지."

"친해졌어?"

"응."

"둘이 사귀거나 하는……."

"아니, 그런 건 아냐!"

그가 오해할까 봐 황급히 반박했다.

나루의 말에 지후가 살짝 인상을 찌푸렸다.

"그런 것치고는 너무 붙어 다니던데."

"그러면 안 돼?"

"응."

"왜?"

"윤명진은……."

거기까지 말한 지후가 입을 다물었다.

잠시 침묵이 흘렀다.

"윤명진은 관상이 안 좋아."

"……."

"어울려서 좋을 게 없어."

"농담이지?"

"진담이야."

지후의 눈동자에는 장난기가 전혀 없었다. 나루는 당혹스러웠다. 지후는 남의 인간관계에 대해 지적을 하는 성격이 아니었다. 선입견을 가지고 타인을 판단하지도 않았다.

'내가 잘못 안 걸까? 내가 이 애를 사랑해서, 이 애의 단점을 발견하지 못했던 걸까?'

아니. 그렇지는 않을 거라고 생각한다.

"재경이 때문이야?"

지후가 그답지 않게 행동하는 데 대한 다른 이유가 떠올랐다.

"재경이 때문에 이런 말을 하는 거야?"

"여기서 재경이가 왜 나와?"

"재경이가 날 좋아하니까."

"……."

"그래서 내가 재경이 아닌 다른 사람이랑 어울리는 게 싫은 거야?"

"그렇다면?"

"월권행위야. 나와 재경이, 그리고 명진이의 문제야. 네가 개입할 일은 아니라고 생각하는데."

"그런가?"

"그래. 들어가 봐."

나루는 돌아섰다. 하지만 몇 걸음 가지 못하고 멈춰 섰다. 지후가 나루의 손목을 잡아 세웠기 때문이다.

지후는 나루의 가느다란 손목을 세게 잡고, 돌아본 나루를 가만히 내려다봤다. 나루는 그의 검은 눈동자 안에 어떤 생각이 담겨 있는지 알고 싶었다.

"뭐야?"

"난 개입을 해야겠어."

지후가 고집스럽게 말했다.

"뭐라는 거야? 이 손 좀 놔줄래?"

그를 사랑한다. 하지만 그의 잘못된 행동까지 받아들이고 싶지는 않았다.

"윤명진은 좋지 않아. 걔는 너한테 안 좋은 영향을 미칠 거야."

지후의 한 마디, 한 마디에 허투루 넘기기 힘든 무게가 실려 있었다. 하지만 나루는 그런 그의 음성과 말투가 그의 재능이라는 것을 알고 있었다. 사람을 사로잡고 사람을 이끄는 재능. 지후는 그런 걸 가지고 있는 사람이었다.

"왜 그런 소리를 하는지 모르겠네. 걔가 오토바이를 타고 머리를 그러고 다녀서 그래?"

"그런 문제가 아냐."

"그럼 뭐가 문제인데?"

나루는 눈을 동그랗게 뜨고 지후를 올려다봤다. 지후는 난처한 듯 살짝 미간을 좁혔다가 작게 한숨을 내쉬었다.

"재경이가 널 많이 좋아해."

"……"

"걔는 겉으로 그렇게 보여도 사실은 순정파야. 네가 앞에 있으면 어쩔 줄을 몰라 하지."

"그래서? 재경이를 선택해라?"

"그래."

"재미있구나, 너."

나루는 그에게 잡히지 않은 쪽 손을 들어, 지후의 뺨에 살며시 올렸다. 지후는 움찔했지만 그 손을 뿌리치진 않았다.

"지후야. 재경이가 좋은 애라는 건, 나도 알고 있어. 그 애가 생긴 것과 다르게 순정파라는 것도, 나는 알고 있고. 하지만 나는 그 애를 좋아하지 않아."

"나루야."

"너도 바보가 아니라면 알겠지. 마음이라는 건 나 자신조차도 어떻게 할 수 있는 게 아니라는 걸. 내 마음은 재경이를 향하지 않아. 앞으로도 그럴 거고."

"세상에 확신할 수 있는 일은……."

"있어, 가끔은."

"……."

"나는 그 애를 사랑하지 않아. 나는 언제나 단 한 사람만을 사랑해. 과거에도, 현재에도, 그리고 미래에도."

누구냐고, 지후는 묻지 않았다. 나루는 그게 다행인지, 아닌지 알 수 없었다.

"놔줘, 지후야. 난 산책을 할 거야."

지후의 손에서 힘이 빠졌다. 나루는 그가 기분 나쁘지 않도록 조심스럽게 손을 빼냈다. 돌아서는 나루를, 지후는 붙잡지 않았다. 하지만 지후는 그 자리에 꼼짝도 하지 않고 서서 멀어지는 나루의 뒷모습을 지켜봤다.

＊　　＊　　＊

지각이다. 간밤에 지후의 돌발 행동에 대해 고민을 하느라 잠을 제대로 자지 못했다. 나루는 서둘러 준비를 하고 집을 나왔다. 계단을 두 개씩 달려 내려가다가 다리가 꼬였다.

'넘어진다!'

앞으로 고꾸라지는 나루의 허리를, 단단히 감싸는 팔이 있었다.

"조심 좀 해."

재경이었다.

"아, 재경아. 고마워."

"응."

재경은 나루가 똑바로 섰다는 걸 확인하고는 계단을 내려갔다. 같이 가자는 말은 하지 않았다.

'그러고 보니 요새 재경이랑 제대로 얘기를 해 본 적이 없네. 강의실에서 마주쳐도 제대로 인사도 못 했고.'

나루를 대하는 재경의 태도가 어색해졌다는 걸, 이제야 깨달았다.

'무슨 일이지?'

묻고 싶지만 묻지 않았다.

'재경이는 날 사랑하고 있어. 굳이 여지를 주는 행동을 하면 안 돼.'

어쩌면 이대로 영원히 멀어질지도 모른다. 눈이 마주쳐도 인사 한 번 안 하는 사이가 될 수도 있다.

'하지만 어쩔 수 없어.'

시간을 돌아왔다고 해서, 모든 것이 같으리라는 희망은 버려야 했다. 지후만 해도 나를 사랑하지 않고, 윤영 역시 나를 싫어한다. 옛 시간의 사랑과 우정은, 이 시간에서는 통하지 않는다. 새롭게 시작을 해야만 했다. 단 하나만 빼고 모든 미련을 다 버려야만 했다.

'지후를 살리는 거. 나는 그거 하나만 하면 되는 거야.'

내 사랑하는 친구가 나를 싫어하고 어색해하더라도 이제는 받아들여야 한다.

학교를 향해 걸어가는 내내, 재경은 뒤에서 걸어오는 나루의 존재를 느끼고 있었다. 그녀의 허리는 무척이나 가늘었다.

'밥은 먹고 다니는 건가?'

나루는 처음 봤을 때보다 더 마른 것 같았다. 팔 안에 쏙 들어오던 그녀의 체온이 여전히 팔에 묻어 있었다.

재경은 손바닥을 내려다보다가 피식 웃었다. 쓰디쓴…… 웃음이었다.

'내가 뭘 하고 있는 거야. 한심하게.'

*   *   *

2교시 강의가 끝나자마자 도서관으로 향했다. 예상대로 빈자리를 찾을 수가 없었다.

'아, 도서관에서 공부 좀 해 보려고 했는데.'

실망스러운 기분으로 나오다가, 서로 팔짱을 끼고 들어오는 선미와 지영을 발견했다.

"안녕."

나루가 먼저 인사를 건네자, 둘은 놀란 듯했지만, 곧 웃으며 인사를 받았다.

"도서관 자리 없지?"

선미가 물었다.

"응, 없더라. 너넨 자리 맡았어?"

"우린 새벽부터 왔어. 선배들이 자리 맡으려면 새벽 5시에 와서 기다리라고 하더라고. 그때 자리 정리한다고."

"아, 그래?"

알고 있는 사실이었다.

"메뚜기 해. 어차피 자리만 맡아 두고 안 오는 사람들 많더라."

메뚜기는 도서관에서 빈자리에 앉아 공부를 하다가, 자리 주인이 오면 다른 빈자리로 옮기는 걸 말했다. 오랜만에 듣는 단어에 빙그레 웃는 나루를, 선미와 지영은 멍하니 쳐다봤다.

"와, 너 웃으니까 이미지가 진짜 다르다."

지영이 호들갑스럽게 말했다.

"아, 그래?"

"훨씬 낫네. 좀 웃으면서 다녀."

"맞아, 맞아."

"응, 고마워. 다들 공부 열심히 해."

"아, 나루야. 이따가 자리 나면 맡아 줄까?"

지영의 제안에 선미가 지영의 옆구리를 쿡 찔렀다. 도서관에는 재경과 지후도 있었다. 요 며칠 재경, 지후와 잘 지냈는데 나루가 끼게 되면 두 남자는 다시 나루에게만 관심을 둘 것이다. 하지만 지영은 선미의 속도 모르고 나루에게 말했다.

"폰 번호 알려 주면, 자리 났을 때 연락 줄게."

"그래 주면 정말 고맙고."

나루는 지영에게 폰 번호를 알려 줬다.

"자리 안 날 수도 있어."

선미가 말했다.

"응, 그래도 괜찮아. 내가 늦은 게 잘못이지. 나도 내일은 5시에 나와 볼까 봐. 그럼 다들 힘내."

나루는 손을 흔들고 도서관을 나갔다. 나루가 멀어지자마자 선미가 지영의 팔을 꽉 잡았다.

"야, 너 왜 나루한테 그런 거야?"

"응? 뭐가?"

"너, 나루 싫어하잖아."

"아니, 딱히 싫어하는 건 아니었는데. 그냥 너무 남자애들이랑
만 어울리는 것 같아서 좀 그랬던 거지."

"나루는 지금도 남자애들이랑만 어울리잖아."

"그런 것 같진 않던데. 쟤, 요새 혼자 다니잖아."

"그런가?"

그러고 보니, 요새 나루가 재경이나 지후와 함께 있는 모습을
본 기억이 없다.

"우리가 애도 아니고, 왕따 시키고 그러는 건 좀 그렇잖아."

"아니, 내가 뭐 나루 왕따 시키자고 했나?"

선미가 툴툴거렸다.

"나루 왕따 시키게?"

선미의 투덜거림에 대한 대꾸는 뒤에서 들려왔다. 선미가 표
정을 굳히고 뒤를 돌아봤다. 재경이 서 있었다. 선미의 얼굴이
금세 붉어졌다.

"아, 아니. 그런 게 아니고. 왕따 같은 거 안 시킬 거라는 얘기
하고 있었는데."

"그래?"

재경이 다정한 미소를 지었다. 여태껏 나루에게만 보여 주던

미소였다.

"누구 왕따 시키고 그러지 마. 이따 같이 저녁이나 먹자."

"아, 정말?"

재경이 먼저 저녁을 먹자고 하는 건 처음이기에, 선미와 지영 둘 다 반색하며 달려들었다.

"응, 수업 다 끝나면 닭갈비나 먹자. 공부하려면 속이 든든해야지."

"오, 닭갈비. 좋아."

"술도 한잔하고?"

"시험 기간인데 술은 자제하자."

재경은 적당히 대꾸해 주며 열람실 안으로 들어갔다. 나루를 사랑하지 않기로 했다. 하지만 나루가 따돌림을 당하고 미움받는 것은 싫었다. 그러니까 있는 힘껏 노력할 것이다. 나루가 여자애들의 미움을 받는 일이 생기지 않도록.

'여자애들이 나루를 싫어하는 이유 중에는 내 탓도 있으니까.'

*　　　*　　　*

저녁을 먹을 시간이 되자, 재경은 옆자리를 돌아봤다. 지후는 도서관에 오자마자 엎드려 자고 있었다. 벌써 2시간째다.

'이 녀석, 대학 들어온 후로 좀 이상하단 말이야.'

지후는 항상 성실했다. 타고난 머리가 좋은데도 노력을 게을

리하지 않았다. 수험생 때 늘 함께 학원과 독서실을 다녔는데, 엎드려서 자는 모습을 본 적은 단 한 번도 없었다.

'요샌 수업도 잘 빼먹고.'

대학 들어와서 해이해져 정신을 놓고 노는 애들이 있다고는 들었다. 하지만 지후는 그런 과가 아니었고, 설령 그렇다고 해도 정신을 놓고 노는 것 같아 보이진 않았다.

재경은 지후의 어깨를 흔들었다. 지후가 반쯤 고개를 들고 재경을 응시했다.

"저녁 먹으러 갈 거야."

"아아."

지후가 일어날 준비를 했다.

"선미랑 지영이랑 같이 먹기로 했어."

재경이 덧붙인 말에 지후가 움직임을 멈추고 미간을 좁혔다.

"김선미랑 정지영?"

"응."

"왜?"

"같은 과 애들이랑 저녁 먹는데 꼭 이유가 있어야 돼?"

"나루는?"

이번에는 재경이 미간을 좁혔다.

"여기서 나루가 왜 나와? 말했잖아. 나루에 대한 마음 접을 거라고."

"재경아."

지후가 짐짓 심각하게 재경의 이름을 불렀다.

재경은 왈칵 짜증이 났다.

나루는 날 사랑하지 않는다고. 난 나를 사랑하지도 않는 여자 때문에, 친구가 죽어 가는 상황에서도 친구를 질투했다고.

나는 그런 비열한 놈이라서 나루를 사랑하는 것도, 네 옆에 친구라는 이름으로 있는 것도 미안하다고.

목구멍까지 치민 말을 꿀꺽 삼켰다.

"어쩔 거야? 저녁, 같이 먹을 거?"

"난 패스."

"그래, 챙겨 먹어라."

지후는 다시 엎드렸고, 재경은 일어나서 지후의 어깨를 툭툭 두드렸다. 선미와 지영은 이미 열람실 입구에서 재경을 기다리고 있었다. 들뜬 듯한 표정의 두 여자에게 다가가며, 재경은 속으로 한숨을 삼켰다.

아아. 대학 생활, 정말 재미없다.

＊　　　＊　　　＊

[도서관에 자리 맡아 놨어. 얼른 와.]

지영의 문자를 받고 도서관으로 향하던 나루는, 나란히 걸어오는 재경과 선미, 지영을 발견했다.

재경을 가운데 두고 선미와 지영이 양쪽 옆에서 걷고 있었다.

"아, 나루야. 빨리 왔네."

지영이 손을 흔들었다.

"응, 동방에 있었거든."

나루는 재경과 어색하게 눈인사를 주고받았다.

"우리 저녁 먹으러 가는 길인데, 같이 갈래?"

지영이 나루에게 물었다. 지영의 말이 끝나기 무섭게 선미의 표정이 굳었다.

"아, 나는 저녁 먹었어."

나루는 거짓말을 했다.

지영도 진짜로 나루와 저녁을 먹고 싶은 건 아니었기에, 더는 권하지 않았다. 세 사람을 지나쳐 걸어가다가 뒤를 돌아봤다. 재경이 선미와 지영의 사이에 끼어 있는 모습은 어색했다. 옛 시간에서는 저런 광경을 단 한 번도 보지 못했다.

'지금은 옛 시간이랑은 조금 다르니까.'

저녁을 먹을 시간이라 그런지 도서관에서 나오는 학생들이 많이 있었다. 아는 사람을 만날 때마다 눈인사를 하거나 잠깐 멈춰 선 채로 대화를 하다 보니, 열람실에 들어가는 시간이 늦어졌다.

지영이 알려 준 자리로 향하다가 구석에 엎드려 있는 지후를 발견했다. 나루와 세 자리 떨어진 곳이었다.

'지후는 저녁 먹었나?'

나루는 책상에 가방을 내려놨다. 지후에게 말을 걸고 싶은데 망설이게 되는 이유는, 어젯밤 지후의 행동 때문이었다.

명진과 어울리지 말라고 강요하던 지후는 낯설었다. 기계적으로 전공 서적을 꺼내 책상 위에 늘어놓고 있는데, 누군가 나루의 어깨를 꾹 눌렀다.

"나루, 얼굴 보기 힘들어, 아주."

2학년 선배인 지민이었다. 원래 까랑까랑한 목소리라서 작게 낸다고 냈는데도 지민이 하는 말이 도서관에 울렸다. 근처에 앉아 있던 몇 명이 눈살을 찌푸리며 지민을 쏘아봤지만, 지민은 아랑곳하지 않았다.

"공부하러 왔어?"

"아, 네."

"족보 좀 받은 거 있고?"

"아뇨, 없어요."

그런 거 필요 없지. 시험에 뭐가 나올지 다 알고 있는데.

"내가 줄까, 족보?"

"아니요, 괜찮아요."

"왜? 족보 있으면 공부하기 편하잖아. 오빠가 잘 정리해 둔 게 있거든. 다른 애들도 나한테 받아 갔어."

"조용히 좀 하세요."

근처에 있던 학생 한 명이 지민에게 쏘아붙였다. 지민은 꾸벅 고개를 숙이고는 나루의 팔을 잡았다.

"나가서 얘기하자. 오빠가 커피 사 줄게."

도서관 안에서 더 소란을 부리면 주목을 받을 것 같아서, 나루는 어쩔 수 없이 일어났다. 나루는 지민에게 이끌려 열람실을 나가자마자 손을 뿌리쳤다.

"지민 선배. 저, 이렇게 몸에 손대는 거 별로 안 좋아해요."

나루의 단호한 말에 지민의 얼굴이 붉어졌다.

"아니, 난 그냥 친하게 지내자고 그러는 건데 뭘 그렇게 예민하게 반응해? 그냥 손목 좀 잡은 거 가지고."

"선배. 저는……."

"오빠라고 불러."

나루의 말을 끊으며 지민이 말했다. 나루는 속으로 혀를 찼다.

'이놈이 이렇게까지 진상이었나?'

지민과 친하게 지내질 않아서 잘 기억이 나지 않았다. 술자리에서 늘 주정을 부렸던 것만 기억났다. 이런 놈들은 적당히 받아주면 계속 이렇게 들러붙는다.

나루는 허리를 똑바로 펴고 지민과 똑바로 눈을 맞췄다.

"선배, 전 선배랑……."

"나루."

왜 이렇게 말을 끊는 사람이 많은 걸까.

굵은 팔이 나루의 목을 감싸듯이 끌어안았다.

"여기서 뭐해?"

명진이었다.

지민은 눈을 부릅뜨고 명진을 올려다봤다. 1학년의 위험한 후배에 대해서는 이미 들어서 알고 있었다. 한 달이나 출석도 안 하고, 오토바이를 타고 다니고, 레게 스타일 헤어에 피어싱을 잔뜩 하고, 팔에는 문신이 있다던가.

우리 학교에 어떻게 들어왔는지 모르겠다고, 동기들이 숙덕거리는 소리를 들었다. 멀리서 본 적은 몇 번 있지만, 가까이에서 보는 건 처음이었다. 가까이에서 본 명진은 들은 것보다 훨씬 눈빛이 사나워 보였다.

쉬워 보이는 후배였다면, '어디 선배 말하는 데 끼어들어?'라고 면박을 줬겠지만, 명진에게는 차마 그럴 수가 없었다.

지민은 눈만 끔뻑거렸다.

"지민 선배랑 얘기 좀 하고 있었어. 아, 2학년 선배야."

나루가 지민을 소개시켰다. 명진의 눈동자가 지민에게로 향했다. 위에서부터 아래로 훑어보는 명진에게, 지민은 아무 말도 할 수 없었다.

"흐응, 안녕하세요."

"어, 그래. 안녕."

지민이 어색하게 손을 들어 올렸다.

"우리 나루한테 뭔가 할 이야기라도?"

"아니, 아니. 할 얘기는 뭐. 오랜만에 얼굴 보니까 반가워서…… 어, 그럼 얘기들 나눠."

지민이 도망치듯 그 자리를 떠났다. 그제야 명진의 팔에서 힘이 빠졌고, 나루는 그의 품에서 벗어났다.

"뭐 하는 거야?"

"널 도와주는 거잖아."

"내가 할 수 있었거든."

"너 말이야. 과거로 돌아왔다고 해서 모두랑 척을 지고 살 필요는 없잖아. 두루두루 친하게 지내는 게 좋아. 사람은 언제 어디서 도움이 필요하게 될지 모르니까."

여상히 말하는 명진을, 나루는 빤히 응시했다.

"왜 그렇게 봐?"

"너야말로 그 속에 아저씨의 영혼이 들어 있는 거 아냐?"

"왜? 의외로 속이 깊어서? 새삼 괜찮은 녀석이란 생각이 드냐?"

"처음부터 괜찮은 녀석이라는 생각은 했어."

명진이 피식 웃었다.

"너, 말 좀 조심하는 게 좋겠다."

"내가 무슨 말실수했니?"

"나는 네가 나를 12살 어린 동생으로 본다는 걸 아니까, 괜찮은 녀석이라고 말해도 아무렇지 않게 받아들일 수 있어. 하지만 다른 남자애들은 안 그럴걸."

"아……."

거기까지는 생각하지 못했다.

"20살이면 아직 어리잖아. 예쁘게 생긴 여자애가 괜찮네, 어쩌네 하면 설레서 잠도 못 잘걸."

"너야말로 말 좀 조심해. 아무한테나 그렇게 예쁘다고 말하면 그 말 들은 여자애야말로 설레서 잠 못 잘 테니까."

"오, 방금 좀 설레었어?"

"그럴 리가."

명진의 조언은 고마웠다. 어쩌면 어린 동생을 대하는 듯한 나루의 행동이, 남자애들을 설레게 만들고 여자애들을 질투하게 만드는지도 몰랐다.

앞으로는 좀 더 조심해야지.

"그나저나 너 저녁은 먹었니?"

"아직. 너는?"

"나도. 먹으러 가자."

"족발. 족발이……."

거기까지 말한 명진이 입을 다물었다. 열람실에서 나오던 지후와 눈이 마주쳤기 때문이다. 아주 잠깐이었지만 지후의 눈빛이 무시무시하게 변하는 것을, 명진은 똑똑히 목격했다.

'어이쿠, 무서워라.'

명진은 나루에게서 한 걸음 물러섰다.

"족발 먹고 싶어?"

지후가 나왔다는 걸 모르는 나루가 명진에게 물었다.

"어, 족발이 먹고 싶긴 한데."

"나도 족발 좋아해."

나루의 뒤에 선 지후가 말했다. 나루가 놀라서 눈을 크게 뜨는 모습이, 명진은 재미있었다.

'사랑에 빠진 여자는 재미있구나.'

나루는 명진의 앞에서는 누나처럼 굴고, 다른 학생들 앞에서는 아무래도 좋다는 듯 행동했다. 하지만 지후의 앞에서는 수줍음 많은 소녀처럼 변해서 어쩔 줄 몰라 했다.

사랑, 그거 참 재미있다.

'아, 물론 남의 사랑일 때만. 내 사랑은 싫지, 이런 지독한 건.'

사랑하는 남자가 죽었다. 그 남자를 살려야 한다는 일념이 나루를 과거로 되돌려 보냈다. 그녀에 대해 전혀 기억하지 못하는 남자를 위해, 고독한 길을 걸어온 나루가 안쓰럽기도 하고 대단하기도 했다.

멋지지만, 처절하다. 명진은 나루처럼 처절한 사랑을 하고 싶지는 않았다.

"그럼 너도 같이 먹으러 가든가."

명진이 지후에게 말했다. 그제야 나루는 표정을 갈무리하고 뒤를 돌아봤다.

"안녕, 지후야?"

오른손을 살짝 올리고 인사하는 나루의 모습은…….

'어색하다, 어색해. 그건 아냐, 연나루.'

누가 봐도 부자연스러웠다. 하지만 지후는 고개를 끄덕였다.

"어, 안녕."

명진은 초등학교 때 이런 광경을 본 적이 있었다.

'교과서에서였지.'

철수야, 안녕. 영희야, 안녕. 나루와 지후의 모습이 딱 그렇게 보였다.

"어쩔 거야? 밥 먹으러 갈 거야, 말 거야."

안 되겠다 싶어, 명진이 다시 끼어들었다.

"갈 거야."

나루가 먼저 대답했고.

"나도."

지후도 대답했다. 그래서 나루와 지후, 명진은 함께 족발을 먹으러 나갔다. 참으로 어울리지 않는 멤버라고, 명진은 생각했다.

명진은 지후가 나루를 사랑한다는 것도, 나루가 지후를 사랑한다는 것도 알고 있었다. 각자 다른 이유가 있어서 자신들의 마음을 감추고 있다는 것 또한 알았다.

'진실을 안다는 게 이렇게 고통스러운 일이었다니!'

만화에서 진실을 알게 된 주인공들이 괴로워하는 게 이해됐다. 물론 그 주인공들이 알게 된 진실은 좀 더 무겁고 범세계적인 진실이지만.

'나는 이것도 힘들다고!'

음식점 안에 들어가서도 상황은 나아지지 않았다. 서먹한 분위기 속에서, 명진은 열심히 메뉴판을 노려봤다. 메뉴 고르는 척이라도 하며, 이 분위기를 이겨낼 생각이었다.

"메뉴가 한 백 개쯤 되냐?"

하지만 지후의 지적에 그럴 수도 없게 되었다. 원망스러운 마음으로 메뉴판을 지후에게 내밀었다.

"그럼 네가 고르시지? 아주 멋들어진 선택을 기대할 테니까."

명진의 도전적인 어투에 지후가 살짝 인상을 찌푸렸다.

"족발 먹는다며?"

"족발이 한 종류냐?"

"그래 봐야……."

메뉴판을 펼친 지후가 그 안에 적힌 여러 종류의 족발을 보고 입을 다물었다.

명진이 거보라는 듯 의기양양한 미소를 지었다.

"어디 한 번 최고의 선택을 해 보셔."

지후가 작게 한숨을 내쉬었다.

"네가 골라. 난 화장실 좀."

지후가 자리에서 일어났다. 명진이 지후가 놓고 간 메뉴판을 가져오려고 손을 뻗는데, 나루가 그 손목을 덥석 붙잡았다.

"지후는 매운 걸 못 먹어."

"그럼 그냥 기본 족발 시켜."

"그런데 난 매운 족발을 좋아해."

"어쩌라고."

"생각해 봐. 지금 만약 기본 족발을 시켰는데, 지후가 나중에 내가 매운 걸 좋아한다는 걸 알게 되면 수상하게 생각할 거 아니냐. 그렇다고 지금 매운 족발을 시키면, 지후가 날 이기적인 여자라고 생각해서 정떨어질지도 몰라."

"……뭘 그렇게 복잡하게 생각하냐? 그냥 먹고 싶은 거 먹어. 쟤가 매운 거 싫어한다는 말을 한 것도 아니잖아."

"아, 그건 그러네."

"게다가 그런 걸로 정떨어진다고 생각하는 놈이라면, 너무 별로인 거 아냐?"

"그렇긴 하지만, 지후는 이미 날 싫어한단 말이야."

"그럴 리가."

명진은 직원을 불러 매운 족발과 계란찜을 시켰다. 주문을 하는 동안 아랫입술을 잘근잘근 깨물고 있던 나루가, 직원이 떠나자마자 말했다.

"어쩌지? 난 아직 지후를 앞에 두고 밥 먹을 마음의 준비가 안 되어 있어."

"가지가지 한다. 야, 너 쟤랑 12년 알았다며?"

"그래도…… 지후는 아니잖아. 난 지금 짝사랑 중인 거야."

"짝사랑이고 뭐고, 사람 앞에 두고 밥 먹는 게 어려운 일도 아니고."

"실수라도 하면 어떻게 해."

"그럼 바로잡으면 되지."

"지후가 날 못쓸 여자라고 생각하면?"

"쓸모 있는 여자로 보이도록 노력하면 되는 거고."

"그게 가능할까?"

"죽음을 바꾸려고 과거로 돌아왔는데, 사람 생각 좀 바꾸는 게 대수야?"

명진이 툭 내뱉은 말이 위로가 되었다. 나루는 크게 심호흡했다.

"나는 지후를 정말 많이 좋아해."

명진이 웃었다.

"그래, 알아."

화장실에서 나와 자리로 돌아가던 지후는, 마주 보고 웃는 나루와 명진의 모습에 걸음을 멈췄다. 친근해 보이는 둘의 모습을 가만히 응시하다가 다시 걸어가 명진의 옆자리에 앉았다.

"시원하게 싸고 왔냐?"

명진이 스스럼없이 물었다.

"어. 뭐 시켰어?"

"매운 족발."

"아, 그래."

"매운 거, 잘 먹어?"

나루가 조심스럽게 물었다.

"응. 잘 먹어."

지후가 곧바로 대답했다. 그 말에 나루와 명진이 눈을 맞췄다.

'못 먹는다며?'

'아냐, 진짜로 못 먹는단 말이야.'

'자기 남자 친구 취향도 제대로 모르냐, 넌? 지후에 대해 아는 게 뭐야?'

'알아. 진짜로 못 먹는다니까!'

나루와 명진은 눈으로 대화를 주고받았다. 그걸 아는지 모르는지 지후는 수저통에서 수저를 꺼내, 나루와 명진의 앞에 놓고 있었다.

'매운 거 못 먹었었는데, 분명.'

나루는 얼떨떨했다. 그저 말로만 못 먹는 정도가 아니었다. 지후는 고춧가루 냄새만 맡아도 땀을 뻘뻘 흘릴 정도로, 매운 것을 먹지 못했다. 매운 거 알레르기가 있는 게 아닌지 의심이 될 정도였다.

'뭐지? 매운 걸 잘 먹는다고? 원래는 잘 먹었다가 나랑 사귀면서 못 먹게 된 건가?'

아니, 그럴 리 없었다. 대학교 1학년 때, 친구들과 함께 닭갈비를 먹는 내내 얼굴이 빨개진 지후의 모습을 신기하게 지켜봤던 기억이 났다.

―괜찮아, 지후야?

보다 못해 티슈를 내밀며 말하는 나루에게, 지후는 겸연쩍은 듯 웃어 보였다.

—응, 고마워.

그 미소가 지후와 잘 어울린다는 생각을 했었다.

'어떻게 된 거지? 왜 매운 걸 잘 먹는 거야? 내가 과거로 돌아와서 변한 게, 주위의 인간관계뿐만이 아닌 건가? 지후의 체질 같은 것도 변한 거야?'

나루의 혼란은 매운 족발이 나오고 나서 얼마 지나지 않아 가라앉았다. 매운 족발을 먹는 지후는, 나루가 기억하는 딱 그 모습이었다. 얼굴은 빨개지고 이마에는 땀이 송골송골 맺히고. 누가 봐도 매운 것을 잘 먹는 모습이 아니었다.

황당한 건 명진도 마찬가지였는지, 고개를 돌려 지후의 상태를 지켜보다가 말했다.

"너, 매운 거 잘 먹는 거 맞냐?"

"어."

지후가 숨을 헐떡거리며 말했다.

"힘들어 보이는데."

나루가 눈을 가늘게 뜨고 중얼거렸다.

"아니. 맛있게 먹는 중이야."

지후가 고집을 부렸다.

"맛있게 먹는 거랑 매운 걸 잘 먹는 거랑은 다르지. 너, 지금 되게 힘들어 보여."

"안 힘들어."

"살짝 눈물이 맺힌 것 같은데."

명진의 말에 지후가 손등으로 눈가를 슥 닦았다.

'어쩌면 쟤는 눈물 닦는 모습도 저렇게 멋질까?'

나루는 황홀한 기분으로 지후를 지켜보다가, 냅킨을 뽑아 지후에게 내밀었다.

"땀 좀 닦아."

"됐어."

역시 옛 시간과는 달랐다. 지후는 겸연쩍은 듯 웃지도, 고맙다고 말하며 티슈를 받아 들지도 않았다. 지후 대신 명진이 나루가 내민 티슈를 받아 들어 지후의 이마에 묻은 땀을 쿡쿡 눌러 닦아냈다.

"하지 마."

지후가 성가신 듯 말했지만 명진에게는 통하지 않았다.

"뭘 하지 마. 땀 뻘뻘 흘린다고. 홍수가 나겠다고. 그러니까 좀 닦으라고. 왜 고집부리냐고."

잔소리를 하며 지후의 땀을 닦는 명진을, 나루는 부러운 듯 지켜보다가 말했다.

"명진아, 너 꼭 엄마 같다."

"엄마라니. 나는 이렇게 다 큰 아들 둔 적 없다."

"다 안 컸으면 엄마가 되어 주는 것도 가능하다는 건가?"

지후가 끼어들었다.

"넌 말할 자격 없어. 네가 매운 것도 못 먹는 주제에 잘 먹는다고 허세를 부리니까 이런 소리를 듣는 거 아냐."

"허세라니. 난 원래 매운 걸 잘 먹어."

"뭔가 오해하는 모양인데, 너 지금 이거 잘 먹는 게 절대 아니라니까? 잘 먹는다는 건, 저것 봐 봐."

명진이 나루를 가리켰다. 명진에게 '엄마 같다.'는 평가를 내린 나루는, 이제 아무래도 좋다는 듯 매운 족발의 살코기를 집어 입에 넣는 중이었다.

"저렇게 먹어야 잘 먹는 거라고. 얼굴색 하나 안 변했잖아."

"나도 안 변해."

"아니, 넌 변했다니까? 네놈이 조금만 못생겼어도 멍게 같다는 말 들었을 거다."

"호오. 내가 안 못생겼나?"

"그럼 네 눈엔 네가 못생겨 보이냐? 너, 잘생겼잖아."

"그런가?"

"뭐야, 이거. 큰 그림이었던 거냐? 잘생겼다는 말을 들으려는 큰 그림?"

지후가 후, 하고 웃었다. 바람이 부는 듯, 모래가 이는 듯, 상냥하기도 하고 허무하기도 한 그 웃음에, 명진이 입을 다물었다. 명진의 매서운 눈매가 가늘어지는데, 지후가 말했다.

"너도 얼른 먹어. 떠드느라 배고프겠다."

"어, 그래. 먹어야지."

명진은 꺼림칙한 표정으로 젓가락을 들었다. 살코기 하나를 집어 입에 넣은 명진이 억, 소리를 내뱉었다.

"이거 뭐야? 왜 이렇게 매워?"

"아, 명진이 너도 매운 거 잘 못 먹어?"

나루가 덤덤히 물었다.

"아니, 이건 매운 걸 잘 먹고 못 먹는 수준이 아니라…… 엄청 맵잖아! 혀가 타들어 가는 것 같다고."

"아, 그 정도야?"

나루는 어릴 때부터 매운 걸 좋아했다. 그래서인지 이 집의 매운 족발이 맵다고 느낀 적이 없었다.

지후가 그것 보라는 듯이 명진을 돌아봤다.

"봐 봐, 난 매운 걸 잘 먹는 편이라니까."

"아니, 그건 아니고."

"난 적어도 너처럼 비명을 지르진 않았지."

"비명이 아니라 감탄사였어."

"아, 그래? 특이하게도 감탄하네."

"그래? 그러는 넌 땀 뻘뻘 흘리면서, 참 특이하게도 안 매워한다?"

그새를 못 참고 옥신각신하는 둘의 모습을 보며, 나루는 저 두 사람이 의외로 잘 맞을지도 모르겠다고 생각했다.

"이 매운 맛은 인간이 감당할 수 있는 수준이 아니야."

라는 명진의 평가에,

"아니, 난 감당할 수 있어."

라고 지후는 고집을 부렸다.

하지만 명진은 지후의 말을 무시하고 칼국수를 시켰다.

칼국수가 나오자 지후는 더 이상 족발을 먹지 않았다.

"너, 안 맵다며? 왜 이거 먹어?"

명진이 면박을 줬고.

"난 원래 칼국수를 좋아해."

지후는 곧바로 대답했다.

지후와 명진은 식사 시간 내내 실랑이를 했고, 나루는 두 남자 사이에서 자신이 불청객인 것 같다는 느낌까지 받았다.

돈을 걷어서 계산을 하고 가게 밖으로 나왔을 때, 명진이 말했다.

"아, 나 잠깐 갈 데가 있어. 니들 먼저 들어가라."

나루가 지후와 단둘이 있을 시간을 주기 위해 자리를 비켜 주려는 것 같았다. 대답도 듣지 않고 돌아서는 명진의 손목을, 지후가 덥석 붙잡았다.

명진이 지후에게 잡힌 자신의 손목을 내려다보다가 지후의 얼굴로 시선을 옮겼다.

"뭐야, 설레게."

"어디 가?"

"갈 데가 있다니까."

"그러니까 어디?"

"너, 뭔가 착각하는 모양인데…… 너랑 나랑 연인 아니거든? 왜 내 일거수일투족을 알려고 해?"

명진이 집착하는 남자와 사귀는 중인 여자 같은 말을 했다.

"어디 가는지는 알려 줘도 되잖아."

"미안하지만 나한테 관심이 있는 거라면, 정중하게 거절하지. 난 남자한테 관심이 없거든."

명진의 말에 지후가 손을 떼어 냈다.

명진이 손목을 문질렀다.

"거참, 힘 겹게 세네. 울지 마라, 민지후. 이따 도서관으로 갈 테니까."

그 모든 일이 벌어지는 동안, 나루는 꼼짝도 않고 서서 지후를 지켜보고 있었다.

오늘의 지후는 뭔가 이상하다.

아니, 어제도. 그제도.

'이 시간으로 돌아온 후부터 계속.'

그를 사랑하기에 미처 몰랐던 부분들을 발견해 간다고 하기에는, 그 격차가 너무 컸다.

물론 지후에게 엉뚱한 면이 있기는 했다. 하지만 명진과 친해지지 말라고 강요를 하거나, 못 먹는 걸 잘 먹는다고 고집을 부리거나, 간다는 사람 붙잡고 못 가게 하거나…… 그런 면은 역시 이상하다.

'뭔가…… 잡힐 듯 말 듯한데.'

기이한 안개 속에 한 가지 진실이 웅크리고 있었다. 안개가 걷히면 그 진실을 볼 수 있을 것 같은데, 아직은 안개를 걷어낼 만한 바람이 불지 않았다.

나루는 눈을 가늘게 뜨고 지후를 올려다봤다. 그 시선을 느낀 듯 지후가 말했다.

"도서관, 갈 거지?"

"응."

"그래, 가자."

"응."

지후가 먼저 걸음을 옮겼다. 나루는 그를 따라 걸으며 바로 옆에 있는 그의 커다란 손으로 시선을 던졌다. 그의 손이 바로 옆에 있었다. 차라리 멀리 있으면 이토록 간절하지도 않을 텐데.

잡고 싶다. 이 손.

"너, 손이 참 크다."

나루는 지후의 손을 잡는 대신 말했다.

"그런가?"

지후가 손을 들어 올렸다.

"응, 이것 봐 봐."

나루는 그의 손 위에 자신의 손을 펼쳐서 겹쳤다. 이렇게나마 그의 손과 접촉하고 싶다는 욕심을 채우기 위해서였다. 그의 손바닥은 늘 그랬듯 따뜻했다.

"내 두 배잖아."

나루가 덧붙이며 지후를 올려다봤다. 얼른 손을 피할 줄 알았던 지후는 가만히 겹쳐진 손을 내려다보고 있었다.

"그러게."

지후는 대답을 하면서도 손을 내릴 기색이 없었다. 괜히 나루가 민망해져서 먼저 손을 내렸다.

"그만 갈까?"

나루가 먼저 걸음을 옮겼다.

지후는 대답하지 않았지만, 나루와 속도를 맞춰 나란히 걸었다.

그런 두 사람의 뒷모습을, 재경은 지켜보고 있었다.

재경은 지영, 선미와 저녁을 먹었다. 곧장 도서관으로 가려고 했지만, 선미와 지영은 재경과 함께할 수 있는 좋은 기회를 그냥 흘려보내지 않았다.

커피숍에서 잠 좀 깨고 들어가자고 해서, 커피 한 잔을 마시며 이런저런 대화를 나누다가 나오는 길이었다.

커피숍에서 나오자마자 재경은 나루와 지후를 발견했다. 뒷모습이었지만 못 알아볼 리 없었다.

가장 소중한 친구와 그런 친구를 질투하게 만들 만큼 사랑하는 여자. 두 사람은 거리에 멈춰 서서 손과 손을 겹치고 있었다. 차마 아는 체를 할 수 없을 만큼 긴밀한 무언가가, 둘 사이에 있었다.

지후와 나루는 다시 걷기 시작했고, 그제야 둘을 발견한 지영이 말했다.

"어, 저거 지후랑 나루 아냐?"

"그러네, 분위기 좋아 보인다."

"그러고 보니, 나 예전에 쟤네 둘이 노천극장에 앉아 있는 거 봤었어."

"어? 진짜? 나도 저번에 저 두 사람이 같이 걸어가는 거 봤었는데. 둘이 꼭 사귀는 것 같더라."

선미와 지영의 대화가 재경의 가슴에 콕콕 박혔다. 재경은 꾸욱 주먹을 쥐었다가 폈다.

'그런가?'

입 안에 쓴맛이 감돌았다.

'지후, 너도 마찬가지였던 건가?'

재경이 나루에게 반했던 그날, 지후 역시 그랬을지도 모른다. 하늘거리는 까만 머리카락과 맑은 눈동자에 반한 것이, 재경 혼자만이 아니었을 수도 있었다. 그저 재경이 먼저 그녀에 대한 감정을 지후에게 말했기에, 지후는 가슴에 품은 감정을 감추기로 한 것이다.

'사실은 몇 번이나 느꼈지.'

나루를 향한 지후의 감정을, 아주 눈치채지 못한 건 아니었다. 혹시나 싶은 마음은 언제나 있었다. 다만 무시했을 뿐이다. 나루를 놓치고 싶지 않아서. 내 마음에 들어온 첫 여인을 빼앗기고 싶지 않아서.

아마 지후도 그런 재경의 심정을 알고 있었으리라. 알면서도 모르는 척, 나루를 향해 재경의 등을 밀어준 것이리라.

창피하다.

'만약 지후가 먼저 나한테 말했더라면.'

재경은 가정을 해 봤다. 나루에게 반했던 그날, 지후가 먼저 말했더라면 어땠을까. 나도 지후처럼 마음을 감추고, 잘해 보라며 등을 떠밀어 줬을까? 이 가슴이 미어져도, 웃는 낯으로 상담을 해 줬을까?

'아니, 그렇지 않을 거야. 난 비열하고 이기적인 놈이니까.'

재경은 멀어지는 둘의 뒷모습을, 굳은 표정으로 지켜봤다.

* * *

지후와 나루는 함께 교문을 들어가 도서관을 향해 걸었다. 해가 저문 늦은 저녁, 가로등이 교정 곳곳을 밝히고 있었다. 흐드러지게 핀 벚꽃은 가로등 불빛을 받아 해사하게 빛나고 있었다.

길을 따라 쭉 뻗어 나간 연분홍빛 무리가 시리도록 아름다웠다.

"예쁘다."

나루가 저도 모르게 흘린 말에, 지후는 '뭐가?'라고 되묻지 않았다.

"그러게."

"우리 학교에 이렇게 벚나무가 많은 줄은 몰랐어. 시험 끝나고 나서도 벚꽃들이 남아 있을까?"

"글쎄. 남아 있지 않을까?"

"봄비 내리면 다 질 텐데."

"남아 있는 곳이 있겠지. 시험 끝나자마자 꼭 봄비가 내리라는 법도 없고."

"그야 그렇지만."

'우리 대학은 이상하게, 늘 시험만 끝나면 비가 내린단 말이야.'

그런 말은 물론 할 수 없었다.

"벚꽃은 참 예쁜 것 같아. 필 때도, 질 때도. 바람 불 때 꽃잎이 날리는 모습이, 꼭 분홍빛 눈이 내리는 것 같아 보여."

나루는 지후와 함께 벚꽃 아래를 걸을 기회가 올 줄은 몰랐기에, 조금 들떴다. 말이 많아진 나루를, 지후는 가만히 내려다보았다. 벚꽃을 보느라 고개를 들고 있던 나루가, 지후의 시선을 느끼고 지후 쪽으로 고개를 돌렸다.

지후의 새까만 눈동자가 이쪽을 똑바로 보고 있을 줄은 몰랐다.

"너, 얼굴에 뭐 묻었다."

지후가 말했다.

"얼굴에?"

나루는 손으로 얼굴을 쓸었다.

"아니, 거기 말고 좀 더 위에. 눈 가까이."

지후가 검지로 눈 근처를 가리키며 말했다. 나루는 다시 그 부분을 손등으로 쓱 닦아 냈다.

"됐어?"

눈을 동그랗게 뜨고 묻는 나루를 보며, 지후가 후, 하고 웃었다.

"안 됐어."

"뭐야? 아무것도 안 묻은 거 아냐?"

"내가 왜 그런 걸로 거짓말을 하겠냐?"

"속아서 얼굴 닦는 모습이 바보 같아 보일 테니까."

지후가 또 후, 하고 웃었다.

"본인이 바보 같아 보인다는 건 자각하는 모양이군."

"뭐야, 속인 거 맞구먼."

"속인 거 아냐. 얼굴에 떡 붙어 있는데 못 찾는 게 바보 같다는 말이지."

그렇게 말하며, 지후는 나루의 얼굴을 향해 손을 뻗었다. 그의 커다란 손이 나루의 자그마한 얼굴에 가까워졌다. 어쩌면 이런 상황에서는 눈을 질끈 감아야 할지도 모르겠다.

하지만 나루는 눈을 크게 뜨고, 유독 가까이에 있는 지후의 얼굴을 물끄러미 응시했다. 자신의 얼굴(정확하게 말하자면 얼굴에 붙은 무언가)을 신중하게 응시하는 그의 눈이 좋았다. 갸름한 눈매 안에 갇힌 검은 눈동자도, 긴 속눈썹도, 하나 빼놓을 곳 없이 좋았다. 12년간, 거의 매일 봐 왔던 얼굴인데도 질리지 않는 게 신기했다. 봐도, 봐도 새롭고 사랑스럽다.

이윽고 그의 손가락이 나루의 눈가에 살짝 닿았다. 아주 짧고 작은 접촉이었지만, 그 부위에서 번진 열기가 전신으로 퍼져 나갔다. 그 뜨거움에 색깔이 있다면 짙은 분홍일 것이다. 애정과 그리움과 갈망과 설렘을 몽땅 담은 짙은 분홍색.

"이것 봐."

지후가 검지에 붙은 것을 나루의 눈앞에 내밀었다. 그의 검지 끝에는 거의 흰색에 가까운 벚꽃 잎 한 장이 묻어 있었다.

"아아. 꽃잎이었네."

"그래."

불어온 바람에, 꽃잎이 나풀나풀 실려 날아갔다.

나루와 지후는 꽃잎이 보이지 않게 될 때까지 날아가는 모습을 지켜봤다.

나루의 심장이 아플 정도로 뛰었다. 대단한 스킨십을 한 것도 아닌데, 옛 시간에서는 이보다 훨씬 농밀한 스킨십도 자주 했는데. 이 시간으로 돌아오고 나서 이 마음도 어릴 때로 돌아간 것인지, 자그마한 접촉에 가슴이 설레었다.

"지후야."

어쩌면 지금 말해도 괜찮지 않을까.

너를 사랑한다고. 네게 반했다고 네가 참 좋다고.

지금 말하는 것도 괜찮지 않을까.

"나 있잖아."

꽃잎이 사라진 곳에 머물러 있던 시선을 천천히 돌려 그에게 고정시켰다. 지후는 여전히 저 멀리 어딘가를 응시하고 있었다.

그의 눈에는 아직도 사라진 꽃잎이 보이는 걸까?

궁금해 하며 나루가 입을 열려는데, 지후가 말했다.

"나 시험 끝나면 본가에 간다."

"어?"

"본가에 간다고. 너도 집에 좀 가고 그래. 입학하고 나서 한 번도 안 갔지?"

"아."

주위를 에워싸고 있던 짙은 분홍빛이 순식간에 사라졌다.

'아니, 나 혼자만의 분홍빛이었지. 지후는 아니었을 거고.'

입 안에 씁쓰레한 맛이 감돌았다.

'어쩌면 내가 고백하려는 걸 눈치채고 말을 돌린 걸지도 몰라.'

그럴 가능성이 농후했다.

'나도 재경이가 나한테 고백하려고 했을 때, 그 분위기를 눈치

챘으니까.'

어쩌면 고백을 결심한 사람의 주위로는 특유의 공기가 흐르는지도 모른다.

나루는 쓰게 웃으며 말했다.

"응, 그래야겠어. 시험 끝나면 곧장 집에 가 봐야지."

*   *   *

지후는 열람실에 앉아 책을 펼쳤다. 밥을 먹으러 먼저 나갔던 재경은 아직도 돌아오지 않았다. 연락을 한번 해 둘까 하다가 관두고, 전공 서적 위에 손을 얹었다. 그러다가 문득 자신의 손을 내려다봤다.

검지 끝에 닿았던 따스하고 부드러운 감촉이 여전히 남아 있었다. 그녀의 볼에 손을 댔던 순간보다, 시간이 지난 지금 그 감촉이 더욱 뚜렷했다. 한참 그렇게 손가락을 응시하다가, 나루의 자리가 있는 방향으로 시선을 옮겼다.

나루는 엎드려서 잠을 자는 듯했다. 웅송그리고 엎드려 있는 나루를 보며, 지후는 옅은 미소를 지었다. 자신의 입가에 미소가 떠올랐다는 자각조차 없었다.

지후는 한동안 나루를 지켜봤다. 얼마나 시간이 흘렀을까. 꿈이라도 꾼 건지, 나루가 부르르 몸을 떨었다. 그 모습에 지후는 소리를 죽여 키득거리다가, 자신의 행동을 깨달았다.

지후의 입가에 묻어 있던 미소가 언제 있었냐는 듯 깨끗이 지워졌다.

"하아."

지후는 깊은 한숨을 내쉬고는 책상에 엎드렸다.

〈다음 권에서 계속〉